U0595948

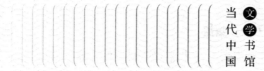

文 学 书 馆
当代 中国

圆梦的路很长

利 海 著

中国文联出版社

图书在版编目（CIP）数据

圆梦的路很长／利海著．－－北京：中国文联出版社，2016.4（2023.3重印）

ISBN 978－7－5190－1378－3

Ⅰ.①圆… Ⅱ.①利… Ⅲ.①散文集—中国—当代②诗集—中国—当代③杂文集—中国—当代 Ⅳ.①I217.2

中国版本图书馆 CIP 数据核字（2016）第 079947 号

著　　者　利　海
责任编辑　邓友女
责任校对　傅泉泽
装帧设计　中联华文

出版发行　中国文联出版社有限公司
地　　址　北京市朝阳区农展馆南里 10 号　　邮编　100125
电　　话　010－85923025（发行部）　　　　85923091（总编室）
经　　销　全国新华书店等
印　　刷　三河市华东印刷有限公司

开　　本　880 毫米×1230 毫米　　1/32
印　　张　9.875
字　　数　221 千字
版　　次　2023 年 3 月第 1 版第 2 次印刷
定　　价　78.00 元

自　序

　　南海是我的家乡。从海南回到家乡已经快三十二年了，经历了五个单位，从事过三种职业，发表了一批文章。这本书可算是文章的自选集，涉及各种文体，各个时段。主要反映在南海的工作、学习和生活，有一些涉及海南的往事。

　　生活是创作之源，由于职业的多次转换，接触到各类的人和事，所写的文章，必然涉及方方面面。文章的外延与生活的外延相等。当然，艺术的真实比生活的真实要求更高，各种文体对真实的具体要求也有所不同，创作的手法也不相同，必须根据各自的特点来写。散文重感人，小说重悬念，杂文重说理，纪实重写实，诗歌重感情，论文重辨析。各有千秋，都是为了增加正能量。

　　当教师获得的纯真，当组工感受的正气，当律师接触的贫弱，都在书中展现，具备应有的社会责任，且带着强烈的个人主观色彩和价值取向。

　　至于常听到一些人问我为何舍仕途，走律途？一千十七年。也许会从中找到答案。梦，终有圆的时候，尽管路途遥远，困难重重。

利　海

2015 年 3 月 1 日

目　录

散文篇

小说篇

杂文篇

纪实篇

4

诗歌篇

论文篇

散文篇

三度考律师　志坚终如愿

今年春节前夕，我得知已考取律师资格的消息后，顿时一股无法抑制的激情涌上心头，几年来考律师的往事，又一一浮现在眼前。

四年前的今天，我刚获得华南师范大学中文本科函授文凭，又完成了学士学位论文，正考虑着下一个奋斗目标。也许是前世有缘，一天，我从《中国律师报》上看到一则邮购律师考试用书的广告，那富有鼓动性的广告词打动了我。律师，不就是正义与力量的化身吗？联想到我的父亲在十年浩劫中因错案而含冤去世，以及那些遭受迫害的人，律师的形象就渐渐地在我的脑海中变得清晰而高大起来，考律师的念头也由此产生。

我先是买了一本《法律知识普及读本》学了起来，同时邮购了整套律师考试用书。经过近半年的学习之后，我第一次参加律师资格考试，结果是距录取分数线还差38分。然而这个成绩对我却是一个不小的鼓舞，于是我瞄准了1992年的律师资格考试。为了实现既定目标，我从1990年10月开始参加法律大专自学考试，从而加深了对法律基本概念和基础知识的理解。

我满怀希望地第二次参加了律师资格考试，谁知还差17分才入围。这时我有些灰心了，开始怀疑起自己来，我心里想：自己现在既有学历又有学位，不久前还获得中级职称，还搏什么呢？亲人们看着我那憔悴的神色，也劝我不要再考了。

就在自己信念动摇、思想矛盾之际，无意中我又从《文摘报》上看到《中国律师》杂志的征订广告，便抱着花钱不多，订一份来看看也好的念头订了这份杂志。

当我第一次翻开《中国律师》就被吸引住了，于是如饥似渴地阅读起来。从这份在中国律师界具有权威性和指导性的杂志中，我得到新的启示，重新燃起考取律师资格的希望之火。《中国律师》中介绍的中年军官海唯实，几度寒窗苦，双喜复临门；那"皓首不悔读书迟，六十二岁考取律师"的方义老先生；那"初生牛犊不畏虎，仅用四月即成功"的大学毕业生贾善学。他们的今天就是我的明天；他们走过的路，正是我要走的路。可以这么说：是《中国律师》雪中送炭，给予了我第三次考律师的信心。

大概是天从人愿吧，随着市场经济改革步伐的加快，从1993年起律师资格考试由原先二年一次改为一年一次，机会难得，时不我待。在《中国律师》的引导下，我总结了两次考律师的经验和教训，从复习方法到身体素质，以及心理状态都做了调整。我一是扣紧《考试大纲》《考试复习指南》《法规汇编》，力求弄懂每一个问题；二是积极参加元极气功修炼；再就是在考前连续服用两个月太阳神生物健口服液。这些措施的落实，保证了自己在第三次应考时沉着应战，正常发挥，终于以超过录取线27分的成绩，通过了全国律师资格考试。这时我也超过38岁，正是"莫等闲，白了少年头，空悲切"的年龄。

回顾自己四年来"三考律师终如愿"，以及自己当年以初中学历"四考大学梦成真"的经历，我悟出"有志者事竟成"的确是一条真理，我万分感谢给我勇气，促我成功的《中国律师》

杂志。我热切希望每一位有志于律师资格考试的人都能够如愿以偿！

（1994年发表于《中国律师》杂志，1995年全国"律师之路"入选优秀征文奖，位列全部征文第四名）

律函助我渡难关

1993年10月底，我第二次参加《中国法制史》自学考试，却出人意料地名落孙山。我在这年10月初的全国律师考试中，还取得过超过录取分数线27分的好成绩，难道自己真是"江郎才尽"了吗？我不甘心前功尽弃。

为了不重蹈覆辙，我到佛山市司法局律师函授辅导站"求援"，负责培训的张裕中科长和戴国胜老师热情地接待了我，他们在实事求是地说明这一科难度大、及格率低的情况以后，又指出有不少律函学员经过辅导，考出了好成绩。两位老师借给了我教学辅导录音带和《函授通讯》。就这样，我成为一名编外的律函学员。

1994年6月，在经过一个多月的焦急等待后，我终于盼来了自考办的信。我知道，如果这次还不及格，那就意味着得推迟几年才能毕业。我极力控制住自己紧张的心情，屏住气小心地拆开信封，拿出成绩单定神一看：天哪，62分！真是天助我也，不！应该是律函助我成功。

至此，只剩下最后一门专业课——《婚姻法》了。这一科也是经过两次考试，距及格都只差2—3分。佛山律函的两位老师又破例让我参加《婚姻法》的辅导学习。我决心全力以赴，一举攻下这最后一个堡垒。

但就在这关键时刻，命运之神给了我一个严峻的考验。1994年底，我在体检时发现肝部有些异常，当时并没在意，仍坚持学习。谁知到 1995 年 2 月复查时，竟怀疑是恶性病变。我吓了一跳，不得不接受医生的建议，做各项检查。折腾了一个多月，结论仍是"不排除肝癌"，这使我的精神受到巨大的打击。我还不到 40 岁，难道人生就到此结束了吗？……不，绝不能向命运屈服！经过一番激烈的思想斗争，我做了最坏的打算：就是死，也要坚持到考取《婚姻法》，坚持到法律大专毕业证书颁发的那一天。我忍着因服用、注射药物和仪器辐射产生的各种生理反应，坚持上班，坚持学习。我还利用星期日看函授中心的录像辅导，听专家面授，与学员切磋疑点、难点、重点，竟忘记了癌症的威胁。

上帝似乎被我的诚心感动了，3 月底的进一步检查，排除了恶性病变的可能。而此时离考试也只有 20 多天了。

在考场上，我不敢有丝毫的懈怠。仔细审题，认真答卷，直到下课钟响才最后一个交卷。结果，我以 83 分的成绩通过了这门课程。

我是 35 岁开始参加法律大专自学考试的，到现在已有 5 年时间了，但在不惑之年我才深深体会到：如果自己一开始就参加律函学习，那一定可以少走许多弯路。我认为最佳的学习方式应该是参加律函与刻苦自学相结合。但愿有志于法律自学考试、希望成为律师的人们能够吸取我的教训，赶快参加律函学习。要知道命运掌握在你的手里，成功之路在你的脚下。

（1995 年 10 月发表于《中国律师报》）

仙桃柑子火样红

我想，关于仙桃这个地名的由来，一定有许多美丽的传说。大概是当年孙悟空偷吃了王母娘娘的蟠桃之后，把桃核随意一甩，落到了湖北境内，然后生根发芽，开花结果，供人间享用……

一个偶然的机会，使我得以领略仙桃的风采。那是在前年12月底，领导派我随科长去看望正在仙桃中医院治病的陈大姐。

现代化的交通工具使地球仿佛缩小了许多。在广州上飞机时还觉得温暖如春，到武汉一下飞机，顿时感到有一股寒气逼来。我不禁打了一个寒战，下意识地缩了缩脖子。

我们转乘汽车去仙桃。走的这段路是新修好的国家一级公路，采用全封闭式，可称作准高速公路。汽车在平直宽阔的路面上行驶，不到两个小时就进入了"仙境"。我透过车窗往外望，真想探究一下这座陌生的新设县级市的真面目，只是因为心里惦记着陈大姐，所以尽管车子在市区行驶了近十分钟，仍有许多东西没看清楚。唯有那随街可见的鲜红的柑子给我留下了十分深刻的印象。车子在中医院门口停下来，打开车门，迎面见到的又是那些鲜红的柑子。我们忍不住过去买了十多斤。

走进医院大门，来到血液病科，陈大姐十分高兴地迎上前来。她仍是那样的热情、爽快、健谈。所不同的是因为服用激素，身体虚胖了许多。我们把部领导的亲笔信交给她，又把那袋鲜红的柑子递过去。她马上用手指了指柜面说："我也买了一大袋，可惜现在不是桃子成熟的季节，这柑子就当作仙桃吃吧！"大家开心地笑了起来。

我们了解到，陈大姐的病经过一个多疗程的辨证施治，已开始出现转机，这使我们非常高兴。须知陈大姐患的病叫骨髓纤维化，要靠输血维持生命。她去过著名的医院留医，找过许多名医诊治，都没有办法治好。这妙手回春的神医是谁？听陈大姐说他就是全国闻名的血液病专家杨进飞主任医师。大家提出去拜访他。

我们登上一座旧式的居住楼，在一间摆设简陋的屋子里见到了杨医生。他看上去有 50 岁，个头不高，衣着朴实，态度随和。看着挂满墙壁的锦旗，使我联想起唐代刘禹锡在《陋室铭》中所写的名句："山不在高，有仙则名；水不在深，有龙则灵。"

交谈中，杨医生动情地说："我行医几十年去过很多地方，治过不少病人。近来又亲历了两件使我深受感动的事情，一件是陕西某扶贫县的领导，带头捐钱给一个贫困户的幼儿治疗'再生障碍性贫血'，全县人民热情响应，共筹集了几万元钱，把病孩儿从几千里之外送来仙桃中医院治疗。治愈后，县主要领导又带着全县人民的深情亲自驱车来接回去。中医院为此专门开了欢送会。双方领导，病孩儿家长，病人代表等相继在会上热情发言，歌颂社会主义新风尚，歌颂党的好领导。"

杨医生略停了一下，接着说："另一件就是你们单位派人专程从那么远的地方来探望生病的同事，可以说是危难之际见真情吧！骨髓纤维化这种病虽然罕见，但它与'再生障碍性贫血'相似，我会尽自己的能力去探索，还是有治好的希望的。"

杨医师的一番话使我深受感动：是啊，天有不测风云，人有旦夕祸福。病人需要爱心，但更需要医术高明、医德高尚的医生。

仙桃，可以起死回生，但愿这并非传说。

走出屋子，下了楼梯，一阵凛冽的北风迎面吹来，我却没有一丝冷的感觉。

这件事已过去一年多了，陈大姐也早已不用输血，回到部里上班了。然而仙桃这个美丽的名字还不时出现在我的脑海里。那次去探望陈大姐，虽然没有看见桃花，没有吃到仙桃，但我看到了仙桃人民那如同鲜红的柑子一样赤诚的心。

（1996 年 3 月发表于《南海日报》）

流动党员证

　　我担任信访员不久，就收到一封感人的信。信中称自己是贵州人，中共党员，去年来南海打工后按时将党费寄回家乡所在支部。今年春节回家，得知中央有规定，党员可以办理流动手续，便把党员关系介绍信带来，可不知如何接收。他有两个担心：一是怕因此而造成脱党，离开母亲怀抱；二是此事若没处理好，心神难安，影响工作。特寄去介绍信烦请市委组织部复信或电话批示。

　　我看完这封信，心里不禁一颤：透过信的内容，尤其是那两个担心，我窥见了一个普通党员高度的党性原则和对党的赤胆忠心。他把党比作母亲，是多么的亲切，充满了对党的无限热爱和信赖之情。他为此事"心神难安"，把党员这个光荣称号看得无比重要，这不正说明了我们党是具有强大凝聚力的吗？想到这里，我感到肩上的责任重大，即刻向部领导做了汇报。部领导对此事做了具体指示。

　　我打电话约来信人到部里详谈。从声音上听，我以为他很年轻，可待他出现在眼前时，我大感意外：只见他个头不高，衣着简朴，看上去有 50 多岁，年纪比我想象中的要大得多。他出示了自己的身份证和党费证后，我们就交谈起来。他说自己原来在贵州某县一个集体性质的镇级建筑公司做了 20 年施工员，后来公司因故解散。他听说南海改革开放搞得好，便慕名前来，在一家建筑公司当临时工，搞施工设计……

我与他交谈了半个多小时。我把办理流动党员证的方法告诉他，并请他如遇到问题就及时联系。他连声说还是南海好，组织部这个党员之家好，并叫我一定要代他感谢部领导。

望着他离去的背影，我想：流动党员证是在社会主义市场经济条件下应运而生的，说明党建工作又有了新的发展。一个真正的共产党员，无论在什么样的环境中，都会像他那样牢记党的宗旨，为党和人民的利益发出光和热。

（1996年7月发表于《南海报》，获"党旗飘扬在我心中"征文比赛优秀奖）

船　弈

　　1986 年暑假，学校组织我们去华东旅游。游完第一站杭州，我们登上了往苏州的客轮。在舱位安顿下来后，我便和同行的邓老师下起了象棋。也许是他一时大意，几步棋之后，便"盲"掉了一匹马。局势一下子变得有利于我了，于是乘机展开进攻，不到 15 分钟便取得了胜利。

　　我松了一口气，发现围了一些观战的人。其中一位带着广东口音的中年男子棋兴大发，要和我下一盘。我陶醉在刚才的胜利之中，并不把新对手放在眼里。而对手也使用骄兵之计，他一边口中念念有词："厉害呀，这步棋很阴毒的……"一边暗中调兵遣将，俟机进攻，不久就使我陷入了被动境地。我绞尽了脑汁，使出了浑身的解数，仍没有起色。四周围满了观棋者，这些棋迷的议论、点评，更增加了紧张的气氛。突然，舱顶的电灯"唰"地亮了起来，我一看表，指针到了晚上八点钟。这盘棋已经下了一个半小时。

　　我苦苦思考着下一步怎么走，只听到有人大声叫道："跃马过河嘛！"我抬头一看，见一个打着赤膊的大汉眼瞪着我，手指着棋局。看着他这五大三粗的样子，我心里想："料你也没有什么水平，还是别帮倒忙吧！"于是我行我素地走了一步棋。岂料刚收回手，就听到那汉子愤怒的声音："怎么走这臭棋！"果然，接着又下了三四个回合之后，我就感觉到无路可走了。再看一下手表，心里不禁一惊，原来这盘棋已下了两个半小时了。我的大脑热了起来，思路混乱，只好说："输了。对方露出一丝不易察觉的微笑。就在这时，一只大手伸了过来，迅速地拿起我方的马走了一步，跟着一声大叫："输什么，走着瞧！"我定神一看，又是那位赤膊大汉。他这一招果然灵验，解了围，应了"旁观者清，当局者迷"的老话。

这回轮到对方皱起眉头了，他过了8分钟才走一步。相反，不用我动手，我方的棋子也会迅速地应对。不用说，你也会知道这是谁在代我下棋了。又经过几个回合的搏杀，对方的马和炮居然同时被我方的一匹马咬住了。此时，我完全被大汉高超的棋艺迷住了，认真将他打量了一番：他50左右年纪，皮肤紫铜色，肌肉发达，理着个平头，略为深陷的眼睛透露出老练而质朴。

棋局发展到势均力敌了，有些围观者耐不住性子离开了。我看了看手表，方知这盘棋已下了三个多小时。这残局恐怕杨官璘出场，胡荣华对阵也是"和"的结局。我便提议双方握手言和再下一盘，他们也同意了。

我默默地在一旁观战。突然舱顶的灯灭了，一问方知已到十点钟，该睡觉了。大家正准备离去，房外通道上头的灯又亮起来，于是战场移了过去。这盘棋下了十五分钟，大汉便赢了。广东口音的中年男子不服，接着又下了一盘，一个小时后以和棋告终。看得出在关键时刻大汉做出了让步，给对方一个台阶下。大家高兴地散去。

夜深了，我躺在床上望着窗外不时出现的夜航船上闪烁的灯光，回味着下棋的情景，心灵仿佛经受了一次洗礼。

1989年果然美梦成真，我获得桂城镇"五四青年象棋比赛"

14

第一名。领奖的时候，我突然醒悟到，生活中处处有良师，即使在旅途中，在那小小的客舱里。

（1997 年 1 月发表于《佛山文化报》）

捉蜂和引蜂

海南岛多蜂，因为那里四季常青，山花烂漫。我在海南岛中部一座山脚下的军工厂长大，自小就和蜜蜂交上了朋友，那养蜂的乐趣至今难忘。

养蜂的蜂群，一般不是买来的，往往是捉回来的。在晴朗的日子，有时会遇见分蜂。只见那些黑色的雄蜂围着蜂王，在工蜂的保护下，从蜂巢"蜂拥而出"它们先聚在附近的一棵大树上，待聚齐再飞往别处，这正是捉蜂的好时机。

只见老陈拿着一块状似乒乓球拍的拱形木板，搬来竹梯架在树上，慢慢地爬了上去，他口衔一支点着的香烟，猛吸一口后对着蜂团缓缓吹去，那些蜂便向两边移动，逐渐露出了肥壮的蜂王。他把蜂王轻轻地捉住，灵巧地拴在事先绑在木板柄的细线上，然后把木板挂在树杈上。他下树之后，蜂就不断地聚在木板上。大约过了半小时，几乎所有分出来的蜂都聚在一起了，他便似猿猴一样爬上树，小心地拿下那块爬满蜜蜂的木板，装进了事先准备好的蜂箱里。

那蜂群有时是引来的。我在农村同学的帮助下搞来一段椰树干，在暑假里没日没夜地凿，花了九牛二虎之力，终于打通了。我在椰树筒身的中部开了几个让蜜蜂进出的小洞，用刚摘下来的黄皮叶擦拭筒壁，因为这叶子有一种蜜蜂所喜爱的香味。接着用稻草编了两个蒲团，分别塞住筒子两端，用新鲜牛粪填住缝隙，

16

既能防止虫进入，又通风透气。这样，一个"椰树牌"蜂箱就制成了。我反复欣赏着自己的"杰作"，憧憬着蜂儿进入我辛勤建造的大厦，仿佛已吃到了那清香甘甜的蜂蜜……

农村同学领着我把新做好的蜂箱扛上山，放在一个巨大石头下的洞中。因为无论是野蜂还是人养的家蜂，在产生新的蜂王之前都会派出工蜂去寻找它们的新居，这些精灵的侦察蜂的首选目标便是大石头，然后才是其他能藏身的地方。

我过几天便去看一次，开始见到有几只侦察蜂飞上飞下，心里很高兴。可是看了几次仍是这样，不免有些心急起来。过了大概一个月时间，一天中午，我又一次上山观察，忽见蜂箱中已有许多蜜蜂在飞进飞出了，不禁喜上眉梢。我一直等到太阳落山，待最后一只蜜蜂随着夕阳的余晖钻进蜂箱，才用一团树叶将蜂门塞住，喜滋滋地扛起"椰树牌"蜂箱下山去了。

回到家，我把蜂箱挂在屋檐下，把堵蜂门的树叶团拔出来。第二天一早我就守候在蜂箱前，静待着蜜蜂出来。果然，在太阳公公刚露出笑脸，金光洒在蜂门的瞬间，钻出了一只蜜蜂，它好奇地张望了一会，然后振翅朝着太阳升起的地方飞去，接着是第二只、第三只……

（1997 年 6 月发表于《南海日报》）

南湾半岛一奇洞

　　海南岛陵水县的南湾半岛现在是旅游的热门景点。

　　沙滩上的贝壳是那么多，大的、小的，红的、白的，扁的、圆的……各式各样，令人眼花缭乱。我们只挑自己认为最美的来捡。海水是那样的清澈，水底的礁石历历可数，水中的游鱼不时可见。走了二十多分钟，我们来到半岛的尽头，只见一边是巨浪排空，无边无际的大海，一边是陡峭高耸的悬崖。我脚踩着高低不平的巨大岩石，遥望着翻飞在蓝天上的海鸥，心中不禁生发出一种壮阔之感。

　　在陡壁下边有一个巨大的山洞，我们好奇地钻了进去。只见褐黄色的洞壁上有人工开凿的痕迹，看上去那些岩石十分坚硬，每掘进一尺都要付出巨大的代价。洞底是没膝深的水，清可见底。我们手拉着手在洞中摸索着前进，不时有些鸟鸣叫着从头上掠过。走了三十多米还没到尽头，见里面阴森森漆黑一片，大家不由自主地拉紧了手，蹚着水退了出来。这奇异的山洞之谜，萦绕在我心头，总想找到答案。

　　突然，山上的树丛中出现了几个跳动的红球。定神一看，原来是一群猴子下山来了，它们那鲜红的屁股在金色的阳光下显得格外夺目。健壮的猴王警觉地注视着四周，母猴怀抱着幼猴跳来跳去。猴王一见到我们便扮个鬼脸，呼叫着带领猴群飞一般地蹿上山，很快便消失得无影无踪了。

我们回到海边，只见海面上出现了一条打鱼归来的小渔船。我们向它招手，它竟靠了上来。我们登上船去，看见船舱中满是钓上来不久的马鲛鱼，小的有十斤八斤，大的有几十斤。船尾坐着一个断了一条腿的中年渔民，他打着赤膊，露出结实的肌肉，古铜色的皮肤在阳光下泛着光。船尾炉灶上的锅里正用水煮着马鲛鱼。那汤像牛奶一样白，上面浮着一层淡黄色的鱼油。他热情地请我们一块儿品尝，还风趣地说：第一芒，第二仓，第三马鲛郎。

　　这纯朴的渔民和我们讲起这山洞的故事。那是当年太平洋战争爆发后，日军在这里修建的快艇基地，准备一旦战事吃紧，警报响起，那些装满弹药的神风式小型快艇便从洞中飞出，向盟军的大型战舰进行自杀性攻击。只是战争的进程出乎日本仔的意料，洞还没修好，天皇已下达了投降的命令，但有多少中国劳工惨死在修洞的过程中呢？只有山洞作证。他停了一下，随即接着指着失去的左腿说："这就是在修山洞时被石头砸断的。日本鬼子不但不给治，反而把我扔到荒山上的万人坑里。半夜里我忍着剧痛爬了出来，一直爬到山顶又昏死过去。不知什么时候才醒过来，就挣扎着弄来草药敷伤口，终于战胜了死神，捡回一条命。"

　　听到这里，我的心顿时沉重起来。是啊！落后就要挨打，这段历史是不应忘记的。

（1997 年 7 月发表于《南海日报》）

金戒指

解放初期，我的父母从广州南下海南岛筹建新的军工厂。不久，我出世了。父母因为工作忙，就把我送回南海老家给奶奶带。直到我 3 岁那年才和奶奶一起返回海南岛。

奶奶时常在睡觉之前绘声绘色地给我讲"孙悟空大闹天宫"、"哪吒闹海"等故事。平时她哼些儿歌："点虫虫，虫虫飞，飞到边，飞到荔枝基。荔枝熟，摘一抱；荔枝生，摘一篮。"在这愉快和谐的家庭环境中，我度过了自己的金色童年。

十年浩劫，给中国人民带来了巨大灾难，我们一家也难逃厄运。1970 年，我的父亲遭到迫害，蒙受不白之冤。这一年我初中毕业，刚满 15 岁。虽然成绩名列前茅，也没有资格上高中，而被安排到建筑公司当学徒，历尽人间的艰辛，饱尝世态的炎凉。不久，奶奶也回到久别的故乡南海，和二叔一起生活。

1976 年，我父亲终于平反了，我也落实政策回到军工厂工作。第二年，回南海探亲的同乡带我 9 岁的小弟弟去看望奶奶。弟弟从南海回厂后就蹲在我下班的路上等，一看见我就飞快地跑过来。他把紧握在手中的火柴盒递给我兴奋地说："哥，给，这是奶奶给你的宝贝！"我接过用好几条橡皮筋扎住的火柴盒，打开一看，只见油纸包着个扁的东西。摊开一看原来是一只闪闪发光的金戒指，一时间，我激动得说不出话来，只是紧紧地抱住弟弟。弟弟告诉我："奶奶说这戒指是她结婚时的嫁妆，几十年了，在最困

20

难的时候都舍不得卖。"我脑海里又浮现出奶奶那慈祥的面容，心中感受着奶奶那比金子还贵重的深情。

可是，在1979年我参加高考补习班时，突然收到二叔的电报，说奶奶因胃穿孔要入院动手术。我急得彻夜未眠。无奈手头无钱，又临近决定命运的高考。一筹莫展时，忽然想起奶奶给我的金戒指。管不了那么多，救人要紧。我急忙赶到银行，拿出金戒指。当时有一个中年妇女在取钱，她猜到我要卖金戒指，就好心劝我别这么傻，留着以后结婚用吧！卖给银行也值不了几个钱。我听她这么一说，犹豫了一下，想不卖了，可这时我的耳边好像响起奶奶那痛苦的呻吟。不！还是卖了吧！我一咬牙把金戒指递给营业员，3钱重的99金按牌价只卖了26元5角。我马上赶去邮局汇给奶奶。过了不久二叔来信说奶奶顺利做了手术。

后来，我毕业分配回南海工作。奶奶常问我金戒指还在吗？还说现在可值钱了。我怕伤了她的心，每次都说放在箱子里。直到我结婚，她见我妻子没有戴金戒指，一问才知道真相，她没有责怪我，只是慈祥地望着我的妻子，嘱咐我以后有钱要买一只更好的金戒指给妻子。

（1997年9月发表于《南海日报》）

21

回石门中学

1997年11月22日，我回石门中学参加校庆。刚一下车，就觉得这里仿佛都变了。我站在当年游过泳、渡过江的北江岸边，望着滔滔江水，不禁思绪万千。

14年前，我从师专毕业，分配到石中任教。一切要从头学起，困难重重。我就漫步在这江堤上，发自内心的念道："教学生涯刚开始，甜酸苦辣都尝遍。"是领导和同事们从工作到生活上给了我及时的帮助，使我走好这任教的第一步，为后来的人生之路打下了坚实的基础。

我穿过乐器齐奏，彩球飞舞的人墙，进入当年经常出入的大门，里面的一切都是那么新：林中小径，飘香的荷塘……被现代化的教学大楼群代替了。

我极力去寻找那些过去遗留下来的东西，跟着感觉走，穿过宽大的足球场，来到已改为校办工厂的旧教室前。忽然，耳边仿佛又响起了热烈的掌声。

1985年中秋节前夕，我刚调离石中不久，重返这里准备把油印好的《学生作文集》发给原来教的两个班的学生们。

我双手捧着高高一叠作文集走进初二（4）班，不知哪个学生眼尖，叫了声"老师！"全班学生都抬起了头，他们那纯真的眼睛里闪烁着喜悦的光芒。忽然，全班学生不约而同地使劲鼓起掌来。顿时，一种说不出的感受涌上我的心头。我怕影响学生自修，赶快让班长和语文课代表把作文集发下去，然后拿起半叠作文集悄悄走向初二（3）班教室。没想到刚走进门口，响亮的掌声便从教室里传了出来。我的眼睛湿润了。这可是学生对我教学工作的回报啊！……

往事如烟，当年的学生，现在已是20多岁的人了。但愿他们在各自的岗位上做出优异的成绩来！

在校园里，我遇见一些过去的领导和同事，最大的感觉是都"老"了许多。是啊！岁月不饶人。但从他们那从容的谈笑，充满自信的眼神中，我知道他们都没有虚度光阴，他们都为曾经在这块园地里耕耘过而感到自豪。

置身在校园中，我不由得产生紧迫感。我已经40多岁了，再不抓紧时间干一些有益于人民的事，也许很快就会心有余而力不足了。我愿和校友们一道，只争朝夕，共创美好明天。

（1998年2月发表于《南海日报》）

蟹　井

　　小时候常听父亲说家乡有一眼蟹井，井里的水清澈甘甜。旱季，别处井里的水或水位下降，或干涸。但蟹井里的水却源源不断地涌出，永远也打不干。

　　"为什么？"我好奇地问。父亲笑着对我说："听村里的老人讲，我们的先祖太公是个补锅匠，原籍在花县。大约是在300年前的一个大旱之年，祖太公携妻带子辗转来到南海境内，见一土岗前有一棵大榕树，便停下来，摆开摊子补锅，一直干到太阳西下，弄得浑身热汗，口干舌燥。正在这时，忽见一只巨蟹横行过来，在祖太公的眼前急速地旋转打洞，转眼间就钻入地下，不见了踪影。于是祖太公就与妻儿在树下定居下来。一家子每天循着蟹洞挖掘不止。大约过了一个月，当挖到两丈深时，只听"叮当"一声，原来碰到一块大石头。祖太公用力掀起石头，只见那只巨蟹正躺在下面，它一见祖太公，便从口中喷出一股清泉……"

　　"后来呢？"我着急地问。"后来，祖太公就在那里饮蟹井水，辛勤劳作。子子孙孙一直传到现在。"父亲说。

　　从此以后，我常常在脑海中浮现那井的故事，在梦中喝着那甘甜的清泉。

　　直到13岁那年，我终于回到朝思暮想的故乡，一进村就问蟹井在哪？在堂兄的带领下，我来到村后的一眼古井旁，只见里面水清见底，仿佛还有一块大石头在井底。井水中不时冒出一串气泡，我想，那也许就是巨蟹喷出来的吧！

　　傍晚，村民们一个接一个来到蟹井旁，用长竹竿套着桶打水，就像是打起了清甜的希望……

　　斗转星移，不觉到了90年代。村里家家有了自来水。慢慢地，村民们便很少去蟹井汲水了。但我仍常常去看蟹井，到蟹井旁边坐一坐，感觉自然清心的宁静。

（1999 年 5 月发表于《南海日报》）

古灶上的绿榕

　　新千年的第一个春节刚过，我慕名到成功举办"千年之烧"的石湾南风古灶参观。

　　引起我浓厚兴趣的东西很多，因为这毕竟是一个具有 500 年历史，至今炉火不断的古灶。且不说那巨龙似的灶身，精巧绝伦的陶器，供游人制作的陶坊……单是那棵经历百年风雨的巨大榕树，就足以引发你无穷的想象和思考。

　　这巨榕傲然挺立在古灶顶端，那多姿的枝条上长满绿叶，与通红的炉火形成鲜明的对比。绿象征是生命，火意味着死亡，为什么在这里巧妙地得到统一？

　　不知怎地，我的脑海中突然冒出了党代表洪常青被敌人烧死在海南岛的大榕树下的壮烈画面。烈士永垂不朽，榕树万古长青。

　　我突然悟出了：这是因为在南风的缓缓吹送下，百年巨榕在古灶的烈火中得到永生。绿榕成了古灶的魂，护佑着古灶的火脉；古灶就像绿榕的根基，它们之间谁也离不开谁，一直到永远。就像大诗人说的那样："离离原上草，一岁一枯荣。野火烧不尽，春风吹又生。"

　　沉思中，我的耳边似乎响起了：南屏晚钟，随风飘送……那悠扬的歌声。

　　我的眼前仿佛看见：红红的炉火，绿绿的巨榕；温煦的南风，腾飞的巨龙；500 年的古灶，5000 年的文明，都浓缩在千年之烧

26

的艺术作品之中。

　　据说这里要作为一个旅游新景点，在 5 月分正式对外开放我由衷地希望：大家千万别忘了那棵充满生机的擎天绿榕。

　　　　　　　　　　（2000 年 4 月发表于《佛山日报》）

古高昌国怀想

丝路之旅最令人深思的是高昌故城。

在旅游车上远远地已经可以见到四周高大的残墙。进入城门放眼望去，周长五公里的城廓忽隐忽现地收入视野。哇！好大一座城池，当年的繁华兴旺可想而知。这城如果做现代某个市的城区也不算小，而它却建在 2000 年前，就更使人称奇了。

这城是著名高昌王国所在地，当年唐僧西行取经，经过此地，受到国王的盛情款待。国王欲留下唐僧做国师，但意志坚定的唐僧谢绝了国王的好意，又踏上了西行之路。取经回来又经过这里，那高昌城依然如故，而国王却因病去世了。唐僧触景生情，流下了无限伤感之泪。

我们坐上驴车，伴随着阵阵悦耳铜铃的声音，向故城的另一端行驶，一路见到的是用土筑成的残墙断壁。在这里会叫人产生"念天地之悠悠，独怆然而涕下"之感。在这昔日繁华的城市中穿行，你所得到的只是感叹。城中有许多地方已被夷为平地，上面长着稀疏的荒草，有牛羊在悠闲地吃着草。那平地之间有一堆堆隆起的厚墙，每一堵都有近一米厚，这正是故城的独特之处。也许这么厚的墙可以抵御风沙的侵袭、烈日的暴晒，给人们一个夏凉冬暖的居住环境。当然，构筑这样的房屋是要付出许多心血的。

驴车伴随着铃声急驶，十多分钟就到达对面的佛寺。沿台阶看去，洞门依旧，围墙完整。进到寺内可见到主要建筑还屹立在那里。正前方是一个佛坛，十几级的台阶上面有一个台，下面是一个可以容纳千人的会场。在这里你会遥想到当年唐僧双手合十，盘坐在台上，身上披着唐王御赐的袈裟，眼睛微闭，声音洪亮地讲经说法。而高昌国王和众多臣民则在台下虔诚地听着，不时地点头称是，一派祥和。

佛寺的右边是一个经过改造的佛堂，外形有些像穆斯林的教堂，中间是通天的圆形大洞，四周是方形的墙体。东西方文化在这里有机地融合在一起了。驴车载着我们一路铃声往回走，对故城的感受在不断加深。当年西汉王朝的屯田部队选中了这个地方，筑起墙、盖起房，开始了西部大开发。后来几番更换大王旗，公元460年，柔然在此建立高昌王国，立阚伯周为王，后他姓相继称王。直到唐朝统一高昌，归附大唐，唐后又由回鹘人建高昌王国，并归属蒙古。后来蒙古贵族叛乱，发兵十二万围攻高昌半年之久，终于国破城亡，国王被杀。千年古城从此万劫不复，成为一片废墟。真是往事越千年，不堪回首。

幸好有大自然的护佑，保存这片遗址。使之成为考古、旅游的好去处。只有到了这里，你才会体会到历史的厚重，从而产生一种历史的责任感。西部大开发是不可推卸的历史重任。

驴车戛然而停，铃声不再响起，我们在城门口下了车。我登上高处，放眼四处的城墙和城内的残迹，身心已和故城融合在一起了，犹如庄周梦蝶一般。

高昌故城，一座永不湮灭的城。

（2001年3月发表于《佛山文化报》）

但愿美梦能成真

观看"爱心托起我的梦"，在我平静了多年的心里激起一阵阵的波澜。这里面有同情，但更多的是感动。艺术在残疾人的身上充分表现出来，他们以残疾之美感染着观众，犹如断臂的维纳斯女神一样，给人以美的享受，更给人以丰富的想象。这就是艺术之美。

舞蹈《千手观音》让人沉浸在神话般的梦境之中，那优美的舞姿让人浮想联翩。这是信心的表现，是团结的象征。这么多的手看上去就像是长在一个人身上，随着音乐有节奏的摆动，就像是观音再生。这优美的舞蹈不正寄托着残疾人的希望吗？他们渴望着《千手观音》给他们带来好运。这何尝不是每一个人的愿望？这优美的舞蹈由一群聋人姑娘表演，更显示出内在魅力。我猛然想起，既然是聋人那么怎么可以随着音乐的旋律起舞呢？这个疑问让我想到更多的东西。是啊！面对着无声的世界，她们只有用动作来表达自己的情感。于是，她们冲破重重困难，刻苦排练，终于突破了无声的世界，把她们的内心感受通过动作语言形象地表现出来。这优美的舞姿，就这样由一群生活在无声世界的姑娘演绎出来了。但愿观音能给她们带来好运，但愿美梦能成真，但愿所有的残疾人都生活在爱和阳光之中。

节目是丰富多彩的，无不表现出残疾人那种自强不息、顽强拼搏的精神。他们敢于挑战不幸的人生，他们用自己的歌声、音

30

乐、舞蹈把美传递给了观众。在对艺术的阐释过程中，他们的人生充满了活力，梦想得以实现。追求美是人类的共性，残疾人也在其中。看着他们那一张张笑脸，你简直不敢相信他们是残疾人。也许，正是在与困难做斗争的过程中，在与命运抗争的过程中，他们才体验到真正的幸福。

在表演第十二个节目舞蹈《黄土黄》的时候，前台一左一右站着一男一女，他们背对着观众跟随着音乐旋律手舞足蹈着。开始我有些莫名其妙，后来看见那些聋人小伙子表演时，节奏明快、动作刚劲、气势逼人。我才突然醒悟过来，原来是有这些幕后英雄在用姿态语进行指挥，因而才有了聋人姑娘小伙儿的整齐、多姿的舞姿。这种甘当配角，甘作人梯的精神是多么可贵啊！现在不正是需要这种精神吗？因为中国还有六千万残疾人，只要大家都对他们付出一份爱心，那么我们的生活将变得更加美好。

伤残对一个人来说是一种苦难和不幸，他们有的从小就生活在无声的世界里，有的一直生活在黑暗之中，有的先天弱智。但只要社会给他们以关爱，同样可以创造出美来。这不，那只有几岁儿童智力的20多岁的胡一舟，登上了舞台，指挥珠影交响乐队。在他的指挥棒下，几十个乐器专家演奏了一支又一支名曲。开始，我还不大相信，于是凝神观看，洗耳恭听。结果是否定了我的疑问。一舟可以说是一个称职的指挥，音乐节奏和指挥节奏是一致的，交融在一起。从他的指挥棒上你看不出一点智残人痕迹的，音乐的艺术魅力由此显现出来了。他是那样的投入，指挥棒出神入化。演奏员是那样的专心，音乐是那样的动听。人们听得如痴如醉，达到了物我两忘的境界。随着最后一个音符的终止，人们如梦方醒，报以长时间的热烈掌声，同时从内心发出一声声的赞叹。啊！是音乐艺术让一个智残人实现了梦想，一舟的梦想就是在舞台上指挥一个大型乐队，美梦已成真。我悟出了人之初性本善的道理，同时也看到残疾人身上那种顽强的生命力。这正是我们这些肢体、智能健全者所需要的。从这点上说，是他们教会了我们怎样去生活，怎样去克服困难，怎样去实现人生的梦想。

一边观看演出，一边使我想起了保尔，想起了张海迪，想起了史铁生。他们也是残疾人，同样不向命运屈服，勇敢地拿起笔来进行文学创作。他们是精神上的强者，让人们懂得了生命的真正意义。所不同的是，中国残疾人艺术团登上了舞台，直接面对观众，献出他们的艺术才华，用音乐、舞蹈和歌声进行心与心之间的交流。他们的精彩表演，向世人证明了，全人类都热爱生命，维护人的尊严，残疾人同样具有美好的心灵，高尚的情操。

我从事的是法律援助工作，经常和残疾人打交道，维护他们的合法权益。通过观看这场演出，使我更加理解从事这项工作的意义，懂得了只有用爱心才能把这项工作做得更好。让爱心托起我的梦吧！但愿美梦能成真！

（2002年发表于《南海文艺》《南海日报》，在中国残疾人艺术团举办的全国"我的梦"征文比赛中获三等奖）

圆梦的路很长

1990 年春节，我开始学习法律，那是因为我的梦想是当一名律师。这个梦起源于《中国青年报》的律考复习资料广告。按捺不住的激情促使我订购了一套律考复习资料，如饥似渴地学习起来。当年 8 月分的考试，5 科成绩合起来有 287 分。效果初显，信心大增。接着马不停蹄地准备两年后的律考，先是报名参加法律大专自学考试，一下通过了两科，那时的激动就不用说了，仿佛离梦想越来越近。后来又考过了几科，更坚定了信心。然而道路并不平坦，1992 年第二次参加律考，还差 17 分才上线。是战还是逃？律考制度一年考一次的改革再次坚定了我的信心，因为我看到了社会对律师的渴求。

我又参加了 1993 年的律考。等待成绩的心情是焦急的，觉得时间是那样漫长，依然是在梦中。这时我刚被调到南海组织部工作，不久就知道以超过录取分数线 27 分的成绩通过了律考。那时的我有好多天都处在亢奋状态之中，这可是被誉为天下第一难考的资格考试啊！离梦想的实现已经不远了，因为已经迈过了通向律师道路上最大的一道坎。

但是好事多磨。组织部被俗称为现代的吏部衙门，在组织部工作的人被叫作管官的官，可见其地位和作用的重要。有民谚称：进了组织部，年年有进步。也有说跟着组织部，年年有进步的。所以从自己的内心来说，是很想去当律师的。从自己的良心来说，又不能马上要求去当律师。因为组织的信任，经挑选和考察才进了组织部。而且自己也亲身感受到组织部这个干部之家、党员之家、知识分子之家的温暖，感受到人们尤其是局级干部们给予的尊重。在当时人们的心目中，那是一条通往仕途的路。怎好说出口呢？俗话不是说士为知己者死，滴水之恩当以涌泉相报吗？在传统观念的支配下，我按捺住内心的冲动，在组织部一干就是四年。因此错过了下海当社会律师的最好时机，但坚持自学取得了法律大专文凭。

然而当律师的内心呼唤却与日俱增，压抑不住的激情终于喷发出来，那是缘于南海市法律援助中心的成立。我试探性地向部领导提出调去当法援律师，领导表示要找到一个合适的人来顶替才行。只是找了几个都不合适，一晃就过了半年。等也不是个办法，我这个人就是这样的，决心一下，也许九头牛也拉不回来，性格决定命运。我写了一份书面申请，连同我在《中国律师》杂志上获奖的征文《三度考律师 志坚终如愿》一起附上。也许精诚所至，金石为开，也许是别的什么原因吧。1998年新春佳节过去不久，部领导就通知我同意调动了。我当时是又高兴又担忧，高兴自不必说，担忧主要是怕得罪部领导，今后的日子不好过。就像有人在后来开玩笑说的："炒组织部鱿鱼，你还是第一个。"事实证明担忧是多余的，当时的南海市委副书记兼组织部部长关则新和我谈话，肯定我的选择，鼓励我在新的工作岗位上作出新的成绩，为组织部增光。一番话打消了我的顾虑，暗暗下决心干出个人样，绝不给组织部抹黑。那天晚上，组织部全体领导和同事一起到南国桃园给我饯别，从部长开始逐个向我敬酒。我的内心涌起一阵激动，感受到无比的幸福和惭愧，真不想离开这个温暖的组织怀抱。说实在话，现在回想起来，在我人生 53 年的岁月当中，组织部的 4 年是最值得怀念的时光之一。但对律师职业的向往是发自骨子里的，在人生道路的选择上，人的本能超越了感情和理智。终于，我踏上了那条充满荆棘的法援律师之路，前后共有 11 年。往事不堪回首，总觉得愧对组织部对自己的期待。只有更加勤奋地工作，亡羊补牢了。

南海市法律援助中心成立于 1997 年 7 月，属于直属行政机构，由南海市司法局管理。我于 1998 年 2 月调来工作，角色来了个 360 度的转换。过去在组织部每天面对的是社会上层的领导精英，收获的是笑脸和捧场。现在每天面对的是社会下层的贫困群体，收获的是忧愁和苦难，心理上确实一下子不能适应。那段日子很难过，因为对比实在太强烈了。有时也会怀疑自己的选择，后悔不该心血来潮离开组织部，总之是处在矛盾的心理状态之中。就这样过了两个月才缓过神来慢慢适应。接触到的第一个印象深刻的案例，是一个在工作时不慎手小臂被切断的外来工，在法援中心的调解下，得到厂里的补偿之后，和他的妻子一起举着用粉笔在一张大红纸上写下的感谢信，当着法援中心人员的面"扑通"一声跪了下来，劝了很久都不愿起来。此情此景强烈地冲击着我的心灵，久久不能平静，深深地感觉到那些贫困的人们确实需要伸出援助之手去帮助，他们用最原始的方式感恩，恰恰证明了这项工作还做得很不够，还有很大的发展空间。

正想放开手脚大干一场的时候，局人事科的科长退休了，局里安排我去人事科工作，一干又是将近一年才又调回法援中心。可以专心干律师了，从负责接听新设立的 148 法律咨询专线电话开始，到办理一般的民事案件和简易刑事案件，我感到非常充实。单新祥工伤补偿案是我单独办理的第一件案子，刚开始时他的情绪异常激动，过激的言语中流露出不信任和不满。我知道他的心灵是受过创伤的，存在一定的心理障碍，所以并不计较他的冲动，重要的是用事实说话，为他讨回公道。经过耐心的安抚和详细运用法律分析案情，他慢慢平静下来配合工作了。在反复几次与厂方调解之后，促使双方达成调解协议。单新祥获得了应得的补偿后，送来一面锦旗表示谢意。这也是我有生以来接到的第一面锦旗，因此印象特别深刻，可以说也是激励我坚持干法援律师直到现在的一个原始动力。

最难忘的还是自己办理的第一件刑事指定辩护案。那是一件未成年人盗窃案，案情并不复杂，只是第一次上法庭，难免心情紧张。我记得当时坐在辩护席上，紧张的心跳加速、双脚颤动、双手发抖。发表辩护意见时只顾照着稿纸念，而且稿纸也是抖动的，可见紧张的程度了。也不知道是什么原因。按理说一个当过十年语文老师的人，站惯讲台讲惯话，面对法庭的几个人不该是这个样子的。可事情就是这么玄，是不是法律的威严造成的呢？现在想来，确实法律在我的心目中是神圣和崇高的，我在它的面前显得是那样的渺小和微不足道，所以有异于常人的表现，也就不足为奇了。说来也奇怪，这件案开庭后一直没有收到判决书，也许是检察院撤回了起诉。因为我在阅卷和会见被告时，发现其中有一次作案，被告只是站在窗台外面就被发现抓住了，所以只能算犯罪预备，因此构不成多次犯罪，所涉金额达不到犯罪的标准。不知道是不是初生牛犊不怕虎，还是歪打正着，这个案子的结果不了了之，至今还是个谜，多次去查也无答案，成为一个悬案。

　　尝到办案的甜头，正想进一步施展抱负的时候，局里又抽调我去南海市政府参加审批制度改革，一去又是半年，直到新千年开始才又回到法援中心。好在那年4月考取了法律本科学历。蓄势待发这么久，憋着的一股子劲儿一下子迸发出来，除了做好其他日常工作外，无论是民事案件还是刑事案件，都主动要求去办，当年就办了20多件。党某江盗窃案是取得作案数额由"巨大"到"较大"辩护效果的一件案。在经过会见被告和三次到法院阅卷，摘录了20页稿纸的材料，最后证实起诉书指证的涉及7万元的一次作案，被告并不在场。法院采纳了辩护意见，作出了减轻判决。如果说第一件刑事案件可能是巧合，那么这一件刑事案件则主要是认真细致的结果。由此我悟出除了过硬的业务素质外，心态是极为关键的，只有把法律援助当作一项事业，竭尽全力，做梦都想着如何做好它，才可能作出一点成绩来。如果只是当作谋生的饭碗，或是过渡的桥梁、镀金的地方，那是无法做好工作的。法援律师需要的是爱心、耐心、尽心，以及耐得住寂寞、忍得住委屈和无私奉献的精神。

　　办理形形色色的案件，丰富了我的经验，说来也颇值得回味。当中有一件精神病人的离婚案，要亲自到精神病院调查取证，可以说是我有生以来第一次进入这样的环境。后来，主审法官采纳了我的代理意见，驳回对方的起诉，受援人的父母也送上一面锦旗以表谢意。我还在代理两名外来女工烧伤不治死亡的案件中，与她们的亲属一起到殡仪馆处理火化和骨灰问题。面对这些特殊的援助对象和特殊的环境，刚开始还是很不习惯的，慢慢也就习以为常了。还有一件代理原告的离婚案，牵涉到许多部门和单位，从中央到省、市的报刊都有报道，据说当时的中央政治局委员、省委书记李长春亲自做了批示，案件改期并由当时的南庄法庭改到南海市法院一号审判庭审理。各级各类媒体聚焦法庭，几百人参与旁听，场面十分宏大。休庭之后，公安马上介入，以重婚罪对被告进行刑事拘留。后被告被判处有期徒刑两年。从2001年到2003年，是我办案的高峰期，每年都办理30多个案件，收获也是最大的，可以说为专业化发展打下了比较坚实的基础。

2002年4月，经过竞争上岗被聘为法援中心副主任，那是组织的信任和群众支持的结果。只是在2003年9月主持法援中心全面工作，尤其是2005年10月，经过竞争补岗被任命为法援处主任之后，因陷于日常管理事务之中，办案才慢慢减少。但每年还是要办那么几件有代表性的案件，因为那是我的梦之所在，只有这样我的心才会感到踏实。我办理的一件军人之父伤残纠纷赔偿案，当经过调解，受援人用颤抖的手取回11.4万元的补偿款银行卡，哆嗦着放了两次才放进内衣口袋，然后紧紧地用双手捂住的情景，强烈地叩击着我的心弦，至今不能忘怀。我深深地感受到：法援无小案，尽心有大爱。

真没想到51岁那把年纪，还有机会去驻村一年。也好，可以借此调剂一下略感职业疲倦的心态，只是依然牵挂着法援。在与村民的零距离接触中，我这个律师驻村副书记逐渐得到认可，村民有法律问题都喜欢找我解决。不知不觉中，一年很快就过去了，又回到常在梦中萦绕着的法援处。就像久别胜新婚一样，以新的面貌投入工作中去。

2008年12月，再次经过竞争上岗，连任法援处主任。我感觉到肩上的担子沉甸甸的。梦还在继续做，美梦正在开始。2009年1月，我取得了MBA硕士学位。同时，我又有了一种前所未有的紧迫感。有地方文件规定中层干部必须在55岁退出现职，也就是说还有一年多一点的时间，我就不能再担任法援处主任了。也正是因为这样，我才倍加感觉到时间的珍贵。还有许多的事情等待着我去做，我也深深地热爱着这项工作，真想"老夫聊发少年狂"地真抓实干一场。只有比平时更加努力地做事，兢兢业业地干活，才能无愧于时代赋予自己的重任。当然，一旦退了下来，我还可以继续做我的法援律师梦，或许因为可以不为日常管理事务分心，而能够更加专心地研究法援案件，这不同样能为法援事业做出贡献吗？不要有壮志未酬身先退的悲哀，也不要有后继无人的感慨，地球少了你一个照样转，长江后浪推前浪，你没看见新秀们表现出来的豪情吗？"江山代有才人出，各领风骚几百年。"最重要的是要有一颗为困难群众排忧解难的心！

法援律师与我，难舍难分，我对于它有时是既爱又怕。历时前后11年，三度短暂离开，三度重又再来，藕断丝连，依依不舍，那挥之不去的法援律师情结。也曾经想过永远离开这个行业，一旦离开了又梦想回来。虽无重大建树，但也无愧于心。过去的不会复返，时光也不会倒流。如果要我重新选择，也许可能有时会想自己真傻，怎么会干这行呢？因为人比人气死人，那些同时在组织部里共过事的同事，现在几乎都当局长、部长了。那些早期下海的律师，许多都功成名就了。但更多的时候则会想，还是要当法援律师的，那是我心灵寄托所在。无论是悔之已晚也好，还是今生无悔也罢，都已成为过去。圆梦的路很长，还是要继续走下去的。因为还有那些渴望法律援助的眼睛在看着我，使我不敢有丝毫的松懈。

（该文于 2009 年获中华全国律师协会、司法部律师公证指导司、《中国律师》杂志社、《法制日报》社、中国律师网、人民网联合举办"纪念中国律师制度恢复重建 30 周年征文"活动优秀奖。2010 年摘要发表在《中国律师》）

三山巨变正当时

　　改革开放三十年了，一只养足精神的醒狮，跃跃欲试。在广佛同城化的东风吹送下，力图一跃而起，登上经济建设的主战场。这就是三山。

　　这是一片神奇的土地。六十年前的今天，三山人民翘首盼望着大军快些到来。新中国成立不久，随着"隆隆"的炮声，南下大军解放了三山。三山的那三座山岗，见证了六十年的发展变化。

　　这里曾经是疍民聚集的地方，因为水通三江，直入大海。过去疍民常年在水上漂泊，以捕鱼为生，居无定所。党和政府关心他们，让他们在这里的简易屋子定居下来。那时的水，清清的，游鱼可数，一网下去，收获颇丰，他们的脸上露出了笑容。

　　改革开放，忽如一夜春风，吹绿了三山的树林，吹开了大江上的浓雾。三山人民盼望着快富起来。不久，大江上的巨轮多了，大桥、港口、码头相继建起来了。三山也重新组合，成为一个镇级的港区。好多年前，我第一次去香港，回来就是从这里下船上岸的。但后来不知什么缘故去香港的航班取消了。我也曾经想在三山买房居住，当时看中的正是山上的绿树和沿江的风光，只是由于离工作地点太远，交通不便而没有买成。

　　现在的三山，早已今非昔比。颇具规模的物流港区，集装箱如高楼林立，巨型吊车往返穿梭，好一派繁忙景象，从这里可以看到水运的优势正在发挥。还有那横跨大江的新建铁路桥，直达广州新客运站，五横五纵的路桥网正在形成。金威啤酒厂的流水线上，装满美味啤酒的瓶子，排着队，一个接一个地往前赶，急着要去为建设三山出一份力量。正在修建的污水处理厂，将会在不久启用，那清清的水流了出来，鱼儿游得更欢了，老渔民笑得更甜了。

开发建设三山，是几代人的良好愿望，也曾经做过许多有益尝试，但长期以来因地处佛山边缘，一些地方发展还未尽如人意。总的来看，三山还有一大片待开发的处女地，发展的潜力很大。人们常常叹息：人算不如天算，单打独斗难以有更大的作为。不可小富即安，而要突破瓶颈，图谋求新的发展，才对得起三山的父老乡亲，才跟得上新中国前进的步伐。

现在，国家从战略的高度制定了《珠江三角洲地区改革发展规划纲要》，从宏观上给三山的发展提供了新的机遇。《广佛同城化建设合作框架协议》的签署，进一步明确了三山的地位。近来，我上网查看了有关三山的材料，又到实地参观考察，觉得广佛同城化，对于三山来说也要从实际出发，在原有的基础上图发展，才可获得最大化的效果。不可只是跟风空喊口号，光打雷不下雨。因此必须对三山的历史和现状要有一个客观的了解，明确其定位，才能获得新的实质上的突破。从系统论的角度看，系统之和大于个体的简单相加，也就是 1+1>2，广佛同城化体现了这个理论观点。但具体到三山，就必须进一步细化，在同城化的框架下考虑问题。只有这样才能满盘皆活，否则的话一招不慎，满盘皆输。大至珠三角，中至广佛，小到南海，三山都是与之密切联系的，不可割裂开来。从地理上看，按行政区域划分，三山属于佛山市南海区和广州市荔湾区、番禺区的交界处。同城化使之成为佛广地理上的中心，也可以说是概念上的中心。需要清楚的是，这与实质上的经济中心和文化中心并不是一回事。天上不会掉馅饼，不付出巨大的努力，不会有巨大的回报。正因为具有这样的特性，三山必须具有不同于一般的思路，严格按照经济规律办事，知己知彼，才能扬长避短获得飞跃发展。

现在有一种观点，同城化之后，三山从过去地理上的劣势，变成现在地理上的优势，皇帝女不愁嫁，好项目自然会找上门来，因此不必急于招商引资，而要慢慢来。这是一种慢性论，也可以说是观望论。需要注意的是，机会稍纵即逝，过了这个村就没有这个店。等是等不来的，必须抓住时机，乘势而上，发展才是硬道理。经过正反论证，看准了就要下手干。对于三山来说，目前尤其要处理好长期发展和近期发展的关系，真正做到可持续发展。

还有另一种观点，认为既然是同城化了，那就要不顾一切地招商引资，越快越好。这是一种速成论，同样也不可取。俗话说欲速则不达，没有经过充分论证，拍脑袋决策，做出来的项目成功的比率是很小的。而且很有可能从单个项目看起来是成功的，从广佛一体化的角度看是失败的。在这里，三山更加需要注意加强大局观念，也就是系统论所说的整体观。

同质与错位的问题也要引起注意。过去广佛之间，佛山各区之间，南海各镇街之间，许多项目同质化严重。结果是一方面在改革开放初期，经过红海战略同质竞争，一定程度地促进了地方经济发展；另一方面，又出现竞争过度，内耗严重，效益低下，浪费资源，污染环境的弊端。因此，在同城化的框架下，三山要特别注意错位发展，实行蓝海战略，和谐发展，有效地配备资源，以收到最大化的效益。

对于三山来说，本人认为除了做好水的文章之外，还要注意做好山的文章。也就是说做好三山这个品牌。生态水城，给人的是一种形态感受。而品牌则是经济发展的金字招牌，产生的经济效益是无法估量的。由于种种原因，三山的品牌效应还未真正形成，知名度还不够高。因此必须借助同城化的契机，全力打造三山品牌，提高其在广佛，在珠三角，在全国，乃至全世界的认可度。如实现此目的，何愁经济腾飞不起来？

从法律的角度上看，亦要发挥其保驾护航的作用，才能使三山的发展不偏离正确的航向。所以，无论是三山的整体规划，还是具体项目的设立，都要有法律专家的参与论证，才能最大限度地规避风险。因此，鉴于三山的特殊地位，建议三山管委会组建由资深律师和法律专家组成的顾问小组，提高决策的总体档次水平。

要紧紧抓住广佛同城化这个千载难逢的机遇，群策群力谋发展。六十年的期盼，三十年的蓄势，种种迹象预示着：三山巨变正当时。

（2009年11月发表于《桂城文苑》，获桂城"广佛同城话三山"征文优秀奖）

壮妹唱山歌

    百鸟岩的壮妹导游唱山歌，先是《刘三姐》片段，用普通话，尚可以。还有另外的一首盘阳河抒情歌，也过得去。再用壮语唱她们的对歌时，立即感觉不同起来。虽然我不懂歌的字词意思，但那深情与圆润的原生态却展示无遗，直入心田，打动人心，充分显示了山歌的魅力。那悠然婉转的情歌，一定是这壮妹导游在与情郎对歌时唱的那一首，而且也一定是因为这一对唱，定下了终身。那歌的深情，那唱的亲切，都在歌声中表达出来。那是发自内心深处的歌声，那是唱给情郎听的歌啊！能不打动人心吗？从这壮妹唱歌的不同表现中看出，她对自己民族文化的认同是多么的深啊！那是从骨子里产生出来的声音，那是流淌在血脉里的壮乡之歌。那情、那意、那纯真，都融在壮歌之中，在我的脑海里不断出现，引起我强烈的共鸣！真想唱一唱这美妙动听的壮歌。但歌声飞到青山上，融入碧水中，壮妹停止了歌唱，我也感到无法复制。那只有壮妹才可以唱出的歌，到我的口里一定也变了味。你可知道，她可是在娘胎里就听着壮歌，一出生就会唱歌的呀！难怪那么美妙动听。那是从血液里流出来的歌，怎么能和一般的歌对比呢？歌声融入了她的心，她的情，她的梦。

    盘阳河的水，清且涟漪。盘阳河的山，绿且娇翠。映入眼帘的，都是美。吸入心肺的，都是氧。这里是养生的天堂，有百岁老人相伴，有壮妹的山歌相随。这里是红七军战斗过的地方，有先烈们的足迹。已经去过两次了，还会有第三次，第四次。一次比一次留恋，最后成为候鸟人，飞落在这青山绿水环绕的地方。巴马有长寿食物，火麻仁、黑芝麻、黑玉米。哪一样在这里吃起来会更可口？这里的水，清甜；这里的空气，清凉。已是酷暑八月，依旧清风习习，完全没有热的感觉，那清甜的河水，捧一把送入口中，那样甜，那样甘，胜过矿泉水。巴马，永远离开不了的情结，只有在这人间仙境，才可以觅到人间的幸福。可以舍弃一切，直奔仙境而去，这才会有无限的美好展现。了无牵挂地生活在巴马，与青山绿水相伴，哪还有什么烦恼？只会享受清风徐来，水波不兴。只会注视水中的游鱼，倏忽而去。真想扎入水中，如同那村童一样，成为浪里白条，破水而来。那是多么的写意。如同回到年少之时，无忧无虑。巴马，是我的归宿，那里有青青的山，绿绿的水，还有壮妹的山歌。可以在青山绿水间休养生息，听着壮妹唱的山歌进入梦乡。

（写于 2011 年 8 月 28 日）

46

阳光大屋与广佛地铁

　　大学毕业回佛山工作之后，我到过很多单位。从单身时两个人住一间宿舍，到三个人住一个三房套间，再到结婚后住在单位分的两房一厅公租房，后来卖下两房两厅的房改房。开头也总感到新鲜和满足，渐渐又会发现种种的不足而心生无奈。

　　终于，因为商业一条街的开通引起的高分贝噪声，直接影响到正在读高二的儿子学习，促使我痛下决心要买一套商品房。

　　那是在 2003 年的秋天，房价也没有现在这么高，楼盘也没有现在这么多，与之相应的是买的人也没有这么多。售楼小姐总是那么热情地接待看客，殷勤地推销靓屋，电话一直追到天涯海角。开发商永远是那么精明，降价打折促销手段层出不穷，就怕你不买他的房子，哪有什么捂盘惜售之事？那时还听人说，买下房子不合意接着转手卖出，马上就会倒贴几万块钱，可以说在那时买房给人们的预期是贬值的。面对巨大的风险，如果不是刚需的话，人们绝对不会选择买房。要知道那时的股市可是方兴未艾，风起云涌。全民炒股，钱来得比什么都快，连不识字的大妈都成了炒股高手。住在蜗居里数钱有多么快乐！谁还会把钱砸在楼市里？看着它一天天缩水，心里比割肉还痛。

　　几乎看遍了佛山的楼盘，最后把目光锁定在桂城清华园。周日的早上，与妻子带上订金出门前去售楼部。走到朝安路口，妻子说："反正也是顺路经过，不如再去尚辉苑看看。"我一想，

47

也好。这个楼盘在当时是属于一流的高尚住宅，前几个月均价每平方米降了1000元，主要原因是交通不方便，周围环境差，卖不出去，不得已而降价促销。这一招挺灵，很快就卖掉中小户型，只剩下少量180平方米以上的大户型。我也曾经去尚辉苑看过几次，觉得这个楼盘的确有一种皇家的大气，单是那巨大的门洞和圆柱，就给人带来强烈的视觉冲击，自豪感油然而生。只是不想买那些大户型房子，因为感到毛坯房暗了一些，钱也不够，还要按揭贷一大笔款。交通不方便也确实是个大问题，又不是一年半载可以解决的，所以不久就放弃了。

尚辉苑的售楼小姐依然是那么热情，一见到我们就问："想好没有，广佛地铁就要开工了，而且已确定在朝安路口，就是尚辉苑的门口新增加一个地铁站，以后出门就可以坐上地铁了，还不快买？"说着售楼小姐拿出登着这则消息的报纸给我们看，果真如此。售楼小姐又说："现在有刚开放的大户型样板房可以参观，你们去看一下吧！"既然来了，当然不能放过这个机会。来到样板房门前，赫然见到门边的墙上有一块简介，上书的"阳光大屋"四个金色大字，令人眼前一亮。也顾不得看其他的小字简介了，只是急着想进屋一睹为快。打开门的一瞬间，简约、宽敞、大气的感觉立即涌上心头。经过改装的样板房，一扫阴暗色调，充满阳光。很快巡视了一遍，处处新鲜，处处养眼。马上，买下它的欲望就充满了心田。

我一边看一边自言自语地说："很好，很好！就是它，就是它！"售楼小姐听了，笑得合不拢嘴，连连催促快下订金。我心里想着今后地铁的便利，和将来发展的美好前景，也顾不得高达九万元的样板房装修费，和妻子商量后，终于下了决心，很快就下了一千元订金。当然那时的订金也没有现在动辄就是上万块钱，还要加上诚意金，怕你反悔。

那时按揭买房只要首付两成就可以成交，其实是相当划算的。尚辉苑的房价每平方米2500元左右，一套185平方米的阳光大屋，总价不过四十六万元左右，还送十多平方米的大阳台免费使用。

原来的九万元装修费，后来售楼经理说应该是八万三千元，如一次性缴费可以九折，只要交七万四千多元。后来一想，如果不是售楼小姐一口咬定九万元，吓退了其他购房者，我也不会有买这套房的机会。

后来再一想，如果不是去清华园交订金时转过来看看，抢先得到在朝安路口新增加地铁站的消息，那么买房的历史也许就是另外一个模样了，因为尚辉苑的房子后来很快就卖完了。哎！这也许是命中注定，自己与阳光大屋有缘，与地铁有缘，幸福从天降，想躲也躲不掉。

为了和地铁配套，两年后，新的马路修通了，桥架起来了。从尚辉苑一出门，往左拐，跨过大桥就是桂城，实现了禅桂一体化。我去上班近在咫尺，妻子上班也方便。岳母住在一碗汤的距离，也利于照顾。儿子从这里考上了大学，这是他的福地。虽然东借西凑，交首付，做按揭，当房奴的滋味并不太好，但全家对这套阳光大屋依然充满了感激之情，用话语无法言说。这个家园带给我们太多的幸福和欢乐，因为它是生活的港湾，工作的加油站，理想的新起点。只是我在日夜盼望着地铁早日开通，让我们的生活更加美好。

可是有一段时间，地铁建设慢了下来，有的地方还停了下来，我的心也悬了起来，会不会半途而废，前功尽弃呢？这是人们普遍担心的现实问题。好在过了不久，又恢复了正常，工地又热闹起来，报纸上对地铁的报道又多了起来，人们的信心重新恢复了，真是好事多磨啊！

住在阳光大屋，心中充满阳光。在屋子里，我刻苦攻读，获得了 MBA 硕士学位，现在正在攻读博士生课程高级研修班。这是一个幽静的居所，阻隔住尘世的喧嚣，是治学的好地方。这是一个灵感多发的所在，用我手中的笔，写下了心中的诗意，有多篇文章在各类征文中获奖。抱着感恩的心态，在阳光大屋里过好每一天，这里有幸福的源泉。

终于有一天，不用做房奴了，取回抵押在银行的房产证，成为阳光大屋真正的主人，那种感觉，另有一番说不出的滋味在心头。什么都不缺，就缺地铁开通了，那可是火车一响，黄金万两啊！

阳光大屋，见证着广佛地铁的发展变化。

不知不觉中，历史的车轮来到 2010 年 11 月 3 日，这可是一个令佛山人民兴奋不已的大喜日子。列车像巨龙一般，从广州钻入地下，一直来到佛山才冒出头来。那是一条带来吉祥如意的巨龙，早已盼着它来，它终于来了！我在日记中写道："广佛地铁今日通，城市品位立时浓；晚饭再去坐地铁，无限风光在其中。"

朝安站地铁口就在尚辉苑大门口，阳光大屋成了名副其实的楼盘卖点——地铁上盖物业。走下地铁站，就像走进地下宫殿一般，让人惊叹不已。坐在舒适的车厢里，我在心里面说：想不到梦想变成了现实，地铁时代的到来，使广佛同城化上了一个新的高度，地铁将伴随着我走过后半生。

一路停停靠靠，半个小时后，列车到了广州西朗站。这次体验之旅让我真切地尝到广佛地铁的滋味，享受到现代化大都市的

50

文明。

回到阳光大屋，我的思绪依然难以平息。回味着地铁给佛山带来的翻天覆地的变化，我在默默地给自己加油，一定要加倍努力，把我的家园建设得更加美好。

后来我多次坐广佛地铁去广州办事、观光、旅游，感到非常的舒适、便捷，真正体会到广佛一体，同城生活的现实意义。我还先后几次通过地铁直接到达广州东火车站，然后转上直达北京的列车去参加中国政法大学的博士生课程高级研修班的面授，感觉非常方便，仿佛一出门就到了北京。

今年 10 月中旬，我到市荣山中学参加成人专升本中医学考试，害怕堵车误时，就坐地铁去，结果来去从容不迫，时间按时掌握，考试顺利完成。地铁，就是这样，改变着人们的工作和生活，使我真正感觉到自己像个城里人了。

不知不觉就到了广佛地铁开通一周年的日子，朝安站两个新的地铁口又快建成了。我心中不禁生发出无限的感慨，生活在越变越好，阳光大屋现在可是身价倍增，评估价都在一万元左右一平方米，人的精神面貌也发生了巨大的变化。这些都是地铁带来的直接效应，朝安站一带由昔日的丑小鸭变成了美丽的白天鹅，阳光大屋真正充满了阳光，人也变得更加阳光灿烂。

（写于 2011 年 11 月）

儿时梦　天命圆

　　我的老家在里水大石村，我的出生地在海南岛海口市。出生不久，阿嫲（祖母）就带着我回到里水。可那时我实在太小，什么都不记得，只是到后来才听阿嫲讲当时的事情，故乡只能隐约在梦中出现。

　　到了 12 岁那年，我才有缘又回到老家里水，再次目睹她的芳颜。那是 1968 年元旦，"文革"的硝烟正浓烈，广州街头不时看到武斗的人群，里水故乡却相对平静，还是一派水乡景象。村子前面的榕树下，池塘里的水好清，游鱼嬉戏其间，树影飘拂水面。阿嫲坐在巷口，正在盼着我归来。

　　这就是我梦中的故乡。我是坐着海轮回到广州，又坐着小艇回到里水。这里是水乡，水网密布，坐着小艇就到了家门口。只是那时故乡很穷，靠生产队的工分，没几个钱，美梦难圆。

　　乡情就在血脉里，丝丝相连。儿时的梦从那时开始发生，一直做了几十年。我在梦想着故乡什么时候成为社会主义的幸福天堂。

　　曾记得，在我 15 岁那年，到了屯昌县建筑公司当学徒，不久全国掀起了知识青年上山下乡的热潮。我就梦想回到故乡里水，当一个战天斗地的当代农民。只是因母亲的劝阻，没有如愿，毕竟那时的农民与工人还是有着很大的差别。

　　时光过得真快，一下子就到了 1977 年。拨乱反正，恢复高考，让全国的有志青年热血沸腾。经过第一次高考失败后，我决定请一个月长假回里水老家复习。就这样，我再次回到梦中的故乡，捧起书本，遨游在知识的海洋，做着上大学的美梦。

故乡的夜晚，很黑，那时还没通电。煤油灯下，是我苦读的地方。昏黄的灯光，正把带来光明的知识照亮。朦胧中，看到的是象牙之塔的晨光。清晨，鸡叫三遍，鸟儿鸣唱，将我唤醒。乡间小道上留下了我的脚印，一直跑到堤围上，沿着河边，吸着饱含水气的新鲜空气，精神又振奋起来。立志要踏破千难万险，高高跃过龙门，荣登金榜，让父老乡亲另眼相看。下午，复习疲倦了，就和同村兄弟一起在晒谷场上打篮球。傍晚，我追着晚霞，跃入河水之中尽情畅游。真有一种"人生自信五百年，会当击水三千里"的豪情壮志在心头。劈波斩浪，梦幻成真。故乡的水是有灵气的，在它的孕育下，那一年的高考我上了线，只是没有被录取。但功夫不负有心人，凭着一股子不服输的犟劲，借着故乡之水的庇佑，终于在 1980 年考上大学，梦也有成真的那一天。

1983 年 7 月，我结束了大学生活，分配回到梦寐以求的南海县，在石门中学教书。里水近在咫尺，可以常回去看看了。月是故乡圆，那里的水依然是清且涟漪，那里的田野还是那么葱翠，改革开放的春风已经吹到每一个角落，翻天覆地的变化拉开了帷幕，幸福富裕的美好之梦再次露出了曙光，这就是我那时的故乡。

和故乡的近距离亲近，让我更真切地看清它的容颜。记得有一次回里水老家，阿嫲拿出用瓦钵盛着的鸡蛋蒸禾虫给我吃，那味道鲜美可说不是天下第一也是第二了。从此我就知道里水的特产有禾虫，只是吃的机会不多，物以稀为贵啊！阿嫲还给我讲禾花雀的故事，那是在稻禾开花的时候，不知从什么地方飞来一群群的鸟雀，落在田里拼命地吃禾花。乡民就在夜里支起网，众人举起火把齐声把鸟雀撵进去，来个一网打尽。肥美的雀肉成为人们口中的佳肴，于是就有了禾花雀的美名。我也吃过几次，味道确实不错。只是现在禾花雀越来越少，听说已经禁止捕捉了。那也是，为了水乡的和谐，不能把禾花雀赶尽杀绝，要给子孙后代留下一些活的记忆。

转眼间，我回到故乡已经二十八年，人已过知天命之年。惊回首，两鬓始染白霜。看故乡，历史翻开了新的一页。广佛同城的号角吹响了，里水成为桥头堡，道路、轨道交通对接首当其冲。广州地铁6号线、12号线延伸到里水，或许很快就要梦想成真，那时乡亲们就可以从地下直接去广州了。再看看佛山一环，珠二环，广州华南快速干线第三期，环环相扣，与桂和路及大小的乡村公路一道，形成顺畅的交通网，城市化程度越来越高。还有里水镇的三河两岸，公园化战略，开始呈现后发优势。梦里水乡，已经显露出人间天堂的轮廓。

我的老家里水大石，以前被称为里水的西伯利亚，交通不便，经济相对落后。现在已经有一条宽阔的水泥镇道相通，每个自然村的道路都实现了硬底化，大路修到了家门口，小车停在村前的池塘边。现在从居住地佛山朝安北路开车回里水大石乡下老家，不用半个小时就到了。以前坐小艇，摇啊摇，大半天还摇不到外婆桥。可真是今非昔比了啊！小艇开始淡出人们的视线，可记忆依然清晰地印在人们的脑海里，这是抹不去的历史。

生活好了，人们开始追寻往日水乡古韵悠长的文化精华。梦里水乡号游艇载着乡民四处寻觅，郁水河的水开始清了，鱼也多了起来。两岸的花草树木枝繁叶茂，添加了新的现代气息。石门返照的美景在哪里？那可是老一辈里水乡亲最引为自豪的佛光影壁。西华寺曾经的辉煌不亚于南华寺，雄立在里水的土地上，梵音缭绕，佛语声声，传递出信众的虔诚。

厚重的历史承载着里水的过去，清新的愿景描绘出郁水的将来，里水人有着开创未来的气概。十几年前，我在里水基层党建工作会期间，曾与志高空调创始人李兴浩面对面交谈，后来又到志高空调厂参观。他的自信、自立、自强的做人品质，工厂的经营高效灵活有序，给我留下深刻印象，从中看到了民营企业家的勃勃雄心和民营企业的光辉前景。扎根在里水的大地上，志高空调发展迅猛，现在已经向海外拓展，形成与海尔、格力、美的四分天下的格局。

里水，人杰地灵。不止志高空调一枝独秀，还有众多的公司企业群星灿烂，为里水的经济发展注入活力。广佛生态新城让环境更美，人更靓。现在，我的家乡大石已和里水其他村子一样改成了居委会，村民成了居民。最近，大石村篮球队代表佛山市参加省农运会篮球赛，获得季军，为家乡父老争了光。

眼看着家乡的巨大变化，让我感觉社会主义幸福天堂就在眼前。真个是：儿时梦，天命圆！

（2011 年 12 月获佛山市作协第一届"梦里水乡"征文比赛三等奖，发表于里水文艺）

小 说 篇

过渡科长

在市委办当了四年多干事的郑力，经过三次考律师取得了律师资格。为了实现自己的理想，便申请到新成立的法律援助中心当律师。半年后，领导终于批准了他的申请。

郑力在法援中心干了三个月，开始摸出点儿门道，正想放开手脚大干一番时，局里的人事科科长到年龄退休了。恰在这时局长也由于上级决定调到政协当专职常委，而新局长要到政府换届后才上任。于是局党组决定先由郑力负责人事科工作，待新局长来之后再做调整。

从心里讲，郑力只想当一名合格的律师，但既然组织决定了，也只好服从。

局里的人听到这个消息后，纷纷祝贺郑力高升。有人开始叫他郑科，他忙摆手说："别这么叫。"

郑力到人事科不久，某基层所一位同志的母亲病故，局里派郑力去参加告别仪式。所长向死者亲属介绍说："这是郑科长。"郑力感到在这种场合不宜多解释，只是岔开话题安慰一番。

有关部门开会，指定人事科科长参加，主管局长让郑力去。在签到时遇到职务一栏，感到"狗咬乌龟 无从下口"。只好空了下来。

外单位有人到人事科办事，见只有一张办公桌和郑力一个人，便称呼他科长。郑力也不作答，只是热情地把公事办了。

郑力到人事科工作一个月后，新局长走马上任。人们估计人事科科长很快就会确定下来。谁知这时百年一遇的洪水突然发生，大堤决口，新局长奉命带一批人去抗洪救灾，一个月后才回来。

又过了两个月，仍不见人事变动。

有人说："既然这么久不决定谁当人事科科长，恐怕郑力夜长梦多，凶多吉少，当不成科长了。"

有人说："既然这么久没有换郑力，说明他当人事科科长虽好事多磨，但大有希望。"

郑力虽然比较坦然，但也免不了生出一些想法：用人不疑，疑人不用。长期维持这种不上不下的状态，对工作不利呀……

新局长上任半年后，人事任免终于宣布了：人事科科长由培训科副科长吉文丽担任，郑力回法援中心当律师……

在场的许多人都睁大了眼睛，似乎不相信自己的耳朵。郑力虽然也感到突然，但很快就平静下来。他想：自己这个"过渡科长"已完成任务尽了职，今后可以一心一意当律师了。

散会后，新局长找郑力谈心，告诉郑力：局里打算在不久的将来实行中层干部竞争上岗，你……大有希望啊！

（1999 年 6 月发表于《佛山文化报》，2000 年在佛山市第三次微篇小说评奖中荣获三等奖）

小乔考律师

  小乔从名牌政法学院毕业后，经过多方面活动，终于排除"近亲回避"的干扰，如愿以偿地分配到她父亲当局长的法制局工作。尽管人们议论纷纷，但在小乔面前依然是百般讨好，所以她也就飘飘然起来，以为自己确实不同凡响。

  法制局里有许多人都梦想考取律师资格，但时运不济，大多数人都好梦难圆。局里近几年更是年年剃光头。有一位40多岁的科长老马，竟然考了七次之多，依然过不了关。但他还不死心，继续他的"八年抗战"。

  小乔听人说起老马这件事时，脸上露出了轻轻的微笑，仿佛在说，看我的吧。因为她知道法制局只有她一个是名牌大学的法学专业毕业生，其他人都是成人教育的"杂牌生"。

  在律考前的半年，科长老马已进入一级备战了。而小乔却无事一样，到考前三个月才开始进入复习状态，而且不十分用功。当局长的老爸看到这情景，不禁急上心头，不时催着宝贝女儿抓紧复习。而小乔总是不耐烦地应付着，一副爱理不理的样子。

  紧张的律考终于熬了过来，一起参加考试的法制局考生个个如寒鸦一样缩头缩脑，焦急地等待着放榜。科长老马逢人就说："看来只有准备九年抗战了。"只有小乔像只金凤凰一样高高地昂着头，好像律考是为她一个人准备的。

  终于盼到成绩通知了，法制局只有一个人喜上眉梢，那就是科长老马。小乔还差十分多才上线，于是再也不敢"气焰有些嚣张"了。

一连几天，局里都把律考作为话题。

老张说："看人家老马，那才叫路遥知马力。"

小李说："怎么搞的，小乔这个名牌大学生考不过杂牌生？"

老赵压低嗓门告诉大家："小乔当年高考还差几十分才上政法学院的分数线，后来搞了个名额，代培上了大学。"

"哦，原来如此！"大家众口一词地说。

（2002 年 4 月发表于《佛山文化报》）

基本称职

冼老师万万没想到自己在学年结束时被评为"基本称职"。他回到家里连晚饭也不吃，便抱头躺在床上，胡思乱想起来。

四年前，他从师专毕业，分配到镇中学当初中语文教师。由于他勤奋刻苦，又热心搞教改，不久就脱颖而出，成为学校的教学能手，并获得函授本科文凭。三年之后，被评为优秀。可谓"春风得意马蹄疾"。

后来，县里建了一所中学，高中学生大部分是其他县属中学挑剩的"箩底橙"。他被抽调去任高中语文教师，上两个班课，当一个班的班主任，还要负责男生宿舍管理。每天"两眼一睁，忙到熄灯"。经过一年努力，学生统考成绩已比入学时平均高出10分……

第二天早晨，冼老师一上班就径直去校长办公室，向校长讨"说法"。额头上布满皱纹的老校长对他说："年轻人缺少经验，班级平均分不够高，按规定本应罚，评基本称职已是'宽大处理'了。"冼老师刚想说什么，校长摆摆手接着说："别灰心，来日方长，吸取教训，下学期从初一教起，但只许成功不许失败！"

冼老师闷闷不乐地走出校长室，在拐弯处遇见管人事的刘秘书。刘秘书悄悄告诉他："本来学校也不想评你基本称职的，但上头给了两个基本称职的硬指标。考核组评来评去也不知给谁好，因为每个老师都像开荒牛一样辛勤劳作，于心何忍呢？于是校长不顾评委的反对，决定自己'占用'一个指标。另一个指标给谁呢？结果'不幸'落到了你的头上，因为只能以'分数论英雄'，而你教的班级还远远低于全县的统考平均分呢。"

冼老师明白了：校长和自己都落入了谁也说不清的"分数"怪圈。

（1998年6月发表于《南海日报》，1999年9月发表于花城出版社《桂花缘》，在佛山市第二次微篇小说评奖中荣获三等奖）

64

转　行

　　简老师坐在桌前埋头写着日记，日记本旁边放着一纸调令。

　　随着钢笔的移动，出现了下面的字句：魏书生（语文特级教师），对不起了，学你九年，如今只有向你告别。只怨自己无能，只恨自己没有毅力。当初立志当一个教育家，潜心奋斗了十年。教育家没有做成，只是取得一级教师职称，这也算是一个值得留念的东西。再过十年，回顾自己现在的选择，是后悔还是庆幸？也许是三十年河东，三十年河西。不过我的秉性是决不会后悔的。下一个十年的奋斗目标是什么？要在新的工作开始前确定下来。人的一生决不能白白度过，至少要干出一点成绩来。再见了，甜酸苦辣的教学生涯。

　　一晃过了五年，当地报纸在头版发了一则消息，标题是：好马也吃回头草，简副局长重执教。

（1999 年 9 月发表于花城出版社《桂花缘》）

胃病好了

80年代中期，刘良在而立之年结了婚。因无房不得已"入赘"，栖身在岳父家。

那岳父的母亲很年轻就守寡了，她省吃俭用，一分钱掰成两半来花，含辛茹苦，好不容易把儿子拉扯大，一转眼自己成了老太太。改革开放多年，家里的物质生活条件已大大改善，但她仍改不了吝啬的脾性。

刘良自小在山区里生活，虽读过大学，仍改不了山里人那种不拘小节的习惯。每到开饭时便大口扒饭，随便夹菜。

初时老太太只用眼睛瞟他，但他毫不知趣，依然我行我素，"江山不改"。

老太太心生一计，在吃饭时进行"革命传统教育"，唠叨着："解放前我们用盐拌饭；三年困难时期，我们一家五口，一块腐乳吃一顿，一条三指大的咸鱼吃三餐……"然而刘良还是依然故我，"禀性难移"。

老太太忍无可忍，拿出看家的本领来，用仇视的目光盯着刘良手中那双筷子……刘良终于感受到了，很有些不自在。

一日，家里来了客人，岳父母大摆宴席，桌面上满是佳肴。刘良也很高兴，比平时多夹了几箸菜。正吃得欢，忽然伸进菜盘的筷子被另一双筷子打落。接着听到一声训斥："都被你吃完了，客人吃什么？"刘良吓了一跳，抬眼一看，原来是老太太所为。

顿时，刘良的脸涨得通红，当着客人的面又不好发作，只好忍气吞声。

从此以后，刘良每到吃饭的时候就条件反射地想起这一幕，和从前判若两人。不但饭量大减，而且每夹一次菜都手发抖，眼睛也极力避开老太太。因为老太太依然习惯性地用警惕的眼光睨他，怕他"旧病复发"

刘良的妻子和岳父母多次劝说老太太，时代不同了，别再像过去那样"孤寒"了。但老太太就是不听。

不久，刘良感到胃不舒服，隐隐作痛。起先以为并不碍事，谁知过了些日子越发痛得厉害。去医院照胃镜，方知患了十二指肠球部溃疡。病因是精神过度紧张。

从此刘良开始与药为伴。雷尼替丁、胃舒平、三九胃泰……吃了几年也不见好转。

到了90年代初，单位终于给刘良分了两房一厅的房子。他和妻女搬过去住，再也用不着看老太太的眼色。心情舒畅，胃病竟然不知不觉地好了。有时去岳父家探望，大家也变得客客气气。开饭时不断叫他多吃一些。只是老太太仍控制不住自己，不时瞟着刘良的筷子。

说也奇怪，分开住了半年之后，再照胃镜，再也找不到溃疡了。

（1997年11月发表于《南海日报》，1998年在佛山市首次微篇小说评奖中荣获三等奖，1999年9月发表于花城出版社《桂花缘》）

供需见面会

　　老李的儿子快大专毕业了，还没有找到接收单位。春节后从报上看到人事局要举办供需见面会。于是在那天一大早父子二人就骑着自行车来到会场。

　　大门还关着，门口已挤满了人。好在只等了一会儿，大门就拉开了。老李和儿子随着人流来到机关事业单位的摊位，只见招聘对象都要求本科以上学历。老李的心一阵发凉，他心里想，怎么变得这么快！自己是老三届，有幸在高考恢复的第一年就考上师专。毕业后即被县重点中学"抢"去教高中毕业班。干了几年之后又被市中专看中，着手办理调动，但有关部门不同意，还说除非县委常委会同意，才能调出本县。

　　"李老师。"老李猛地回过神来，一看，原来是自己教的第一届学生陈旭。她师专毕业后分配到县城的初级中学当老师。

　　"快叫老师好。"陈旭伸手拉过站在身后的女孩说。老李一看，见那女孩13岁左右，满脸稚气。于是不解地问："陈旭，带她来干什么，难道也给她找一份工作？"

　　"她是我的女儿，今年读初一，我想带她来看看招聘的情况，好为今后上大学选个好专业，也让她感受一下人才竞争的硝烟，增加紧迫感，更加用心读书。"陈旭解释道。

　　老李心想：还是陈旭有远见。当初自己只顾埋头教书，顾不上儿子的学习，使他差一分与本科无缘。唉，现在知道也晚了。

"老爸，快走吧！"小李焦急地催着老李。于是爷俩又一个摊位一个摊位看，不觉来到企业招聘场。

"李老师，您好！"一个男中音大声地喊。原来是老李教的第二届学生孔阳。一问才知道，他在省机械学院大专毕业后，先是分配在一间国有企业工作了几年，后来辞职下海创办私营企业。经过一番磨炼，现在企业已具有一定规模，正是需要人才的时候。

"到我的公司来干吧！只要肯学，不怕吃苦，就不愁没有出路。"孔阳信心十足地说。

小李的血好像突然热了起来，他眼睛一亮，看着老李说："就这样定了吧！"

老李没有出声，好像心事重重。

在供需见面会结束前，孔阳终于从小李的手上接过了招聘登记表。

（2000年9月发表于《石湾文化报》）

年轻的秘诀

　　大学专科毕业时，班里约定五年一小庆、十年一大庆，同学们都依约来聚会，唯独周小涛一直没有出现。直到二十年大庆时，他才出现在同学们的面前。大家觉得奇怪的是，看上去他比其他同学都年轻许多。

　　话题自然集中在周小涛身上。他也就不得不说了："毕业后我先后在五个单位干过。先是在家乡的初中教语文，通过函授取得了本科文凭和学士学位后，就调到县重点中学教高中。"

　　班长插话说："我们班大部分同学都取得了本科文凭，有几个还读了研究生，你还算跟得上形势。"

　　周小涛继续说："后来我入了党，评上中级职称，之后又调到政府部门工作。"

　　班长接着说："现在，我班同学中已有十多人是副处、正处级了，你是什么级？"

　　周小涛没有直接回答，只顾说他的话："我考取中文本科之后，又学起了法律，用十年时间分别取得了律师资格和法律大专、法律本科文凭。"

　　"已经有四个文凭了，听说当律师能挣好多钱呢？"同学们睁大了眼睛七嘴八舌地说，"你买小车了吧！"

　　"没有，后来我去当了一名公职律师，领政府发的工资。"周小涛解释道。

"你为什么不'下海'干社会律师？"副班长问道。

"人各有志嘛。"周小涛一边说一边拿出一本书，向同学介绍说是自己最近出的作品集，还说自己最近加入了省作家协会。

"怪不得二十年后才见到你，原来你这小子在卧薪尝胆、修炼内功啊！"这时当年同宿舍的云剑挺着肚子大声说，"看来我是策马难追了"。

"不见得吧！"周小涛摸了一下云剑的大肚子笑着说。

"你今后还准备干什么？"大家不约而同地问周小涛。

"学中医，七年后悬壶济世。"周小涛脱口而出。

哦，好大的决心！同学们也许从中找到年轻的秘诀了。

（2000年12月发表于《佛山文化报》）

绝　症

　　"不排除恶性病变转移"的结论使他拿着检验单的手颤抖起来。怎么会是这样？他喃喃自语。一种前所未有的恐惧很快布满了他的全身，他一夜未眠，第二天一早就拨通了科长的电话，语无伦次地把检验结果告诉了科长，并请了病假。

　　科长安慰他，并说要设法联系去省城最好的医院检查。然而，任何安慰都无法减轻他内心的恐惧，因为面对的是实实在在的死亡的威胁。

　　他想了许多许多：还没到 40 岁，正值英年，如果真的患上这种不治之症，那就太残酷了。自己还有许多事情没有做呢？儿子尚小，妻子身体也不好，剩下他们母子怎么办？想着想着，他眼角上涌出两大串泪珠。他真想大喊一声：命运，你为什么这样残酷！

　　科长向领导作了汇报后，联系了省城的肿瘤医院，亲自开车送他去复查，几天后又亲自开车带他去取结果，非常不幸，复查的结果是不排除肝癌。这个悬案把他的心悬得更高了。他知道这是一种死亡率最高的癌症。据说一般都活不过两年，最多活五年。

　　还是科长理解他，叫他"既来之，则安之"。再想别的办法确诊。

　　他非常感谢科长，因为紧要关头更能体现一个人的品德，而人与人之情也充分显露出来，这种事情是双方的，是自然形成的。

科长还告诉他：沉着应对，一切矛盾都会迎刃而解，还是一句老话，东边不亮西边亮，暗了南方有北方。只要你自己不倒，任何力量也难以把你推倒。应付突发事件，尤其是在关键时刻必须"乱云飞渡仍从容"。生与死总是一体的，悟透了这一层，任何事情都看得开了。

　　他想：科长讲的是有道理，自己没有理由悲观失望，只要竭尽全力地投入工作和学习中去，生命才有意义。即使只有两年时间，也要坚强地生活和工作。

　　他的脑子里又一次出现"假如生活欺骗了你，不要悲伤，不要心急。忧郁的日子，即将过去，快乐的日子，即将来临，而那过去了的就会变成亲切的怀念"这首俄罗斯伟大诗人普希金的诗句。

　　后来，科长打听到有一家医院从法国进口了一台先进的ECT，就带他去复查。去取检验单时，他心跳得很厉害。这份生死判决单究竟写着什么呢？他用颤抖的手拿过检验单仔细一看，"良性肝血管瘤"的结论映入眼帘。天，仿佛一下子亮了。

　　　　　　　　　　（2001年发表于《南海文艺》第2期）

车铃响叮当

陈歌上山下乡到新办的县知青场当知青，他和省城来的知青黎庚非常要好。黎庚的三叔在县城财政局工作，黎庚在星期天常带着陈歌一起去三叔家玩。

黎庚的三叔有一辆刚买不久的凤凰牌自行车，黎庚经常借来骑，陈歌也跟着沾了光，不时骑着车打着叮当响的铃，在街上向人们炫耀一番。

一日，黎庚对陈歌说他三叔要用自行车，叫陈歌帮忙送去。陈歌爽快地答应了。

那天台风刚刮过，天上还下着细雨，路上行人很少。陈歌披着军用雨衣低着头用力骑去，车铃一路"叮当叮当"清脆地响着。

下坡时不用力车也溜得很快，猛然间不知被什么东西挡了一下，紧接着"当"的一声巨响，连人带车摔倒在地上，陈歌除去雨衣帽，抬头一看，原来撞在一个披着蓑戴着笠的行人挑的担子上。

人没事，车铃却摔哑了。

陈歌慢慢地骑着车到黎庚的三叔家，他怕赔钱，就把车铃依原样安上去，把车放进车棚。在还钥匙时陈歌没有讲路上发生的事，更没有讲车铃被摔哑。

陈歌怀着忐忑不安的心情回到知青场，同样没有把这件事告诉黎庚，一连几天，陈歌都不得安宁，生怕黎庚找他算账。

74

奇怪的是，黎庚也一直都没有提这件事，直到三年后结束知青生活，黎庚顶替父亲回到省城，陈歌招工进了工厂。

在庆祝知青场建场二十五周年知青大聚会时，黎庚和陈歌又相逢了。这时的黎庚已经是省城某著名集团公司的董事长了，而陈歌却因工厂不景气下了岗。

两个老友相见话自然很多，陈歌终于掏出压在心头二十多年的话，说出了自己当年隐瞒摔坏车铃的事。

黎庚听后哈哈大笑，告诉陈歌："这件事我怎会不知，只是不愿点破罢了。何况当时三叔也没有责怪。区区小事一桩，何足挂齿，我早已忘得一干二净了，怎么你还记在心上？"

陈歌暗自想：真是大人有大量，这也许是他成为董事长，我待业下岗的原因吧！

陈歌的耳边又响起了当年那"叮当叮当"的车铃声。

（2001 年 4 月发表于《南海日报》）

笛 声

悠扬的笛声不知从何处飘来，他听得入了迷，啊！好久好久没有听到这原汁原味的笛声了。一曲《青藏高原》奏罢，又响起了《小白杨》……虽然有些音不太准，有时还跑调，但感情丰富，韵味十足。

一个晚上就这样过去了，他心情好极了。

第二天晚上，又响起了笛声。还是那种音调，但听起来却不那么好，还有一种沉闷的感觉。继续听下去，心就烦起来。这简直是噪音！于是他忍不住到楼下去看个明白。

原来是一个双脚残疾的人坐在手摇车旁边的地上吹笛子。

他说别再吹了。

没有回应。

他只好回到楼上。

不久笛声又响起来，到很晚才停止。

他一晚没睡好。

他以为第三天晚上还会听到这烦人的笛声，但直到入睡也没有听到。

他睡了一个安稳觉。

从此以后，他再也没有听到这奇妙的笛声了。虽多了一种清静，但也少了一种浓浓的乡情。他开始怀念那原汁原味的笛声了。

（2002 年 3 月发表于《南海日报》）

招　聘

　　在单位干了十年的乔展开始不安于现状，他根据报刊、街招，以及人才市场的招聘启事去应聘，居然有许多单位愿意接收。但乔展醉翁之意不在酒，始终没有跳槽，只是从这些招聘中见了世面，知道自己的斤两，增加了信心。

　　终于有一次，经人介绍，乔展到了新单位工作。他面对挑战，激发了内在的潜能，使出了周身的解数，干得比原单位好多了。

　　从此以后，乔展那不安于现状的个性导致了多次转换单位，有些是熟人介绍，有些是根据招聘广告。就这样，十年中乔展先后换了四个单位，收入虽不断增加，岁数也猛增到45岁。

　　在最后一个单位干了三年之后，乔展那颗心又动了起来，于是又开始留意各种招聘启事，但大多数都令他失望。他看到招聘要求中除了专业水平之外，还要求年龄在45岁以下，可以说他的年龄已越过了招聘的"死亡线"。

　　乔展依然不死心，继续留意有关招聘启事，直到有一日，他看到报纸上登出一则钻石公司的招聘启事。没有年龄限制，他的条件完全符合要求。于是乔展先通过电话联系，后又根据预约上门进行了初试。主考官经过一番考察之后，很满意，于是决定到时通知乔展来公司见老总。乔展留下了自己的名片。

　　通知见面那天，乔展正好有事外出。钻石公司打电话到乔展的单位找人，不知有意还是无意，竟然直接要求接电话的人转告乔展去公司面试。顿时，那人像发现新大陆一样，放下电话就把这事传开了。不到 5 分钟，整个单位都知道乔展去应聘的事。

乔展外出回来，见同事用异样的眼光看他，有些人还在指指点点，感到有些莫名其妙。回到办公室，那接电话的"包打听"，神秘地对他说："你是不是想跳槽？"接着又告诉他钻石公司打电话的事。

乔展终于明白过来，心中不免责备起钻石公司的人来：如此行事，不会为应聘者保密，这下子让我怎样在单位待下去。

乔展继而转念一想：既然生米已煮成熟饭，干脆将计就计去公司碰碰运气。

钻石公司老总与乔展见面之后，非常满意。马上拍板让乔展来上班，并要给他十万元年薪还有年终分红。

乔展向单位领导递交了辞职书，原以为会受到责备。谁料到那"老细"显得十分亲切有礼，问清来意之后说："你的事我已经知道了，都怪我不深入实际，埋没了人才，使你不能发挥自己的作用，要去另外寻找'发展空间'这样吧，经过研究现决定让你担任部门经理，年薪十万，你考虑一下吧！"

乔展一下子不知如何是好：走，还是不走呢？

（2002 年发表于《南海文艺》第 1—2 合刊，在佛山市 2002 年度群众文艺"百花奖"评选中荣获三等奖）

78

预　言

　　一家有四兄弟姐妹，两男两女，父母是解放初期从大陆去支援海南的南下干部，孩子们都在海南长大。当时海南穷，大陆人都想回大陆。当地流传着一句话，叫作过海成龙。

　　"文革"中的一日，四兄弟姐妹在大姐的住处相聚。原来，一位当军官的老乡要来给大姐介绍一个大陆籍的军官。

　　军官老乡说："女的还有希望回大陆，只要嫁给一个家在大陆的男人，到转业时跟着回去就可以了。而男的就难了，只有扎根在海南一辈子了。"

　　老二把这句话记在心上，认为很有道理，也希望大姐嫁个大陆军官，自己也沾沾光。

　　后来，大姐和三妹都分别嫁给了大陆籍的军官。

　　但命运总是难以预测，两姐妹的军官丈夫先后转业到海南工作，两姐妹也就嫁夫随夫，留在海南了。

　　"文革"后恢复高考，老二拼命读书，也不怕丢脸，经过几次考试，终于上了大学，毕业后分配回老家工作。后来又考取律师资格，下海当上了律师，不久就买了车子和房子。

　　小弟也学着老二的样子，发愤读书，考上了名牌大学，毕业后被招聘到珠三角的银行工作，十年后当上了副行长。

　　中国加入WTO后的第一个春节，老二开着宝马轿车，带着老婆孩子，和小弟一家一起回海南探亲。真是无巧不成书，那位当年给大姐介绍对象的军官老乡也带着妻子和孩子去探望大姐一家。

旧事重提，军官老乡笑了笑，无限感慨地说："我的预言在现实面前只好宣告失败，看来靠别人不如靠自己呀！"

（2002年10月发表于《南海日报》）

海南人　南海情

　　祖籍南海的溪流出生在海南，那是 20 世纪 50 年代初，建国四周年的时候。

　　溪流的父母在海南岛解放初期，就南下海口筹建新的军工厂，不久就生下儿子。按照出生地原则，溪流也就成为新海南人。

　　日子过得飞快，在海南生活了二十八年的溪流回到了老家南海。事情就是这么巧，只要把海南两个字的顺序倒过来就可以了，省却了许多麻烦。但生活却并不那么简单。

　　二十八年一下子又过去了，不觉已到新中国成立六十周年前夕，改革开放也已经三十年了。回顾过去的五十六个年头，一股热流涌上溪流的心头。想一想也是，如果没有新中国的成立，溪流也不会生在海口市，长在海南岛，成为海南人。如果没有恢复高考和改革开放，溪流也没有机会上大学，毕业后分配回南海工作。那可是缘分啊？也不全是。

　　回想起当年的高考，溪流至今还心潮澎湃。那是邓小平一声令下，改变了无数人的命运。在此之前，上大学还是可望而不可即的事情，一夜之间情况就变了，梦想成为了现实。这在当时可是考上状元一样的大事，在村子里是要杀猪请全村人庆贺的。这等好事让溪流遇上了，真是让人羡慕死了。

　　毕业分配，可是人生的关键一步。何去何从？人各有志，溪流选择了回老家南海。那时的大学生可是十分稀缺的香饽饽，好多单位都抢着要。溪流被重点学校抢去做了一名人民教师。这间学校名气之大，在当时是无法想象的。只要一说是该校的学生，人们就会投过来羡慕的目光，更别说是教师了。俗话说名师出高徒，那可是培养大学生的摇篮，无数学生成为社会的精英，国家的栋梁。

国庆六十周年前夕，学校举行建校 100 周年校庆。台上台下坐满了校友和嘉宾。那些校友中的部长、省长、将军、院士、学部委员、知名人士、地方领导，当然是坐在主席台上。主持会议的溪流，站在讲坛前，不禁思绪万千。

回南海的二十八年里，溪流从担任教师开始，经过班主任、备课组长、年级组长、科组长、副教导主任岗位的磨砺，经过群众的推荐和组织的考察，被破格提拔为校长，一干就是十年。学校已经成为全国百家示范学校之一，知名度更高了。

此时此刻，溪校长觉得自己已经是一个地道的南海人了。看着来自全国各地的桃李，溪校长的心中涌出了一股浓浓的南海情。

（2010 年 6 月发表于《佛山艺术》）

咸鱼翻生记

那一天，是个令人难忘的日子，三个鲜活的小生命，沉没在江水中，离开了他们曾经短暂拥有的人世。伴随而来的是亲人们撕心裂肺般的痛哭。

一年后的一天，也是一个令人难忘的日子，法律援助处同时收到受援人送来的两面锦旗，看到的是来者略微舒展的眉头。

这是一个真实的故事，且听我慢慢诉说与你。

江桥边有沙场，孩子们到这里玩，又到江边洗手。无情的江水拉住了三个小孩的小手，消失在湍急的漩涡里，再也浮不上来。谁来负这个责？分属两家失事孩子的四个家长自然要负监护不力的责任，可沙场老板怎么说也不愿意负责，百般推脱。

索赔无果，四个家长只好来申请法律援助，眼睛中充满了期待。

这是一个难度很大的案子，交给了经验丰富的社会律师办理。没想到判决却驳回了全部请求，一点也不给补偿。眼看着"生鱼"变成了"咸鱼"，家长们的期待变成了愤怒，强烈要求上诉给个说法。

经过详细分析讨论研究，法律援助处决定转变思维角度办案，改由本处的资深律师牵头承办二审。

俗话说，打官司就是打证据。新的承办律师重新理顺了案件头绪，抓住沙场与事件的关键联结点写出上诉状。又到实地调查取证，拍下了一组现场照片，并逐一用文字进行说明，作为证据交给了法院。

开庭的时候，被上诉人及代理律师的态度都很坚决，言辞犀利，坚持认为己方没有责任，不用补偿。庭审的天平似乎倒向了他们一边，气氛骤然紧张起来。

轮到上诉方代理律师发表意见。他针锋相对，义正词严地指出对方的错误和应该担责的事实和法律依据。庭上的气氛缓和起来，法律的天平似乎被拉了回来，为下一步的调解创造了条件。

因为差距太大，当庭调解不成，法官敲下法槌宣布休庭。

又是一个令人心焦的等待过程。法援律师主动出击，多次与法官联系，反复和被上诉方协商。终于，各方达成了共识，给每个失事小孩补偿1万元，一共是3万元，于签名当日拿到了补偿款。

咸鱼翻生，上诉人那破碎的心得到些许的安慰，于是上演了两家人一起送来两面锦旗的动人一幕，那是发自内心的感激之情。

（2010年发表于南海法援专刊）

84

小填的那些事儿

在外打工已经三年了，小填在厂子里当上了带班的人。

那一天，班里的两个工人不知因为什么事打了起来，一直打到厂外。

小填去劝架，没想到被打破一边头。法院判打人的人赔偿小填八万元。可是判了也是白判，因为那人被关在监狱里，没有钱赔给他。他只好干瞪眼，又不甘心，就四处上访，去找解决的办法。

忽一日，小填来到法律援助处，看到里面的人慈眉善目，待人热情，就凑上去。正在值班的小王律师一看，吓了一跳。怎么来了一个只有半边头的活人？

照道理说，在法律援助处，成天接待的就是那些缺胳膊断腿脑震荡的当事人，早已是见惯不怪了。这半边头倒是第一次见到。

小王律师定了定神，又恢复了脸上的笑容，问小填有什么事儿？

小填语无伦次地说了半天也没说清楚，这也难怪，他只有半边头，怎么能一下说清楚那些事儿呢。

小王律师听了半天，才弄明白来意。向主任汇报后，决定提供法律援助，向法院起诉工厂。

案件一审结果还不错，判给小填二万三千元作为补偿。小填虽然嫌少，但也没有太多意见，这总比没有好。

眼看上诉期限到了，不见被告上诉。代理律师小王稍稍有些放心。没想到在上诉期的最后一天，法院通知去拿上诉材料，这才又心急起来。

看到这事儿有些难办，小填更加着急。又跑来法律援助处，翻来覆去就是那句话，意思是要采取极端手段解决问题。

小王律师耐着性子听他说完，又向主任汇报，再次决定代理二审法律援助。

这一次判决的结果出乎意料，撤销一审判决，工厂不用补偿，因为没有过错。

小填知道结果后，一下子失去了理智，大闹着要去算账。不管小王律师怎样劝说都不听。看起来这事儿有点儿难办了。

几天后，法律援助处接到一个通报，说是小填一怒之下，把县政府的牌子给摘了下来，被拘留后又放了出来。

说来也巧，大家正看着通报，小填又出现在门口，他还是那个样子，语无伦次地重复说着那句话。

经过研究，法律援助处决定代理他向法院申诉。小填也就回到老家等消息去了。

时间过得真快，三个月一下子过去了，小王律师接到法院的裁定，结论是驳回申诉。

也不知道小填收到裁定会是什么表情？恐怕是气昏了头。这事儿也该告一段落了吧！因为该走的程序都走完了。

过了几天，小王律师正在整理小填的案卷材料，准备结案，突然听见有人在叫："王律师。"抬头一看，原来又是小填。

又是一番软磨硬泡，主任出面讲了半天才把他劝走。

经过反复讨论，并请教法律援助专家顾问，决定代理小填再次向法院申诉，由主任亲自出马和小王律师一起办理。

　　算小填好彩，经过马拉松似的漫长诉讼，再审判决工厂补偿小填二万元。理由是工厂虽然没有过错，但考虑到本案损害结果是厂内员工争斗造成的，而且小填又是厂内的员工，所以要承担一定补偿责任。

　　小填又出现在法律援助处门口，送来一面锦旗，上面写着：无私援助，真心帮人，小填赠。

　　从此再也没有看到小填，也没有听说他四处上访了，只是听说他用那些钱把半边头补好了。这事儿真的要告一个段落了。

　　　　　　　　　　　　（2010年发表于南海法援专刊）

雄辩声声响

　　搞个辩论赛怎么样？主任在心里嘀咕着。

　　这些年来，法援处搞了征文比赛、演讲比赛、书法比赛、乒乓球赛、羽毛球赛、篮球赛，扩大了宣传效果，增强了凝聚力。今年该搞些什么新意思呢？主任不禁有些犯愁起来。

　　一定要创新，嚼别人吃过的馍没味，这是主任一贯的风格。但一定要与实际相结合，经得起时间的检验。想到这里，经过处务会讨论后，就在当年的调研活动提纲中增加了辩论赛的可行性一条。因为毛主席教导我们：没有调查，就没有发言权。

　　一番认真细致的调研，纵横八个镇街司法所，走遍二十个律师所，收集到各方面意见，得到大部分人的支持。这下子主任心里有了底，看来辩论赛有得搞了。

　　但一想到具体操作，主任又心虚起来，似乎一下子没有了底气。是呀，说来容易做来难。这可是个庞大的系统工程，涉及到方方面面，自己从来没有搞过，可真是狗咬乌龟——无从下口。

　　正在一筹莫展之时，忽然想到大学公益法律服务处的姚教授。于是一个电话打过去，姚教授一听，立马说："你怎么不早说呢，辩论赛可是我的强项，这事包给我了。"

　　原来姚教授是大学生辩论队出身，拿过很多奖项。后来又担任大学辩论队的指导老师和领队，多次获得冠军。有他的一句话，主任也就放心了。

经过反复磋商，拟定了辩论赛的框架。又经过一番详细策划，设计出了方案。上报领导批准的时候，主任还有些担心通不过。果然，领导用笔改了几个地方。主任暗想：糟糕，怕是没门了。没想到，领导接着就在审批栏里爽快地签了名。主任拿过方案定神一看，原来只是改了奖金数额，比原先提高了不少。

领导的支持，给辩论赛注入一股活力，各项工作开始加速推进。

开始还担心律师所的积极性不高，实际上恰恰相反，参赛的四个律师所行动最积极，有些律师所承诺，比赛得到多少奖金，所里就再奖励多少奖金，真正体现了重奖之下必有勇夫的古训。

很快到了初赛的日子。雄辩声响了起来，八支辩论队轮番结对登台，一决高下。整个过程似模似样，出现了好多个高潮，辩手们虽然略显幼稚，但也不逊于电视上的辩论赛。俗话说：外行看热闹，内行看门道。三个评委的轮流点评，更是点睛之笔，尽显专业水准，赢得满场喝彩。观众与辩论队互动环节，各种刁钻古怪的问题，讨论起来比正式比赛还要精彩，有的干脆直接向担任辩论赛主席的主任提问，搞得主任差点下不了台。热烈的气氛空前高涨。在这样的氛围里，法律援助深深地印在每一个人的心中了。

很快到了冠亚军决赛阶段。这两个队经过层层比拼，过关斩将，所向披靡，无人可敌。现在是棋逢对手，将遇良才。俗话说，两虎相争必有一死。到底鹿死谁手，还是个未知数。所以气氛空前紧张。据说两支队都进行了认真的准备，士气高昂，志在必得。在现场的两支啦啦队，情绪高涨，意在必胜。

果然，一开场，正方一辩陈词就先声夺人，立论鲜明。接着反方一辩陈词毫不示弱，高调反驳。一时间，剑拔弩张，火药味浓烈起来。

攻辩环节，正反方的辩手轮番进行一对一攻辩，各不相让，连珠妙语迭出，掌声屡屡响起，开始进入佳境。

自由辩论环节最能显示整体实力和团队精神，配合默契显得尤其重要。只见双方辩手轮番起身或提问、或答疑、或进攻、或防守。攻者如组合拳连连出手，势如破竹，锐不可当；守者如太极拳连绵不断，顺势化解，四两拨千斤。叫好声、喝彩声、鼓掌声，声声入耳，观众的情绪达到了极点。双方势均力敌，观点越辩越明，堪称巅峰对决，辩论进入了高潮。

总结陈词是辩论赛的最后一个机会，双方的四辩轮流演讲，在热烈掌声的激励下，一个比一个兴奋。讲到精彩处，声情并茂，气势如虹，慷慨激昂的程度比得上闻一多的《最后一次讲演》。只是时间所限，双方各在五分钟内高度概括了整个辩论赛的精髓。随着到时钟响，雄辩声戛然而止，法律援助却如梵音般绕梁三日，挥之不去。

胜固欣喜，败亦欣然，毕竟只有一个冠军，重要的是享受比赛的过程和乐趣。

姚教授在比赛后说："想不到能有这么高的水平。"

主任听后心里感受到些许的安慰。

（2010年发表于南海法援专刊）

90

关律师的四心

那一天，小黎正在法律援助中心值班，忽然看见一个人一边急匆匆地走进来，一边大声地说："忍无可忍、忍无可忍，真是岂有此理！"

来者正是关律师，他拿着一份判决书，认为判决太离谱，要为当事人讨回公道，向中级人民法院上诉……

听完关律师的讲述，小黎认为很有道理，同时也为他仗义执言的豪侠性格所感染，马上请示主任受理了这件案子。

关律师不负重托，连夜写了八页纸的诉状，第二天就送到了法院，这可以说是又好又快。二审的结果是采纳了上诉请求，又可以说是保质保量。

当事人当然是千恩万谢，连声说关律师是活菩萨，救命恩人。

这件事给小黎留下深刻印象，觉得关律师这个人呀，很有激情，待人热心。

还有印象更加深刻的事情，小黎不说觉得对不起关律师，也对不起读者。那是一个连锁案。事情的发生，是一个农民工，在工厂被电风扇打伤头部，老板没有及时送去医治，使之病情加重，精神错乱。去仲裁，被驳回。无奈之下找到法律援助处。经过小黎接待，又按程序指派给关律师办理。结果又是反败为胜，一审判决工厂要承担责任十万元。工厂不服，上诉到中院，关律师再次据理力争，结果维持原判。可是老板不愿意给钱，申请法院执行是唯一的途径了。关律师想尽一切办法，让执行法官拘留老板，终于在春节大年三十那天，农民工拿到了十万元救命钱。

对这件一波三折的事，小黎的评价是，关律师这个人呀，不但专业水平高，而且很有耐心。

第三个故事是这样的，有一个在工厂做保安的退伍兵，被歹徒砍伤了手。开始被认定为工伤，后来不知道什么原因被撤销了工伤认定。对于这个行政诉讼案，小黎和法律援助处主任都觉得很难办，就去请教关律师。经过详细分析，关律师认为"有得打"于是这个案子又交给了关律师去办。在关律师有理、有利、有节的代理下，法院采纳了诉讼请求，判决重新作出工伤认定。

话说到这里，小黎更加体会到，关律师这个人呀，有着不同于常人的专心。

不得不说的故事还有许多，"一支笔"就很动人。除了法律文书写得漂亮，在办案之余，关律师还用他那支笔，写下了很多的文章，频频在各级获奖，一时间名满天下，许多贫弱者慕名而来，指名要他代理。

现在，关律师更忙了。

小黎在心里默默地说，关律师这个人呀，能做到这个份儿上，都是因为有个大爱之心。

（2010年发表于南海法援专刊）

法援主任

终于，他下定决心离开组织部，申请到法律援助中心当律师。

对于这样的行为，许多人都不理解。放着好端端的组织部不待，偏要去那充满未知数的什么法律援助中心，是不是脑袋入水了？

他就是这样一个人，一旦主意确定，十二头牛也拉不回来。他像邓小平当年那样用两吨棉花堵住耳朵，彻底隔开了那些闲言碎语，来到法律援助中心工作。

磕磕碰碰地干了几年，经过竞争上岗，他被任命为法律援助中心副主任，信心由此而增强，因为他深深地体会到，法律援助律师不是那么好当的，更何况是法律援助中心副主任？这可是群众的支持，领导的信任才得到的机会。

机遇往往垂青那些有准备的头脑，公职律师所的成立，把原先主持工作的另一位法援副主任调了过去。法律援助中心就由他负责全面工作了。担子还确实不轻，整个中心只有3个人，所以他要既当指挥员，又当战斗员，忙得团团转。

越忙越出漏子。那天，有4条汉子来到法援处，说是找他。也许是没有经验吧！没有防备这些人，在他的办公室里被围住，又是谩骂，又是吐口水。把他激怒起来，报了警。这一事端的缘由是他代理的一件案子，得罪了这4位被告，找上门来寻仇。

后来他寻思，如果当时有经验的话，应该是走为上计，不让这些人得逞。就当一次教训吧！

祸不单行，因为拒绝一位申请法律援助的人，被告到法院。一审法援中心胜诉，对方不服，再告到中院。又是缺少经验，他认为二审也会像一审那样赢定了，所以没有及时向上级法援中心汇报。结果二审判决结果是败诉。这时他才急了起来，但生米已煮成熟饭。雪上加霜的是，有报社记者，不知从哪里得来的消息，以"法律援助中心被告倒"为题，登在头版头条上，后来又被网络转载，传遍全国。这一下，问题就大了。负面影响被成倍放大，一直影响到以后好几年。真可谓铭心刻骨，让他好久都抬不起头来。

主持法援中心工作两年，依然没有扶正，他开始有些心灰意冷了，打算抱着过一天算一天的想法，凑合着过。

同样的道理，机遇总是照顾那些有准备的人。又一次经过竞争上岗，他终于当上了法援主任，那一度下落的激情又被激发起来，各项工作都走在前头，各种荣誉也来光顾了，他的事业达到了巅峰。

不觉又过了3年，不知从哪来的精神下发了一个所谓优化干部队伍的文件，规定男55岁，女50岁的中层领导必须下岗。如同晴天霹雳，干得好好的，偏要来这么一份毫无法律依据的所谓优化文件，无情地剥夺了一批年富力强的人干事创业的权利，他怎么也想不通。人家美国的大法官还要50岁才有资格当呢？但这条土政策，一刀切，谁又有办法改变呢？

一下子就到了55岁生日，他等着解除职务的通知，却怎么等也不见来，好生纳闷之时，报纸有消息说大部制机构改革开始

94

了。也许还会有机会吧！他想。

不久，又听说中层领导全部都可以高配一级。他感到又有了一些希望。

一直到年底，方案公布了，高配的年限划在55岁之前，之后的没份儿。他超龄被排在线外，又送了车尾，快到嘴的鸭子飞走了，与高配副主任科员失之交臂。不久免职的通知下达了，他终于又回到原点，而且待遇还降了一级，因为他当主任的任期差几个月才达到保留原待遇的年限。他更想不通了，若不是主持法援处工作两年才转正，那就不会是这个样子了。真是倒霉，他在心里说。

正在闷闷不乐之时，他遇见管政工的局领导，领导告诉他说，得到最新的消息，说是他们这一批人，可以在退休时享受到副主任科员待遇。

果然不久，就有一位早他几年退下来的科长退休前套上了副主任科员。人们都说，再过几年就轮到他了。他笑了笑。

过了半年，人们在市律师协会的公告栏里，看见一家新的个人律师所，主任正是他。不久他就开上奔驰，律师所也发展到十多人。这么快，看来是如鱼得水啊！人们不禁羡慕起来。

又过了几年，中央关于县以下机关事业单位职务职级并行方案出台。原先那些土政策全部废除，年纪大工作时间长的都享受到副科以上待遇。还是中央英明，关心基层干部。广大基层干部打心眼里说。

这时他已经到了退休年龄，但早在几年前就递交了提前退休报告，下海去闯荡了。这在当时可又是一个出乎意料。他呀，就是这样的性格，到死也改不了啦。副主任科员又算得了什么？在他的眼里，那早已经是"粪土当年万户侯"了。

（写于 2011 年 5 月，修改于 2015 年 2 月）

杂文篇

自学成才路也宽

今年上半年，我市1941人参加了广东省高等、中专成人教育自学统一考试，参加人数为历年之最。他们共报考43个专业总计4875个单科，比去年同期增加一倍多。

这则简明新闻告诉人们，南海大地上吹起了自学成才的强劲东风。其原因除了自考本身固有的几个突出优点：开放性，灵活性，工学矛盾小，投入少，效益高之外，还有一些新的因素：一是双休日的普遍实施给自学者以时间上的保证。二是众多因故未能进入高一级学校深造的人，尤其是外来工和应届高中毕业生，深感知识的重要和学历的分量，从而进入自考这座没有围墙的大学。三是已经大学毕业做出一定成绩的人，希望在学识方面更上一层楼，而加入本科段的自学考试。四是不少已有本科或大专文凭的人，意识到复合型人才更适合社会主义市场经济的需要，而报考第二专业。如笔者认识的某建筑公司梁副经理，今年53岁，早已大专毕业，并有工程师职称。他在激烈的市场竞争中深感法律知识的重要，最近几年将法律专科和本科所有科目考了一遍，虽说只有几科及格，但也系统掌握了法律知识，在激烈的市场竞争中取得了主动权。五是单位的支持给自考生壮了胆，南海糖厂是其中的佼佼者，该厂已形成了自学成才的良好风气。六是各种形式的助学机构起了推波助澜的作用，其中南海市桂城成人文化技术学校，从去年起开办了近20个专业的自考辅导班，吸引了

99

大批的自学者。

　　自考热的掀起是件好事，应该大力提倡。要依据宪法"鼓励自学成才"的规定，通过报刊、电台、电视等媒介渠道；宣传自学成才者的事迹。要让人们认识到，知识越多，文化程度越高，发展的前途就越广阔，对社会的贡献就越大，激励更多的人通过自学考试成为跨世纪人才。

　　　　　　　　　　　（1996年7月发表于《南海日报》）

改变机关作风与坚持原则

在机关中确实存在"门难进、脸难看、话难听"的不良作风，必须坚决纠正。但与此同时，也要注意另外一种偏向，那就是怕坚持原则而被看成是工作作风不好被投诉。

现实中也确实存在因坚持原则而被投诉，从而被认为工作作风不好的现象。在这里如果不分青红皂白，凡是投诉即认为是工作作风不好，那么就必然会挫伤敢于坚持原则的人的积极性，从而埋下巨大的隐患。

有人说，中国现在是无密可保，泄密给中国带来了巨大的损失。我认为如果不坚持原则，依章办事，那么这种现象将继续发展，从而给工作带来更大的损失。不能只讲热情，不讲原则，把两者割裂开来。实际上，改变机关工作作风与坚持原则是辩证统一的。

有人认为，在目前的市场经济条件下，应更讲究灵活性。我认为这是错误的，事实上，市场经济是法制经济，是最讲原则的。

现实中确实存在讲原则性难，讲灵活性易的现象。坚持原则往往得罪人，不被人理解。这对于一般来办事的人来说也许还情有可原，但作为领导则必须明辨是非，具体情况具体分析。不能不加分辨各打五十大板，更不能随便扣上机关作风不好的帽子。要对敢于坚持原则的人给予支持，对确实是工作作风问题的则要批评帮助。而不应该一概斥之为工作作风不好。

吴金印在这方面堪称表率，他"支持干的，批评看的，处理捣蛋的"。从而鼓舞了广大的干部群众，转变了工作作风，打开了工作局面。我们的领导干部应以他为榜样。

我们知道，组织部门既是"党员之家""干部之家""知识分子之家"，同时也是组织纪律性很强的部门，坚持原则尤为重要，更应该处理好转变作风与坚持原则这两者的关系。对来办事的人一定要热情，对不符合原则的要求则做好耐心的解释工作，对坚持无理要求，违反原则的现象则要坚决抵制，在大是大非面前决不能以感情代替原则。这确实对组工干部提出了很高的要求，要把握好这两者的度是不容易的，因为坚持原则往往不被人理解，有时还会被人误解为机关工作作风不好。这要求我们组工干部要有宽广的胸怀，不顾个人得失，坚持原则，依法办事。要坚信即使一时被人误解，但经过时间的考验，人们是会"路遥知马力，日久见人心"的。

在目前不正之风还比较严重的情况下，坚持原则尤为重要，尤其是一些机要保密部门，不可随便打开灵活之口。那些人不正是在灵活性的借口下搞违法乱纪的事情吗？他们最终受到了法律的制裁。

不能单从表面上、形式上去改变机关作风，而应从实质上、指导思想上加以改变，从而树立起组织部门的形象。

改变机关作风也要看对象，形式要多样化，在坚持原则的前提下，到什么山唱什么歌，量体裁衣，看菜吃饭，对不同的服务对象采用不同的服务方式。可以说随着时代的发展，对组工人员的素质要求更高了。

干部档案工作人员更要立场坚定，默默奉献，当好党委和政府的参谋。作为领导来说，应对他们给予更多的关心、爱护，使他们更加爱岗、敬业，更好地在坚持原则的基础上改变机关作风，在组织工作中发挥其应有的作用。

（写于 1997 年）

交流轮岗要有配套措施

近几年来，我市有不少干部在交流轮岗中迅速成长起来，一位大学毕业生，从工厂技术员起，先后在好几个单位工作锻炼，经过 11 年磨炼，33 岁担任了副市长。实践证明，凡是经历了多种环境，多种岗位锻炼的干部，政治上、业务上往往比较成熟。交流轮岗有利于激发人的潜能，有利于组织上在动态管理中考察了解干部。

当然，并非一交流就好、一轮岗就灵，要使交流轮岗收到良好的效果，必须要有一系列的配套措施，花大力气真抓实干。

首先，在交流轮岗时，要注意克服短期行为。这要求单位领导和组织人事部门，在干部交流轮岗前，对其本人担任的工作进行客观的评价，对其新担任的工作状态也进行预测，任职期满后必须进行考核或审计。看得见的成绩要如实反映出来，对于干得好的要及时给予表扬、鼓励，或根据其实际能力，提拔到高一级的岗位上去。对那些热衷于搞短期行为，弄虚作假，报喜不报忧，以权谋私的，要进行批评教育。对那些情节严重而又屡教不改的，要给予纪律制裁。不但让他升不了官，还要让他当不成官，从而引导干部脚踏实地，干一行爱一行，为官一任，造福一方。

其次，交流轮岗要有一个适当的时限。干部任期是一个较为复杂的问题，不同工作，不同层次，不同环境，不同年龄等必然存在差别。交流轮岗也不能搞一刀切，而应从实际出发，从培养干部和提高单位及整个地区工作效率着眼。有些岗位应相对稳定，有些岗位可以短一些。要因事设岗，因人轮岗。

相对而言，不适合发挥干部特长的，可较快地转到新的岗位上去；而在岗位上干得比较出色的，任期则可长一些。年纪大的同志交流轮岗的周期可长一些；年轻干部则可短一些。要形成一个制度，规定一个大致的年限。交流轮岗的形式可以多样化、经常化，使之保持大体上的平衡，收到最佳的效果。

再次，思想教育也是不可少的。有些干部在一个单位或部门习惯了就不想到新的单位或新的岗位。尤其是从重要的岗位调到普通的岗位，或从经济条件较好的单位调到经济条件较差的单位，难度就更大。要通过教育使干部明确交流轮岗的重要性，树立能上能下的风气。还要在制度约束和教育上下功夫，帮助干部在新的岗位上解决实际问题，引导干部不断学习，努力提高自身的素质，以适应新的工作环境。

最后，在观念上也要更新。过去的干部凭老经验就可以在一个单位或岗位一干到底。而在目前建立市场经济条件下，对领导干部综合素质的要求更高了，这就必须从全局出发，下大决心，花大力气，宁可暂时工作受到一点影响，也要进行交流。

（1997年发表于《佛山组工通讯》第10期）

引入竞争机制　选准用好人才

　　吏治上的腐败，是最严重的腐败，为广大干部群众深恶痛绝。"说你行，你不行也行；说你不行，你行也不行"的怪现象，虽然是极个别，但也实在令跑官要官者头脑发热，令有德有才者心发凉。如何选准用好人，正确衡量一个干部的德才，最关键的是引入竞争机制，在竞争中发现人才。

　　首先，引入竞争机制，有利于破除论资排辈的观念，营造一个使人才脱颖而出的用人机制。有人认为，任了某个级别的干部，就是当上了官，捧上了"金饭碗"，这辈子都安稳了。年轻干部要上来，慢着，等我退休吧！这样，有多少优秀人才被耽误、被埋没。选准人，用好人，前提就是要引入竞争机制，破除论资排辈的观念。思想不解放，行动上就挣不开束缚。南海市检察院前两年已实行内部竞争上岗，先选拔任用科室正职领导，然后由科室正职领导与科室干部进行双向选择。每人都要重新审视自己的能力、水平、优缺点，以求进一步完善自己，从而激发了干部职工的潜能，提高了工作效率，也使一大批年轻的干部走上了科室领导岗位。最近，市公安局等单位也实行竞争上岗，均取得较好的效果。

　　其次，引入竞争机制，有利于拓宽视野，发现人才。市场经济体制的建立，要求我们选人用人机制要进一步改革，要由伯乐相马的传统形式转变为赛场赛马的形式。千里马常有，而伯乐不

106

常有！要求每一个组织工作者都像伯乐那样看得全、看得准，就不是那么现实了。要想伯乐常有，保持选人用人的准确性，唯一的出路就是引入竞争机制。今年我省公开选拔副厅级领导干部，虽然只有7个名额，最终只选了5个副厅级干部，但它的社会影响远远不止选出5个副厅级干部，而在于带给我们一种新风尚。看得到的效果，就是经过初选、笔试、面试后，数以百计的优秀人才呈现在各级组织人事部门面前。

最后，值得强调的是竞争必须有规则，即是要公开、公平、公正。竞争的目的在于人尽其才、人尽其能，形成合力。我们不能看到"背后铲人""上帝之手"等违规动作发生在我们的人才竞争之中。在公开、公平、公正的竞争中，使各类人才脱颖而出，让千里马、百里马、十里马都在合适的岗位上发挥自己最大的作用。

（1998年发表于《广东组工通讯》第7期）

十年学法苦与乐

6月19日上午，我屏住气拨通了成绩查询电话，输入准考证号，传来一个清晰的声音：监狱法75分，海商法62分。立刻，我全身的血液都沸腾起来了。这最后两门法律本科考试终于被我攻下，怎不令人激动！十年学法磨一剑，辛苦快乐谁人知？

在90年代第一春，我刚读完中文本科函授，正考虑下一步怎么走时，从报纸上看到法律自学考试和律师资格考试的广告。我觉得心动不如行动，邮购了一套法律书籍，如饥似渴地学了起来。

开弓没有回头箭，经过三度考试，终于在1993年通过了律师资格考试；经过5年的自学考试，在1995年获得了法律大专文凭。可说是律考与自考同步，一步一个艰辛。

我领教了自学考试宽进严出的厉害，只是抱着试试看的心理参加法律本科自学考试。人们都说年过四十天过午，确实，年纪大了，学习难度也加大。许多时候，拿起教材，一看就懂，一放下就忘。只好采取渗透式的学习方法，在时间和精力的分配上则采用"思场流"效应，并发扬雷锋的钉子精神，进行"持久战"。

也许是我的诚心感动了老天爷，让我跌跌撞撞闯过关，通过了15门法律本科考试。

每当我坐在考试室里，看着大部分能做我儿女的年轻考生，就隐隐从内心产生一种自己生不逢时的感觉。正是多情应笑我，早生华发。然而转念一想，有人在退休之后还读 MBA，攻博士，便振作起精神，继续去做那些绞尽脑汁也想不出来的试题。

（2000 年 7 月发表于《南海日报》）

从法律援助想到的

　　每当我在法援中心值班室里看着那些包着手、拐着脚踱进来的打工者，以及他们那饱含着期待的目光时，心中就会涌现出无限的同情和怜悯。他们之中大部分是20岁左右的进城务工青年，正是风华正茂之时，却因工伤而致终身残疾，真是莫大的悲哀！而有些厂方却在这个时候以种种理由拒绝履行法律规定的义务，更令他们雪上加霜！在走投无路之际，他们只有来法援中心求助，希望为他们讨回公道。作为法律援助专职律师，这样的事情遇到多了，慢慢地也悟出了点什么：与其搞到身残心碎上公堂，不如提前防范保平安。据我观察，许多因工受伤的都是进厂干活不久的外来工。工厂没有加强培训是一个原因，而外来工自己不注意安全，缺乏防范意识也是一个重要原因。他们从农民的自由散漫状态进入到工厂的组织严密状态时，往往不适应，惨剧就由此而发生。因此，防患于未然才是治本之策。在这里，我衷心地希望每一个进城务工青年，请珍惜你的身体，因为身体是干事业的本钱。当然，如果万一不幸遇到了工伤，在一时解决不了的情况下，也请你记住到法援中心求助，我们一定会伸出援助之手，以慈爱之心为你排忧解难。

　　每当我在辩护席上为那些曾经是外来工的被告辩护时，心中就会想：有什么办法能使其他外来工不再出现在被告席上呢？我所辩护过的被告，他们大多数年纪轻、文化低。他们带着淘金梦，远离父母来南海打工，当梦想不等于现实时，他们的心理就开始扭曲，人格严重逆转。于是就用犯罪的手段去获取"第一桶金"，或偷、或抢、或骗，终于落得个身陷囹圄的可悲下场。看了"进城务工青年创业寻踪"系列报道之后，我豁然开朗。如果所有的进城务工青年都追寻着有作为青年的足迹，开拓创新，诚信求精，学无止境，而整个社会又给他们创造一个公平的环境，多给他们一些温暖和关爱，那么何愁世风不正，又何须我们在法庭上辩护？但愿这能成为现实。

（2002 年 3 月发表于《南海日报》）

信息技术为什么蹿红

信息技术可以带给红人的策略性利益有以下分析：信息技术包括电脑软件、硬件、远程通讯网络、工作站机械人及智能晶片，可以使应用系统的各种功能得以实现。策略性利益就是确立公司的长期目标，以及为了达到这些长期目标而采取的行动方案，与所需的资源分配，从而获得长远的、持续性的好处。红人是武汉红人集团下属的一家集中、高档女式时装设计、生产、销售于一身的大型中外合资企业。发展十年后，年生产能力已达到100万套，每年销售达到1.5亿元，直接回款1亿元。红人老总唐冠颐看到了发展中的隐忧，相信强大的信息技术可以帮她分忧解难。确实，信息技术可以对红人产生很多的影响。首先，从消费趋势来看，因为红人是服饰企业，变化大是该行业的特征之一，其中的各类人员，各类地区的消费都不尽相同。信息技术可以及时收集各方面的信息，使红人先人一步掌握情况，作出相应的决策。其次，从产品的生命周期来看，服饰具有周期短，更新快的特点。因此需要信息技术及时提供信息，提前做好准备，把握时机进行更新换代，获取最大利益。再次，从营销动态来看，服饰行业的季节性强，而且常常受到时尚因素和市场需求各方面因素的影响，不同的服装经常会进行价格调整。利用信息技术可以解决下列由于信息传递不畅等原因造成的问题，如十几家分公司及几百家加盟店价格调整不同步；或者搞上有政策下有对策拒不调价；或换取调价前后的差价利润等。从而达到及时控制市场营销动态的策略目的，实现最大利益。此外，从库存管理来看，可以通过信息技术快速了解各地的产品存量，并及时掌握各种面料、辅料的情况，满足生产的需要。总之，强大的信息技术可以对红人产生很大的影响，它改变了工作的方式，对管理工作、协调工作和生产都一样；它推动红人的管理层使机构策略转变的速度加快；它维护在服装行业内部的高度竞争与合作并改变机构的结构和提供新的策略机会；它协助整合各个层次的商业职能，全面提高红人的核心竞争力，在行业中保持竞争优势。实际上红人在信息技术进一步施行之后，信息的触觉延伸到终端自营、客户的销售网点，只要业务发生，总部马上可以看到；以前需要2—3个小时才能完成的统计报表，现在2—3分钟立马搞定。尤其是那特制的万能报表，使红人老总唐冠颐感觉到"市场在眼前变化了"红人如果在现有的基础上进一步运用信息技术，打造一个统一的信息平台，将获取更加丰富的策略性利益，这就是结论。

红人信息主管彭厚学见证了红人信息化的发展过程，是一个事业心和责任心强的中层干部，他深知信息化建设的极端重要性，因为从一种技术转换成另一种技术需要大量投资，但为保持竞争优势公司就不得不这样做。他明白要顺利推进信息化的发展，首先要转变老总的认识，于是就在正面请求3万元预算几乎搁浅的情况下，采用曲线救国的方式，让第三方的教授顾问推老总一把，产生了峰回路转的效果。确实，红人发展中存在隐忧，要实现以上所说的策略利益，就要克服困难，投入庞大费用推行信息化。老总也是通情达理的人，很快转变了观念，接受了彭厚学的观点，并痛下决心，选择一套"经得起用"的信息管理系统。彭厚学不由得信心大增，再接再厉，在由顾问主持、各部门经理参加的交流会推销自己的观点。他除了讲明重申以上所说的策略利益需要之外，还对症下药，着重讲明红人要加强管理，但已有的软件无法支撑，业务需求软件非常紧迫，并且介绍了软件本身的费用、实施费用、运行维护费用等软件市场情况。他还讲到利用先进的资讯技术系统支持部门经理的工作，可以提高全公司的效益。美国好几家处于领先地位的大公司，都取得了比开发这些系统成本多十倍的回报。从而充分解释了为什么要投入上百万元资金的理由。功夫不负有心人，红人系统建设的立项报告，在 2002 年元月由总经理办公会批准，2002 年 2 月成立项目小组。彭厚学的观点最终被管理层接受。

在红人价值链中，最有效利用互联网技术发展的活动有：分销管理，这是红人发展中的最大隐忧，也是互联网最有用武之地的所在。这与红人的分销方式密切相关，营销网络广泛繁杂，信息的传递非常重要。可以说红人的核心业务就是分销管理，对核心业务的支持包括系统总体设计考虑，以及对资金流、信息流、物流如何控制，以及系统所采用的技术、结构、平台、数据库等。互联网技术可以有效地提高信息的传递，可以使信息的触角延伸至终端自营、客户的销售网点，只要业务发生，总部马上可以看到，进行及时调控，有效地解决发生的各种问题。互联网技术对分销管理中的价格控制是非常有效的，可以防止十几家分公司及几百家加盟店价格调整不同步；或防止明知总部已调价，却搞上有政策下有对策，变换花样拒不执行的弊端。互联网就像孙悟空的火眼金睛，洞若观火，识破一切花招，牢牢控制着销售网中的一切情况，堵塞各种漏洞，使红人的利润实现最大化。分销管理就像是网络的总纲，其他活动就像是网络的目，纲举而目张。从案例中可以看到这种关系，到2001年，红人的服装品种已达数万种，而在各地的销售情况至少需要3—7天才可反馈上来。由于市场信息的延迟，引起一连串的反应，导致要么盲目生产造成产品库存大增，要么产品供不应求，影响加盟伙伴的合作。分销管理是与库存管理紧紧相连的，如果分销管理不到位，那么就会搞不清楚销售和库存的具体数字，影响企业的效益。而互联网则可以一步到位地掌握各地的动态，及时进行调控，与各方进行沟通交流，全面提高效率，就像抓住了牛鼻子一样，使红人的价值链得到最大化的增值。因此笔者经过上述的综合分析，认为分销管理是最有效利用互联网的活动。

总的来看，红人的信息化过程是比较完整的，相对来说，开始是比较慢一些，因为从1998年才开始起步，而许多国内知名企业早已开始。当红人痛下决心上马新的管理系统之后，大刀阔斧地开展工作，取得一些效果，但这时也暴露出过于乐观，急于求成的倾向，导致出现较大的困难。具体表现在，尽管表面上看，大家都统一了认识，也积极提出需求，但执行起来则遇到了问题。主要是信息采集量大，信息录入因原先的应用模式改变而复杂起来。抵触情绪的积聚使应用系统搁置起来。从中可以看出，红人在此阶段是犯了急躁冒进的毛病。其原因如彭厚学的感慨，即其"当时对情况估计不足，信息部门的权利也有限，没有做更充分的准备，白白浪费了3个月的时间！"由此说明了欲速则不达的道理。结果只有采取行政手段，由老总唐冠颐强令"谁不用系统就开除谁"同时采取补救措施来应对困难。

这就涉及机构文化的问题。机构文化是指机构内对自己运营方式的理解和所有假设。红人是大型的中外合资服装企业，其机构文化除了上面说到的共性之外，还有其特别的地方。可以说兼顾了中西文化的特点，但以中国传统文化为主，融合了西方文化的一些元素，既有个人主义又有集体主义。表现在一开始，听说信息系统对公司有利，各部门业务主管30余人，每人都提出20条需求和详细说明。表现了很大的热情。而一旦在实施中出现问题，就从个人的角度出发加以抵触，而不是想办法去解决，以致系统被搁置起来，迟迟不能推进。直到老总下死命令，才得以施行。表现了中国传统文化的浓厚特点，又兼有西方文化的一面。这就是红人的机构文化对此事情的影响。说明了由于新系统本身具有脆弱性的一面，对于一些人来讲，即使新系统可以帮助提高工作效率，这些人也可能反对变革。实施系统一定要考虑公司的机构文化的不可控因素，考虑员工是否认可，学习态度如何。这是因为工作习惯不一定可以轻易改变，只有与具体的环境相结合，才可以顺利实施。

　　本人认为，根据红人机构文化的特点，完全可以利用互联网消除抗拒情绪。因为机构文化与机构的资讯流动途径和过程息息相关，可以通过改变机构文化去适应互联网，也可以利用互联网去改造机构文化，决策者在这个领域是大有作为的。新系统面对抗拒的情绪，可以使之转化为塑造机构文化的一个机会，化被动为主动。可以通过培训使员工掌握互联网技术，然后以其人之道，还治其人之身，利用互联网的功能优势，发挥其可控的特点，加强纵向与横向，内部与外部的沟通联系。同时要作出样板，形象地展示互联网的独特作用，使之融入红

116

人的机构文化之中。这样一来，在机构文化与互联网的相互作用下，实现有机的统一，抗拒情绪也就自然被消除掉了。信息技术也就真的在红人蹿红了。

（2007年12月16日香港公开大学MBA高级资讯作业节选）

参考文献

1. 香港公开大学（2007）《B842C高级资讯系统及电子商业策略》。

2. 佚名（2006年12月31日）《武汉红人服饰有限公司信息化案例》。

117

法援工作需要创新

江泽民同志在十六大报告中指出："创新就是要不断解放思想、实事求是、与时俱进。实践没有止境，创新也没有止境。"我对此很有感触，觉得在建设广东第三大城市，率先基本实现现代化的新形势下，南海的法援工作需要创新。

一是要改变观念，乐于创新。必须破除安于现状，不思进取的思想，充分认识不进则退的竞争态势。在南海撤市设区之后，无形中加大了与其他各区之间横向比较的力度，兄弟单位奋勇争先，可以说是前有标兵后有追兵，形势逼人，不创新就会落后。这就要求我们解放思想，实事求是，培养一支有奉献精神、精通业务、热心公益、维护司法公正、高素质、乐于奉献的法援专职队伍。领导干部首先要做到以身作则，带头创新。

二是要不怕风险，敢于创新。创新，意味着风险加大，而人又是有惰性的，因此必须创造一个鼓励创新的良好环境。对因创新而出现的问题不要求全责备，不要一有问题就畏缩，束缚住人们的手脚，而要想办法去解决问题。邓小平同志就提倡："改革开放胆子要大一些，敢于试验，不能像小脚女人一样。看准了的，就大胆地试，大胆地闯。深圳的重要经验就是敢闯。没有一点闯的精神，没有一点'冒'的精神，没有一股气呀、劲呀，就走不出一条好路，走不出一条新路，就干不出新的事业。"这说明敢闯敢冒的人才是很关键的，特别是创新型的人才。我们法援工作者就是要具备大无畏的首创精神，增强忧患意识，培养集体荣誉感，去建功立业。

三是要选择热点，突破创新。这要求我们要主动寻找机遇、创造机遇、抓住机遇。在过去的一年，南海法援中心率先在《南海日报》上刊登常年法律援助公益广告，改过去的临时宣传为常年宣传，使宣传工作得到实质性的突破。今年又选择制作法援公益广告为突破口。这项工作早在几年前省、市法援机构就提出搞，但由于种种原因而没有搞出来。南海法援中心以"敢为天下先"的精神，在局领导和南海电视台的支持下，克服重重困难，精心制作出了样片，在五月分播出，从而进一步扩大法律援助的影响。

四是要明确方向，开拓创新。最近上级提出了"三进"计划，我们就可以结合南海的实际，重点在进村镇上创新。除了在镇一级设立法援工作站之外，还可以在村委会一级设立法援信息员，从而形成以区中心为主、工作站为辅、村信息员为补充的援助网络，让受援人少跑冤枉路、少花冤枉钱、及时地得到援助。在进校园问题上则可以考虑与普法相结合，采取担任学校法律顾问、与学生结对挂钩、设立校园律师信箱、电子信箱、开通热线电话的形式。还可以和《南海育苗报》联系，开辟少年法律援助专栏。

五是要精于预见，懂得创新。俗话说凡事预则立，不预则废。从发展的趋势来看，公职律师所呼之欲出。而有关文件规定，公职律师所"协助同级法律援助机构承担部分法律援助案件"可以说是今后法律援助的有生力量。搞好法援中心与公职律师所的关系，实现双赢，也是值得思考的问题。可以设想今后将复杂烦琐的案件，尽量由公职律师承担，以保证质量。

六是要善于借势，推动创新。最近各级社团分别下发了开展法律援助工作的文件，司法部法援中心与中国志愿者协会共同成立了法律援助志愿者分会。南海法援中心借势与区妇联、区总工会、区老龄委、区残联建立了分支机构，还准备与义工联合作，共同开展法律援助义工志愿服务活动。积极组织、协调、扶持、指导社会力量参与法援工作，开辟出一片新天地来。

七是要深入调研，理论创新。法律援助是不久前才从国外移植过来的，是一个新生事物，因此在理论上存在比较多的空白。在经过一段时间的实践之后，有必要上升到理论的高度，使之更适合中国的国情。我们应该结合南海的实际，对存在的问题，以及今后的发展进行深入调查研究，参考世界上最新的研究成果，写出有一定力度和深度的理论文章来，争取在新创刊的《中国法律援助》杂志及其他刊物上发表。

只要我们从以上七个方面进行创新，真正做到"发展要有新思路、改革要有新突破、开放要有新局面、各项工作要有新举措"。那么南海的法律援助工作就一定会进入一个崭新的境界。

（发表于南海区法律援助信息 2003 年第 4 期）

老年人的消费市场

市场管理实务导师评改作业二

讨论问题

答1：以佛山市南海区为研究对象，讨论不同的人文因素特点（即年龄、收入、家庭状况等），如何影响当地老年顾客的消费特性。

随着社会的稳定和经济的发展，中国人的平均寿命也大幅度地提高了。南海区的综合实力排在全国百强县的第五位，社会和谐稳定，人的平均寿命也高出全国许多。南海的常住人口有一百万，其中60岁以上的就有十多万，并有继续增加的趋势。老年社会在悄然来临，老年人的市场需求在不断加大，并具有不同于其他年龄段的消费特性。他们从身体需要来考虑，大都选择可以延年益寿、安全可靠的产品和服务。信誉好的保健食品和饮料是他们的首选。比如御生堂的清肠茶、养生堂的龟鳖丸、宝善堂的减肥茶等，在南海就很受老年人欢迎。医疗方面的需求也在加大，如住院服务和慢性病的治疗药品与治疗仪器，以及防病用的产品就很有市场。生活辅助用品的需求也日益凸显，轮椅、自助三轮车成了畅销货，老花镜成了必需品，助听器许多老人要随身带。南海老人们的购买行为趋向于理智，注重价格的实惠，虽有一定的习惯性，开始时对新产品持保留态度，但接受起来还是比较快的，这也许和南海敢为人先的传统文化有关，那是深入骨髓里的东西。

南海地处珠江三角洲腹地，经济发达，收入较高，人均储蓄位居全国前列。从 2004 年起，南海取消了农业和非农业户口，统称居民户口。不少原在农村的老人除了一年享受几千元分红之外，还有数目不等的老人补助金待遇，生活安定无忧。退休人员中原是机关干部职工的，享有较高的退休待遇，可以过上体面生活；原是企业员工的，享受社保退休待遇，可保证基本的生活需求。南海老人的生活方式也有其特点，许多人因为有钱有时间，开始考虑去旅游观光。于是老年旅游团应运而生，国内的大江南北，长城内外，国外的五大洲，都可以看到南海老年游客的身影。他们在向世人展示南海的富裕和自己的自豪的同时，也引来了各方的旅游业大亨在南海开业，形成了一定规模的旅游市场。因为手上有钱，在穿着打扮上也讲究起来，他们一般喜欢穿比较宽松的服装，觉得比较自由自在，不受拘束。不少人喜欢老来俏，外出聚会也会使用化妆品。他们还喜欢参加文娱体育活动，目的是为了健身益智，增加生活的情趣。在广场上，在公园里，随处可以看到老年人的身姿，女的在舞太极扇，男的在打太极拳。还有一些老顽童，正在兴致勃勃地打门球，那个天真样子一点也不亚于小孩子。老大妈们也不服输，扭着秧歌上了舞台，比大姑娘还酷。好玩是人的天性，老年人也不例外，只不过适合他们的玩具不多，这是南海市场的缺陷，也是商机。他们盼望着更丰富多彩的生活方式，让他们安度晚年。

南海老人的家庭状况有共性也有不同，城镇的老人大多处于空巢的第二阶段。他们已经退休，和老伴俩人住在单位的房改房里，子女已经搬进按揭购买的商品房，只是在节假日或双周日回来看望一下。相比起在职的时候的紧张忙碌，老人们有了大量的闲暇时间，可以去做自己喜欢做的事情。有部分老人为了挽回失去的美好时光，开始了补偿性的消费，追寻潮流性的生活方式。这些老人喜欢购买对睡眠、消化和身心健康有帮助的医疗护理方面的保健营养产品。有的老人处于鳏寡的退休阶段，他们除了与其他老人有着同样的医疗用品需求之外，还非常需要人们的关爱，需要情感和安全保障。陪床保姆的现象开始出现，也发生过老人上当受骗的案例，这是值得警惕的。在农村的老人大多与其中的一个儿子住在一起，生活相对单调一些，消费比较保守，话事权一般在子女。有孝心而又有经济能力的子女则会鼓励老人消费，甚至买一些老人自己舍不得买的产品和服务，以孝敬老人和报答他们的养育之恩。

答2：对老年消费市场根据人文因素的特点作进一步的细分。

可以根据年龄因素进一步细分。对老人这一概念的理解，古今中外是不同的。《黄帝内经》把女49岁、男56岁作为老年的界限。随着人的平均寿命的增加，联合国把各个年龄段重新划分，老年的界限被划到65岁以上。而在中国依然按照女职工50岁、女干部55岁、男60岁退休的惯例，如依此作为老年界限的话，那么中国已经开始进入老年社会了。因此可以把老年消费市场进一步细分为：1.年轻的老年人（50—65岁），2.老年人（65—80岁），3.老老年人（80岁以上）。

年轻的老年人刚刚退休，身心上有一个适应期，这个特点决定了他们会侧重于保健方面的消费，以调节身体健康，实现顺利过渡。但他们的选择又是多样化的，属于扩散偏好型。

老年人已过了耳顺之年，但长期磨损的身体细胞有不同程度老化，需要修理、更新，于是他们非常钟情康复方面的消费，以求恢复元气，重振精神，长生不老。他们的选择相对集中在几个方面，应归入集群偏好模式。

老老年人已年过古稀，超过了平均寿命，但在今天还大有人在，84岁的杨振宁还和他的30岁的新婚妻子合写了一本关于忘年恋的书。长命百岁是这些人的共同愿望，只是许多人百病缠身，共同的消费需求便集中在治病延年的产品和服务上了。可列入同质偏好型。

也可以从收入水平进一步细分，一是改革开放后的首批暴发户和私营老板，现在基本上都把小铺或企业交给子女打理，自己则退居下来了，他们追求的是高消费，舍得出手，有很大的市场潜力。二是离休干部，他们享受100%的在职工资和80%的在职补贴，治病可以100%报销。只是年纪偏大，消费需求不多。三是退休人员，他们的消费弹性比较大，其中原是机关干部或专业技术人员的，有较多的退休金，属于工人的相对差一些。四是农民，除了部分人享有土地分红和老年补贴之外，不少人还是要靠子女养老。他们的消费能力相对较弱。

还可以根据性别来分，男性老年人和女性老年人，相对来说男性老年人比女性老年人衰老得更快，这是由他们不同的身体和生理特点决定的，因此老年男子更需要呵护，于是保健品成为他们的至爱。那些能够使他们恢复元气，重振雄风的产品最受欢迎，以求显示他们的不老松形象。女性老年人的寿命普遍比男性老年人长，你可以看到丧夫的阿婆，顽强地生活到80岁以上，百岁老人中，大多数都是女的。因此她们在享受上天赐予的长寿的同时，也非常需要排遣孤独，需要精神上的寄托，用以坚强地走完人生之路。这是一个特殊的群体，也是一个巨大的待开发的细分市场，应该给以足够的重视和研究。

答3：进一步细分是有利有弊的。

有利之处在于，首先可以进一步清楚地将老年市场消费者进行有意义和可施行的分类，使老年市场竞争者充分施展自己的有效办法，除了把老年消费目标市场的共性找出来之外，还可以有针对性地找出进一步细分后市场的个性，从而更加准确地区分出哪些是现在的客户哪些是有潜力的客户，以便通过种手段去联系沟通这些不同的客户，并对应性地作出宣传推广。其次是通过将老年市场购买者进一步细分后，可以实现在更小的区隔内将那些市场变量一样的购买者归入同一个种类。这是一个有用的分类方法，可以得到更加明确细致的分类结果，就是将综合性的老年消费市场购买者，按照各种条件逐个地区分出来。这样细分出来的每一个种类的购买人，都会进一步具备不同于他类的独特的人口特征，以及相同的消费习惯和共同的兴趣。上面所作的答2中就是按照这样的原则进行分类，从而可以使老年消费产品和服务企业的目的更加明确，更加容易对各个经过进一步细分后的市场的潜力进行评估，正确地判断今后的发展方向。细分之后一般都要比没有细分前创造更大的销售额。

有弊之处在于，凡事都有一个限度，过犹不及。不考虑市场细分的特点，过度地机械性地为细分而细分，会产生浪费时间并且没有益处的结果，会增加经营的成本。下面的成本增加的可能性比较大，如产品修改成本，生产成本，管理成本，存货成本，促销成本等。因为要使市场有效地细分，必须具备足量性的特点，那就是细分市场的规模应该有足够的大，达到获利的限度。将老年消费的目标顾客锁定在一再细分后的少数购买人那里，可能导致成本效益难以实现，达不到利润最大化的目的。现实中有些细分变量是很难用目前的方法去衡量的，过小的细分难度更大，达不到可衡量性，所以必须点到即止，不可盲目细分下去。差别性也是市场细分有效的条件，如果过多细分则显示不出它们之间的差别，就不应该再细分下去。

凡事都有利有弊，这就需要我们全面进行衡量，趋利而去弊，确保细分市场的有效性。

答4：选择经进一步细分的男性老年人和女性老年人消费市场。

a. 以南海信和超市作为对象分别拟定一个广告主题。

男性老年人保健品消费市场广告主题：雄风依旧在，几度夕阳红；信和保健品，送你不老松。

该广告主题抓住了男性老年人不服老，企图重振雄风的特点，根据他们的生活方式，以不老松的形象生动地表达出来，配以人们在南海信和选购现场的鲜活画面和特写，可很快激起强烈的购买欲望。他们的理想将在这里实现，那可是一条必由之路啊！

女性老年人保健品消费市场广告主题：活到百岁不是梦，温馨养老保健品；望断天涯何处找？老太随手指信和。

该广告主题根据女性老年人的生活特点，突出温馨柔情的一面，让她们的梦想在信和超市成为现实。先有悬念，继而指向明了，配上生动的图像和画面以及文字说明，看后购买的信心大增是必定无疑的了。尤其是那些儿女、孙子女、曾孙子女，知道之后，更是会因此而倾囊去给老太尽孝的。

b. 为达到所选择的目标市场所推荐使用的广告媒体。

126

一是地方电视台，如南海电视台。因为老人们的地方意识比较重，多留意地方电视台，尤其喜欢看地方新闻，此时穿插老年消费广告，可以最大化地吸引他们的眼球。二是地方报纸，如珠江时报，在当地有较大的老年读者群，可以用较大篇幅的版面，图文并茂地把主题和内容表现出来，直入老人们的眼睛，激发他们的购买欲望。其后辈也可从上述媒体了解相应的需求，使老人们得到最大的满足。

2007 年 2 月 28 日

参考文献

1.《市场管理实务：学科指南》，香港公开大学。

2.［美］菲利普·科特勒:《营销管理》，2006 年，梅汝和、梅清豪、周安柱译，中国人民大学出版社 2001 年版。

驻村感悟

今年 2 月 1 日来到绀现村驻村，在镇党委和村党总支部的直接领导下，开展了一系列的活动，取得一定效果。

在初来乍到的时候，恰逢春节临近，于是借此机会深入各家各户了解社情民意。先后与村"两委"一起去慰问了困难户和孤寡老人，以及困难老党员。还参加了各种类型的座谈会。经过一段时间的接触，对绀现村的情况有了初步的了解。

3 月份，市组织部下发佛组通〔2007〕23 号文《关于在第三批干部下基层驻农村工作中开展"八个一"活动的通知》林元和书记关于"四个什么"（什么体会？学到什么？解决过什么？取得什么成果？）的指示精神，对我驻村的工作很有启发。对照文件的"八个一"进行思考，经过调查研究及征求村党总支部的意见和派出单位南海司法局的意见，制定了落实"八个一"活动的方案，并逐个给予落实。除此之外，还结合绀现村的实际，配合村里的各项任务开展工作。

4 月，积极参与创建省文明卫生村工作。经过发动群众和认真细致的工作，按照有关指标的要求逐项落实，对不合规定的重新整改。终于在五一节之前通过了省的验收，受到上级和群众的好评，自己也在活动中得到锻炼。通过深入各家各户宣传动员，进一步了解村里的情况，同时也密切了群众关系，加深了感情。我从中感觉到，只有积极主动地参与各种和群众利益密切相关的活动,才能受到群众的欢迎。所以驻村以来十分注意把"八个一"活动与村里的各项工作密切结合,使之成为一个有机的整体,达到共赢的效果。

五一节前,参加了村小学的教工运动会,感受颇多。自己以普通一员的身份加入其中的一个运动队,参与团体比赛,计有一百米跑、跳远、跳绳、推铅球、踢毽球等项目。在活动中无拘无束,气氛十分和谐融洽。在锻炼身体、活跃身心的同时,也深入了解到村小学的实际情况,可以说是一种调查研究的有效方式,从而为调研报告的拟写作了材料上的准备。并由此产生了一个建设性的意见,就是加快村小学的扩建改造工作,得到采纳。目前村小学的扩建工作已开始推进,进入实质操作阶段。为了支持村小学进一步开展体育健身活动,提议并联系派出单位南海司法局购买一批体育用品,在六一节前,由局领导带队亲自送到村小学,以示慰问。受到师生们的热烈欢迎。

7月前后,协助村党总支部组织篮球队参加镇七一篮球比赛。先后两次带领篮球队到南海司法局球场练球,同时邀请村"两委"和其他工作人员40多人次一起去参与联欢活动。在提高球艺的同时增进了解,沟通感情。南海司法局局长两次均亲自到场陪练,两次陪同座谈。表示对驻村工作的高度重视,这对驻村干部也是一种有效的激励。经过各种形式与球员一起打球,一起流汗,一起参加比赛。相互之间产生了深厚的感情,同时也掌握了村民的真实情况,活跃了村的文化体育生活。

9月,作为龙舟队的副领队,积极协助领队组织人员参加比赛。难度相当大。因为这是村里第一次组队参加33人龙舟比赛,涉及的人数众多,而会划龙舟的人年纪偏大,挑选人员及训练的组织都很不容易。经过努力，这些困难都一一克服了。我虽从来没有划过龙舟，但也虚心接受村民的建议，和运动员一起上船进行划龙舟训练，感到收获很多。一方面自己亲身体验到龙舟文化的美，感觉到划龙舟带来的快感；另一方面对运动员也起到激励作用。和群众打成一片，无声胜有声，训练中的各种问题都得到及时解决，这就是密切联系群众带来的好处。在确定正式参赛人员的会上，所有参加训练的人员用他们热烈的掌声欢迎我讲话，我从中感受到一种心灵上的震动。这既是对我所付出的充分肯定，也是对我进一步做好驻村工作的鞭策。由此我深深地体会到，只有用心来工作，才能用心来换心，进而做好驻村工作。

国庆节那天，顺德区盛大的龙舟比赛开始了。场面异常壮观，大河两岸聚集着20多万热情的观众。号令一响，36条龙舟如入海的蛟龙，激起无数的浪花，以不可阻挡之势向前冲去。充分展示了顺德人的龙舟精神，是那样的奋发向上，一往无前！我被深深地感染了，全身心地融入到热烈的场景中去了，成为其中的一分子。

驻村9个月的另一个体会，就是要发挥自身优势结合村里的实际开展工作，才能收到实效。作为一个从事多年法律工作的律师，应该运用自己掌握的法律知识去为建设社会主义新农村服务。自己也真切地感受到农村需要法律，法律可以为农村解决许多实际问题。刚驻村的那一天，村的政工副书记带我到各办公室和股份合作社走访，人们对我的律师身份表示出极大兴趣，有的当时就拿出经济合同判决书请教，谈得很投机。后来绀村股份社因一宗涉及租地的合同纠纷官司要到佛山中级人民法院出庭，我即主动和他们一起去佛山中院，指导他们顺利地完成有关的法律程序。

最后官司胜诉，维护了当事人的合法权益。我在平时还认真解答了村"两委"和村民们关心的各种法律问题，及时提供处理问题的法律意见。其中参与调处家具厂的群体性劳资纠纷，通过宣讲法律知识，弄清利害关系，化解了矛盾，及时解决了问题。从而防止了群体性事件的发生，维护了社会稳定。此外还对农村用地问题从法律的角度进行深入的调查研究，提供法律意见供村"两委"参考，规范土地租用合同的管理，防止出现违反法律的情况发生。在参与旧市场改造整治工作中，作为领导组成员之一，首先从法律的角度把关，对整治方案提出修改意见，得到采纳，使之操作起来更加规范有效。从目前的整治效果来看，已使这个长期困扰本村的老大难问题得到初步解决。

我觉得在驻村工作中一定要吃透上级文件精神，自觉接受镇党委和村党总支部的领导，摆正自己的位置，明确自己的角色。既要积极主动，又不越位越权，在这两者之间找到均衡点，才可以使驻村工作收到最大的效果。我认为在支部换届选举过程中自己应发挥稳定协调作用。首先要领会上级的思路，并及时反映村里的有关情况。自己在调研报告中就重点分析了村"两委"班子的建设情况，并提出自己的看法和建议。也许是巧合，其中关于支部书记人选可以从懂经济、会经营、有能力的本村企业家中培养的建议，和镇党委的意图一致，目前已经到了实施阶段，开始出现好的势头。

绀现村是合并村，在2001年由绀村和二龙村合并而成。由于历史等原因，村里的情况比较复杂，遗留下不少问题。今年8月，镇党委对本村党总支部进行重大调整，原书记改任党建指导员，由副书记主持全面工作，同时新任命了3名党总支委员和一名村委会主任助理。9 月份，镇党委决定 10 个村居党总支进行换届选举，而包括纻现村在内的 4 个村居则推迟换届选举。由此我感觉到了肩上担子的分量。我认为自己在这个非常时期尤其要保持清醒的头脑，从大局出发，坚持原则，公道正派，团结村"两委"，在镇党委的领导下实现平稳过渡。因此采取在纪律教育讨论会上谈体会的方式，说明遵守纪律的重要性。同时采取和新老"两委"成员个别谈心的方式，了解他们的思想状况。力求达到消除矛盾，化解隔阂，共同树立正确的政绩观和权力观，坦然面对换届选举的进退去留。为官一任，造福一方。

（写于 2007 年 10 月 29 日）

工业意外的产生和防止

　　本人从事法律援助多年，办理过不少工伤案件，深知雇主与雇员由于以下的原因仍然会出现严重的工业意外。首先是人的因素，一方面，雇主虽然知道职业安全的重要，但由于片面追求利润最大化，而忽视了安全工作，有关的安全防范措施不到位，投入不足，对新工人教育培训不够，这是安全事故发生的一个主要因素。比如，前段时间发生的煤矿事故，就是在中央和地方政府三令五申，强调安全的情况下发生的，暴露了监管力度不够的严重问题，以及雇主为了获取暴利而不顾工人生命安全的事实。还有近来发生的工厂火灾事故，也是由于雇主严重违反防火安全的规定而造成的。可以说，事故和其他安全问题的出现通常是对安全关注降低的结果，无数血的教训说明了这一点。另一方面，因为员工自己的不慎以及缺乏安全知识，也会造成安全事故发生。如工人缺乏安全意识、缺乏经验、技术不够、操劳过度、精力涣散、过量饮酒、睡眠不足、不守安全规则等，均属事故发生的原因。

　　其次是物的因素。包括机械工具过旧、房屋设备不坚固、缺乏安全措施、过多过乱的堆积材料、不合理的安排生产程序、不好的生产环境、对意外事件缺乏应有的思想准备、没有安全处理危险品、没有设置太平门等，都经常会造成工业意外。但比人的因素要小很多。

　　此外，还可以具体归纳成基础导因，包括机会性导因、不安全环境导因以及不安全动作导因。这三个导因和人及物的因素互相影响着工业意外的发生，必须掌握它们之间的关系和规律，抓住主要矛盾，才能从根本上防止工业意外的发生。

一是要加强政府部门的监管力度，实行一票否决的行政问责制。先从领导的层面上采取措施，把安全生产放在首位，然后层层抓落实，签订责任状，直到落实到每一个单位和企业。二是要正确运用 3E 原则，即工程、教育与执行三项原则。工程原则是指把技术运用到安全工程上，以消除环境的不安全因素。教育原则是指透过教育训练或工作教导，使员工深深体会安全的重要性，并了解怎样防止不安全的行为，从而消除意外事件。执行原则是指透过安全卫生组织系统，进行安全检查，以达到防止意外的目的。在三项原则的指导下，根据各自的情况开展具体的工作，并制定一套管理制度来保障。可以包括以下内容，即工业安全教育训练、工业安全守则、工作安全分析、安全检查、安全观察、安全接谈、事故调查和安全激励。三是要控制或改善不安全的工程设备。一般包括人员的防护装备、工厂建筑上的安全设备、机器装备的安全设备，以及工厂预防火灾、水灾的安全设备。四是要在工厂内适当地调配色调。明显标志一些特殊物件和地点；清楚指示各种安全设备、消防和防护设备的位置；有效地影响工人的安全感、危险感等情绪。五是要防止工作人员的不安全动作。包括：确立安全文化、注重征聘与甄选过程、减轻员工工作的疲劳、提供安全训练、开展说服及宣传、重构职业安全的组织结构。

（2007 年 4 月 30 日香港公开大学 MBA 人力资源作业）

134

解放思想，激活干部队伍

本人认为退出机制应进一步健全，关键是不搞一刀切。要明确退出的最终目的是为了进取，而不是为了退出而退出。一刀切的做法，不但达不到既定的目的，还会挫伤一大批年富力强，经验丰富，只是"犯了年龄上错误"，受到年龄歧视的同志的积极性。当今世界，随着生活质量的提高，人们的平均寿命不断提高，国际上对年龄段的划分标准也不断提高。以45岁至60岁为中年，60岁以上开始进入年轻的老年人阶段，75岁才达到正式老人年龄。因此许多国家的退休年龄已经提高到65岁以上，就是为了充分发挥这些人的作用。而且国际上的发达国家并没有硬性的年龄上的退出机制，只要有本事，就可以干下去。但这些国家的各级领导人的平均年龄却普遍年轻，是什么原因？本人认为，主要是竞争激励机制在起作用。只有给各个年龄段的人同样的机会，才可以调动整体的积极性。对年轻人来说，可以面对压力，不断完善自己，得到更快的进步。对年长的同志来说，也可以站好最后一班岗，不至于年快50，干也白干。那些人为的给年轻人所谓的让路，实际上是变相的降低标准，无益于年轻人在市场经济的大潮中锻炼成长，对年长的同志也不公平。一个人的真本事是在实践中锻炼出来的，用人应以工作实绩和工作能力，以及身体条件和思想、心理等综合素质为标准。现实工作中，可以看到，往往 50 岁左右是最能干的时期，他们的孩子已经长大，不用过多地操心，其中大部分人的身体状况也比较好，可以全心全意地干工作。事实上，古今中外就有许多名人是大器晚成的，姜太公在河边钓鱼，一大把年纪才被发现起用为相，最后功成名就，成为建立周朝的第一功臣。按照一刀切的做法，恐怕姜太公就只有永远蹲在河边钓鱼的份儿了。邓小平古稀之年后成为中国改革开放的总设计师，可见，思想解放的先锋往往是那些久经考验的有识之士。美国的大法官就规定 50 岁才有资格担任，需要的正是其老成持重，给人们以信任感。而恰恰是那些 30 岁左右的人，上有老，下有小，需要分心照顾，处理不好，就难以集中精力在工作上，必然影响效率。而一刀切的做法，则往往使这部分年轻人中的某些人"吃正线"，无功受益，备受重用，开始引起年长同志的不满。废除年龄歧视的呼声与日俱增，已开始引起中央高层的重视，在中央的领导班子换届继续执行年轻化的同时，注意使用工作实绩突出，德高望重的同志，起到一定的引导作用。但在许多地方和部门，片面追求年轻化的倾向依然存在，动不动就是平均年龄下降多少岁，仿佛年纪越小越好，而不是看综合实力增加了多少。就像当年片面追求 GDP，使环境遭到极大的破坏，现在又要专门成立国家环保部来治理一样。固然，论资排辈不利于人才的成长。现在矫枉过正，一切以年轻是用，同样不利于构建人才使用的和谐环境。最好的人才结构依然是老中青相结合的梯队，当然比例上要根据工作的性质确定，同样不能搞一刀切。所以思想必须进一步解放，取消用人上的年龄限制，通过竞争机制，不拘一格降人才，让各个年龄段的干部都有提升的机会。相信这样一来，必然会激活干部队伍，形成良好的人才共生效应，使我们党的人才质量从本质上得到切实的提高。

（写于 2008 年 4 月 3 日）

137

沃尔玛的用人之道

沃尔玛采用的主要是经验式培训方法：以生动活泼的游戏和表演为主，训练公司管理人员"跳出框外思考"培训课上，老师讲讲故事做做游戏，再让学员自己搞点小表演，让他们在培训中展现真实的行为，协助参与者分析、讨论他们在活动中的行为，针对实际行为辅导。本人认为这种培训方式是切合沃尔玛实际的，是与沃尔玛的全球扩张战略相匹配的。因为沃尔玛是一个商业企业，属于服务行业，每天需要和人打交道，服务至上应该是其宗旨。而商业游戏的参与者能够积极地参与，并且游戏可以模拟出商战的气氛，所以能够激发受训者的学习热情。在游戏中可对管理实践中的劳动关系、市场营销、财务管理等各方面问题"跳出框外思考"，从而获得深层次的体验和收获，由感性认识快速地上升到理性认识，全面地提高自身的业务素质。实践证明，通过游戏还能够帮助团队成员迅速构建信息框架并培育起一个凝聚力很强的群体。对于沃尔玛的高级管理人员来说，游戏因为更加真实形象，所以比其他像课堂讲解这样的演示技术要显得更加有意义。这种方式在寓教于乐中达到的培训效果是令人惊喜的，可说沃尔玛是抓到了点子上。因为培训的主要目的是帮助员工完成当前的工作，及时地解决企业亟待处理的问题。

沃尔玛还根据其全球化的战略目标，进行深度的人力开发。根据不同情况采取民族化政策、地方化政策、区域化政策、全球化政策。从而极大限度地调动了各种人才的积极性，全方位地开发了所需要的人力资源。可以说视角是非常开阔的。这种不拘一格选拔人才的做法，体现了跨国公司的用人特点，可以使全世界的人才都被揽入旗下，并得到充分的开发，公司也由此得到发展壮大，从而实现双赢。

沃尔玛还通过引入建设性的人事管理机制，使员工工作不断地丰富化、扩大化，并尽可能地为员工提供更多的工作轮换机会，实现人力资源开发手段的立体化。我认为这样做是有很强针对性的，也是知己知彼的具体表现。因为开发是指有助于员工为未来做好准备的所有各种活动，其中包括正规教育、工作体验、建立人际关系以及人格和能力评价等等。由于开发是以未来为导向的，因此在开发过程中所需要学习的东西并不一定与员工当前所从事的工作有关。正是基于这样的认识，沃尔玛把开发放在相当重要的位置。可以说是抓住了牛鼻子，把握了主动权。正是建立了人才开发的长效机制，才可以实现企业的可持续发展。人在各种要素中是第一位的，只有通过有效的开发手段，才可以最大限度地发掘潜能，实现效益最大化。沃尔玛利用跳跃式职位晋升，不拘一格用人才，实行弹性政策，给有为者以广阔的用武之地，可以说是海阔凭鱼跃，天高任鸟飞。技能套餐管理，使员工开发成为多面手，形成的综合效应是巨大的，可谓独具匠心。

我是这样理解沃尔玛的管理者与员工之间是真正意义上的合伙关系的。首先，这是沃尔玛创始人山姆·沃尔顿道出的真正秘密。俗话说假传万本书，真传一句话。这一句真言，里面蕴含了深刻的经验和哲理，与儒家的仁者无敌的思想是一致的，充分显示出了人性的光辉。其次，在实践中，沃尔玛处处体现合伙关系，并落到实处。利润分享计划，拴住了员工的心，留住了有用的人。把员工当作合伙人，可谓之生财有道，使公司在生意上的巨大潜力得到充分发挥。"倒金字塔"的组织关系，对顾客是上帝的观念给予了新的阐释。领导为员工服务，员工为顾客服务，是沃尔玛创造的新的理念。把顾客是上帝这个看不见摸不着虚无缥缈的象征，改为顾客是老板，成为一种实实在在的东西，形象生动，直接具体。这种重新定位，是对旧观念的全面颠覆，形象地说明了合伙关系的核心问题，就是为什么人的问题。在这样的状态下，可以创造出良好的精神面貌，自然心情也就会好起来。俗话说和气生财，点出了生财之道。沃尔玛是深知这个道理的，并把它发挥到极致，可谓之青出于蓝而胜于蓝。再次，从另一个层面上看，沃尔玛把握了平等这个关键所在，直指人心所向。一般来说，合伙关系实质上就是平等关系。平等是人的本能追求，美国的《独立宣言》中就写到，人生而平等。确实，一旦满足了人们的最基本的要求，那么生产力的巨大提高也就是指日可待的了。但合伙关系又高于平等关系，是平等关系的进一步深化，因为合伙还涉及利益分配的问题，可以说是人性化管理的高级阶段，是大有文章可做的。最后，沃尔玛继续发挥合伙关系的竞争优势，权衡利弊，实行分享资讯政策，给员工充分的发言机会，及时进行沟通；实行雇员拥有股票计划，让员工参与管理。这些措施可说是配套工程，都不同程度地使合伙关系得到提升。

由上可见，沃尔玛通过合伙关系这个系统工程，巧妙地激发了员工的工作热情、想象力和创造力，极大地提高了生产力。因此可以说，沃尔玛的管理者与员工之间是真正意义上的合伙关系。

从沃尔玛的案例中，得到的重要启示如下：一是沃尔玛创始人山姆·沃尔顿关于事业成功的十大法则，涵盖了现代人力资源管理的方方面面，可以说是沃尔玛的灵魂，沃尔玛的纲，纲举目张。法则中包含了事业为本，以人为本的理念，启示我们要抓大事创大业，就要充分调动人的积极性，与员工保持真正意义上的合伙关系。要保持积极进取、乐观向上的工作态度，和与时俱进、超越自我的创新精神。通过这十大法则，沃尔玛形成了自己独特的企业文化，使之在激烈的国际竞争中立于不败之地。俗话说，无规矩不成方圆。十大法则，构成了沃尔玛的总规则，在思想上统一指导着五大洲的几千家连锁店，使之保持着高度的一致性。二是要有宽广的国际视野。沃尔玛现在依然在不断地扩张，南海桂城沃尔玛前几天正式开张，吸引了众多的客人，让人们不得不刮目相看。这启示我们，现在的经济已经进入了全球化的时代，人力资源的开发也要适应其发展，大力培养本地人才，在实现企业利润最大化的同时，使员工自身也得到最大限度的发展，实现共赢。三是要与企业的策略配合。因为人力资源的开发是企业策略的执行部分，必须配合企业的策略，只有这样，才可以为企业赢得竞争优势。沃尔玛有着明确的全球化战略，所以在用人上因地制宜，就地取材，打开了广阔的用人通道，发挥了巨大的作用。

我认为沃尔玛的成功经验，可以有选择地应用于其他许多行业。俗话说，他山之石，可以攻玉。沃尔玛的经验，就是他山之石，可以为我所用。对此，我们要继续发扬南海人开放的态度，宽广的胸怀，和海纳百川的精神，去吸收一切有用的东西。首先，要看到沃尔玛取胜之道：公司的飞速发展的真正源泉在于我们管理者同我们员工的良好关系。这里面包含了公平和平等的因素，以及对人的尊重。这个经验虽然不能说是放之四海而皆准，但也有其普遍的意义。因为这是现代企业发展的必要前提。只有善待员工，员工才会善待企业。你没有看到珠三角企业普遍存在的民工荒，其很大的原因就是企业没有平等对待员工。当然也有一些企业有着把员工当作合伙关系的理念，就不但不存在用工难的问题，还引来了不少适用的人才。从而证明了，在中国目前的情况下，沃尔玛的这个经验是适用于许多企业的，值得推广。其次，看看沃尔玛的十大法则，其中包含的一些理念也可以应用到其他行业。当然不能完全照抄照搬，因为毕竟隔行如隔山，在商业行业可应用的部分较多，因为共同的因素较多。而在其他行业，则要结合行业的实际，取其有用的部分。以我个人来看，沃尔玛的十大法则，里面包含的精髓，是许多行业都可以应用的，它已经超越了沃尔玛本身，成为世界人民的共同财富，可以申报世界非物质文化遗产。当然，要应用十大法则的话就要应用它的精神和理念。对此，可首先实行拿来主义，然后根据行业的特点加以改造应用，最后使之成为自己的东西，从而创造出巨大的效益来。

（2007 年 4 月 30 日香港公开大学 MBA 人力资源作业）

参考文献

1.《人力资源管理：学科指南》，香港公开大学，2006 年。

2. 雷蒙德·A. 诺伊等著，刘昕译：《人力资源管理：赢得竞争优势》第五版，刘昕译，中国人民大学出版社 2005 年版。

历尽苦难　痴心不改

　　"50后"是新中国成立后出生的第一代，也是婴儿潮造就的一代人。作为其中的一员，我也具有这一代人身上所具有的共同特点，留下了时代的强烈印记。

　　五十多年的人生，伴随着新中国成长而成长。新中国的喜怒哀乐就是我的喜怒哀乐，我的命运是和她紧密联系在一起的。

　　我有一个幸福的童年，生长在四季如春的海南岛。部队工厂的环境，培育了我的性格。从上小学戴上红领巾开始，就立志做共产主义事业的接班人。那时候天真、活泼、可爱、调皮，有着儿童一样的天性。

　　那时的物质并不丰富，新中国的三年困难时期更是如此。我还记得和兄妹抢饭吃的情景。不是不懂事，那是孩子的本能，因为吃不饱是那时的常态。好在党及时进行调整，带领人民战胜了困难，经济生活开始好转，我们也不用抢饭吃了。

　　"文化大革命"开始了，我们都陷入狂热中，仿佛共产主义很快就要实现。后来我们家也受到冲击，一下子仿佛又掉进了冰洞。直到十年之后，党领导人民拨乱反正，才看清了"文化大革命"的实质。这时我和新中国一样已经历尽苦难。

　　改革开放开始了，那是新中国的福音，我这个"可以教育好的子女"也获得了新生。高考的恢复给了"50后"们一次难得的机会，在千军万马的考试大军中，可以看到人们对知识的渴望和追求。我成为幸运儿，进入了憧憬已久的象牙之塔，成为人人羡慕的大学生。那时的大学生可是个个都憋足了劲，要把"四人帮"造成的损失夺回来。

大学校园的美好时光很快就过去了，我又重新走上社会，来到佛山，登上中学的讲台做了一名园丁。

那时的新中国可说是百业待兴。佛山也不甘落后，以敢为人先的精神进行创业，很快就成为闻名全国的明星城市。我自己也为之感到骄傲，以百倍的热情投入到教学改革中去，受到学生们的欢迎。

十年的教学生涯一晃而过，我已经是中学一级教师。人生若在这条路上走下去，也许会逐渐向顶峰迈进，评上高级教师，特级教师，为教育事业做出应有的贡献。

随着社会的发展，改革的深入，法律的重要性开始显露出来，律师资格考试也开始面向社会招考了。怀着好奇之心，我报了名，结果一发不可收，连考三次后，终于通过资格线。

社会主义市场经济的建立，给人们创造了个性发展的机会。于是我又一个转身，挑战自我，立志成为一名律师，在一个全新的领域开始新的探索。

法律援助是一个新生事物，在 20 世纪 90 年代中期引进中国，因为适应社会发展的需求，很快就在全国开展起来。

我从 1998 年开始来到法律援助机构工作，当了一名法律援助律师。然而工作的开展并不是想象中的那么顺利。法律援助的对象是困难群众，他们是在遇到法律问题，没有钱支付律师费的时候，才会来寻求法律援助。因此很多人都不同程度地受到过身体损害和精神上的创伤，也因为贫困而遇到更多的苦难和忧愁。

144

同时也因为文化低，情绪易激动，而很难与他们沟通。有许多时候还会被他们误解，有时还会受到对方当事人的人身攻击。

使我至今不能忘记的是，在办理一个老人向四个儿子讨要赡养费的案子时，被其四个儿子围住谩骂吐口水的情景。那一刻，真的想甩手不干法律援助律师了。但过后还是挺了过来。倒不是说自己的觉悟有多高，而是我觉得那些困难群众确实值得同情，应该尽自己的努力去帮助他们，使他们摆脱困境。

每当我看到那些拄着拐、吊着手，缺胳膊断腿的受援人，我就会想：但愿通过法律援助，能使他们获得合理的赔偿，从而改变命运。每当我受法院指定，站在辩护席上为被告人辩护时，我就会想：但愿我的辩护，能使他们得到一个合理合法的判决，从而改正错误，重新做人。

在与苦难和幸福相伴之中，不知不觉过去了十一个年头。今后还要在法律援助这条路上走下去，因为需要我在这个党和政府密切联系群众的窗口继续工作。

为了受援人的微笑，为了贫困者的温暖，我历尽苦难痴心不改！

（写于 2009 年 7 月）

145

热血浇灌出来的新中国

再一次捧起开国上将许世友写的《我在红军十年》，一股无法抑制的激情又在我心中涌起，眼前重现出红星闪闪的血与火的燃烧岁月。

那是土地革命战争时期，一个农家青年，身怀少林武功绝技，从自发的反抗开始，在党的领导下走上了武装斗争推翻"三座大山"的道路。壮怀激烈，惊天地，泣鬼神。全书读来荡气回肠，尽管是多年后复读，依然不愿释手，总想一气看完为快。为什么天下的书数不尽数，我对它情有独钟？那是因为这本书讲的是红军从初创到长征结束的战斗故事。由于作者亲身参与了这些战斗，出生入死，身经百战，加上语言的生动形象，所以特别吸引人。

从那一个个战斗故事中，我看到了在党的领导下，红军由弱到强、由小到大的曲折发展过程。从而也更加体会到新中国的建立是多么的来之不易，她是无数先烈用热血浇灌出来的。新中国成立已经 61 周年了，更应该缅怀革命先辈的伟大业绩，没有他们的英勇战斗，就不可能推翻"三座大山"。没有中国共产党和毛泽东同志的正确领导，中国人民不知还要在黑暗中奋斗多久，才能够建立光明的新中国。革命先辈的历史功绩是不可忘记的。

推翻"三座大山"，建立新中国，是中国人民长久以来的愿望。早在土地革命战争时期，就在中央革命根据地建立了中华苏维埃共和国临时中央政府，那是新中国的雏形和前身。其他革命根据地也建立了苏维埃政权，开始了"枪杆子里面出政权"进行"工农武装割据"的伟大实践。为保卫新生的红色政权，英勇的红军东征西讨，浴血奋战，无数的红军战士献出了他们的年轻生命，历史的丰碑必须把他们记下。许世友也在战斗里成长，经历血与火的考验，大刀闪着寒光，枪口喷着烈焰。十年里，从一名普通战士成为一名令敌人闻风丧胆的军长，他的身上也留下了大大小小的伤疤，可以说是九死一生，一将功成万骨枯。将军，你总是英勇无畏，身先士卒。你把那少林绝技发挥得淋漓尽致，无论是在农民武装的炮队，还是在红军的正规部队，都有你少林功夫的神威。你并非只是一介武夫，因为有党的领导，你心中怀抱着天下的受苦人，为的是建立没有剥削压迫的新中国。往事如烟，红军已经定格在70多年前的历史的天空中，然而，红军精神不老，永远激励我们建设强大的新中国。

由于生长在部队工厂的缘故，从小我就喜欢军事文学，红军的故事早就装进了脑海里，以至于影响到成年之后。每当我遇到困难，就会想起红军来。人们常说：苦不苦？红军长征二万五。累不累？想想革命老前辈。是这样的，和许世友将军的红军十年相比，我们又算得了什么？困难再大，比得上红军长征过草地？而且由于受张国焘错误路线的干扰，许世友要带着部队三次过草地，困难更是可想而知！那是一种什么精神？那是一种为党和人民的利益英勇献身的精神！这种精神在新中国成立61周年后的今天，依然有着强烈的现实意义。人们常说，打江山难，坐江山更难，建设江山难上难。建设新中国离不开红军精神，在改革开放31周年到来的时候，依旧离不开这个战胜困难的法宝。

许世友在书中写道："部队特别是干部，首先要有寸土不让拼命顶的决心和人在阵地在、绝不后退一步的气魄。在紧要关头要咬住牙，我困难，敌人更困难，胜利往往就在最后五分钟之中。"面对当前金融危机造成的困难，我们不也一样可以从许世友的话中得到教益吗？只要精神不倒，任何困难都可以克服，两军相遇勇者胜。确实是这样，战争如此，经济建设亦如此。在这一点上，两者是共通的。有专家学者进行研究，发现顶尖级企业家之中，大部分既不是来自名牌大学的 MBA，也不是学经济和管理的高才生，而是来自军校毕业从军退役的军官。其原因也就是这些退役军官经受过严格的军事训练和战场的洗礼，具备良好的心理素质，在商场上关键时刻顶得住。依照森林法则，优胜劣汰。坚持就是胜利，英雄所见略同。营销巨人史玉柱深谙这一点，他对团队进行准军事化管理，打造出了巨人集团。更令人惊奇的是，在巨人集团轰然倒下之后，史玉柱卧薪尝胆，重出江湖，东山再起，在建设新中国的历史上创造了又一个奇迹，不也是靠在紧要关头要咬住牙吗？军人出身的任正非，40 岁后创建了华为公司，他常常告诫自己和员工，要时刻想着：华为的冬天来临了吗？以强烈的危机感来进行自我激励，从而置之死地而后生，把华为打造成世界知名企业，更是有力的印证。

我是在新中国成立后出生的"50 后"一代。生在甜水里，长在红旗下。虽然没有像许世友那样经历推翻"三座大山"的革命战争，却亲历了新中国的建设和 31 年的改革发展。我也从一个初中生，经过不断学习，通过高考读了大学，先后获得两个大专、两个本科文凭，以及学士学位、硕士学位，实现了我少年时的梦。这个梦会一直做下去。

许世友提倡："我们应当学到老，做到老，改造到老，时时

148

提高自己的鉴别能力，力争做到大事不糊涂。这样，才能永远自觉置于党的领导下，鞠躬尽瘁，死而后已。"我对此是非常赞成的，同时也是一个实践者，因为改革开放给了我们一个前所未有的历史机遇，必须牢牢抓住。我现在所从事的法律援助工作，是党和政府的一项民心工程，面对的是弱势群体，具有专业性和政策性强的特点。只有不断学习，才能掌握工作的主动权，才能时刻保持清醒的头脑，才能把先烈用热血浇灌出来的新中国建设得更加美好。

这是将军的心愿，也是我们每一个中国人的心愿。

（2011 年 6 月获佛山市总工会"职工快乐阅读·构建智慧佛山"征文优胜奖）

洪三泰与略萨

　　洪三泰与略萨，都是作家。一个广东知名，一个诺贝尔文学奖得主。各有各的风光，各有各的荣耀；各有各的潇洒，各有各的情趣。都是成功者。前者洪三泰，在二十年前已有耳闻，那是从刘英颖的口里得知。这是一个苦读成痴的人，一盏昏黄油灯下，阅读无数好书，终于厚积薄发，成为中国作协会员，广东省作协专业作家。在他乡下的小楼，有幽静的书房，环绕的果树。文思泉涌，文章更老成。那可不是一个爽字可以言尽的，肯定还有更多的内涵。

　　做人如此，也可称之为人生的上乘之境了。功成名就，幸福也就伴随一生，是这样吗？难道作家只能生活在鲜花绿叶之中吗？略萨有独到的见解。他认为苦难可以促成作家写出好书。这一观点，不是与司马迁的发愤著书说一脉相承吗？他们都可算作一流的文学家，相隔二千年，但对文学的灵魂是有统一认识的，这是亘古不变的真理。确实是这样，灵感往往出现在重大波折之时，好像电光一闪而过，触动人的神经末梢，使你不得不写，那才会有好文章出来。

　　在饱读诗书之后，会灵活地驾驭文字，写出有血有肉的作品，肯定是这样。略萨，乃一文学家，他那些作品看得下去吗？其实也只是诺贝尔文学奖得主而已，就这么一个奖项，也是有钱人生前积聚的财产设立的，不过如此而已。但它的世界意义却是巨大

的，人们都以获得此奖为荣。他登上了领奖台，当之无愧

什么时候，中国大陆也会有人获得诺贝尔奖，我们拭目以待。

（写于 2011 年 6 月）

80 岁的老律师

那天，告示牌上的一则消息惊动了我，梁国华律师的讣告在低声诉说：一个开创南海律师事业的标志性人物悄然离去。一声惊雷，带走了曾经有过的辉煌，带不走留在脑海深处的记忆。

梁国华律师，早年在大学法律系毕业，后来到矿山工作。"文革"结束，重返政法队伍，成为律师队伍重建后南海的第一个律师，不久又成为南海第一个律师事务所主任。因工作出色被任命为南海司法局副局长，成为第一个律师副局长。后来又成为南海第一个高级律师。退休后，他依然担任律师所顾问，并履行律师职责。一直到了 80 岁，还在办理案件，成为南海第一个 80 岁的律师，一直到去世都没有离开他所热爱的律师事业。这五个第一，真实地概括了他在南海的律师事业上留下的深深足迹。最令人难以忘怀的是，他主动要求亲自办理了好几件法律援助案件，那认真负责的精神，良好的服务态度，赢得了受援人的好评和大家的尊重。他给予法律援助事业的大力支持,让人倍感亲切,深受鼓励。

作为南海律师队伍中的一员，我为有这样一位德高望重的老律师而感到自豪，又为失去这样一位老前辈而感到悲伤。这是一个带有明显时代印记的好律师，在他的身上有着强烈的进取精神，为我们树立了一个榜样，是矗立在南海律师界的一座丰碑。

梁国华律师逝世已有几个月了，他的音容笑貌依然时常出现在我的眼前。曾记得有一年和他一起外出参加活动，他还老当益壮，爬起山来一点也不比年轻人差。作为晚辈律师，确实需要学习他那种活到老、学到老、干到老的精神。要像他那样，以扎实的法律功底，精湛的法学理论，为南海的律师事业贡献自己的一份力量。

在告别仪式上，面对着梁国华律师慈祥的遗容，我在内心拷问自己：你能够像他生前那样乐观生活、勤奋工作、刻苦学习吗？榜样的力量是无穷的，哪怕是能做到前辈的十分之一，也是不错的。见贤思齐，那是努力的方向。我在心中默默地祷告：但愿梁国华律师的在天之灵宽慰地看到，南海的律师没有辜负他的期望，其中也有我在继续实践他生前所走过的律师路。

（2011 年发表于南海法援专刊）

153

体制改革离不开法治思维

十八大报告强调："提高运用法治思维和法治方式深化改革、推动发展、化解矛盾、维护稳定应对风险的能力。"可以说是一个亮点，非常耀眼。

佛山市南海区从今年7月开始，拉开了新一轮体制改革的帷幕，从七个方面进行改革。根据文件的要求，区体改办特别指定南海区司法局派一名资深律师参加区体改办工作，从法律上把关。笔者被选中担负了这项任务。从这一点上可以看出，南海区的领导是具备了一定法治思维的，首先从人员配置上体现出来。

笔者曾在十三年前参加过南海区的第一次行政审批制度改革，现在又经过几个月的区体改办工作，从中深切体会到，随着改革的不断深入开展，尤其是体制改革的加速推进，深层次的矛盾和问题不断出现，运用法治思维进行改革，显得尤为重要。比如南海区新一轮的行政审批制度改革，制定的行政审批事项清理目标：一是进一步精简行政审批事项。争取审批事项压减比例达到30%。二是加大向镇（街道）、村（居）放权。下放到镇（街道）的行政审批事项要占全区行政审批事项总数的60%，各镇（街道）80%的审批、管理及服务事项可在村（居）办理。这两个目标的实现，是在南海区已经经过四次行政审批改革的基础上进行的，空间有限，时间紧迫，难度非常大。怎样做到保质保量按时完成任务呢？有人认为如果说在过去的几次行政审批改革中只考虑合法性，那么这一次只能考虑合理性，只有这样才能迈开改革的步伐，大刀阔斧地进行改革。确实，中央给了广东先行先试的权限，允许进行改革试验，难免会对某些现行法律、法规有所突破。于是在这个问题上，出现了这样的倾向，认为既然中央给了广东这样的权限，就可以抛开法律、法规去做了，只要认为合理就行。有人还振振有词地说，在目前的情况下，还讲合法性，那改革还怎样搞下去？显然，这是一种把合法性与改革对立起来的思维方式，离开合法性片面强调合理性，其实际上还是人治的思维在主导着，这也是治头不治脚，治标不治本的短期行为思维方式，潜藏着以后矛盾爆发的巨大风险，任其发展下去是非常有害的。许多人在平时还会把法治挂在口头上，而到了关键时刻，往往就忘记了法治，认为法治束手束脚。然而从实践的结果来看，恰恰相反，体制改革离不开法治思维。

在体制改革的关键时刻，十八大提出法治思维，是非常必要和及时的。有利于转变长期以来占据人们头脑，尤其是领导干部头脑的人治思维，从而保证体制改革健康有序地向纵深发展。中国社会主义市场经济制度的建立，就是在法治的框架下取得的，市场经济就是法治经济，而法治经济是应该由具有法治思维的人去搞的。离开法治另搞一套，必然走进死胡同。实践证明，偏离法治轨道的改革，只能是死路一条。十八大的新提法抓住了问题的关键，而实际上改革的每一点成绩都与尊重法治、运用法治思维分不开，南海区的体制改革也是这样。

山东大学校长徐显明指出，法治思维是以合法性为判断起点而以公平正义为判断重点的一种逻辑推理方式。其包括四方面内容并要相统一："合法性思维"，即任何行政措施的采取、任何

155

重大决策的作出都要合乎法律；"程序思维"，要求权力必须在既定程序即法定权限内运行；"权利义务思维"，即以权利义务作为设定人与人关系及人与公共权利为关系的准则；"公平正义思维"，即公权力要以追求、维护公平正义为价值尺度。由上述对法治思维的论述，结合这一次南海区行政审批改革的实际，笔者认为只考虑合理性的提法值得商榷。笔者认为应该是在坚持合法性的前提下，加大向合理性倾斜的力度，以寻求新的突破。在新的体制改革面前，法治思维显得更为重要。前面说到既是改革，就有可能突破现行的某些法律、法规，因为法律、法规往往是滞后的。存在改革的超前性与法律、法规的相对滞后性的矛盾。正因为有这样的特性，更显出法治思维的重要性。具体到某个审批事项的压减，突破了法律、法规的规定，如单从合理性的角度考虑，压减相对会容易一些，但风险则相对加大，可能会留下许多后遗症。只有领会法的精神、法的目的、法的原则、法的发展、法的走向，结合具体的法律、法规和南海的实际，做到合法性与合理性有机结合，运用法治思维全面进行分析研究，知己知彼，才可能正确作出判断。这样做难度虽然大很多，花的时间和精力多很多，对人的素质要求高很多，但风险相对小很多，留下的后遗症也会少很多。只有抛弃急功近利浮躁的人治思维模式，建立可持续发展稳健的法治思维模式，才能真正做到顺应时代的发展，结合本地区的实际，取得体制改革预定的效果。

思维是活的，法律、法规是固定的，法治思维的超前性、灵活性与现行法律、法规的稳定性、滞后性相结合，必然推动体制改革的健康发展。法治思维为改革提供了广阔的发挥空间，体制改革离不开法治思维，因此有必要对所有参与体制改革的人员进行法治思维的培训。下一步，推而广之，对所有领导干部、机关公务员培养法治思维，使之常态化。把领导干部已习惯的行政思维、领导思维、管理思维转变为法治思维。如能这样，就不会再出现某些体制改革"一压就死，一放就乱"的弊端了。

笔者作为律师，一个专业的法律工作者，更有必要先行一步，深入学习领会十八大提出的法治思维的精神实质，努力完成局党组和区体改办交给的任务，在南海区新一轮的体制改革中发挥应有的作用。

（2013年1月在南海区司法局"十八大"主题个人学习心得有奖征文活动获二等奖）

试论内地与香港医学伦理的
表现及成因
——从产检 B 超说起

内地和香港都是中华人民共和国的组成部分，然而在医学伦理的表现上却大不相同。下面试作分析：

从自主原则（尊重原则）和知情原则来看，"内地医生很冷漠，做 B 超（如四维）的医生们都很严肃，好像有什么大事一样严阵以待，问什么都不答，我姐妹已经好注意唔去问关于 BB 性别问题了，但医生还是一言不发"。可见这种表现是严重违反尊重原则和知情原则的。为什么会出现这样的现象呢？本人认为内地医生对病人的不尊重不告知只是表面现象，主要的原因是内地目前实行的计划生育政策。因为内地相关的法律、法规严格规定不允许将胎儿性别鉴定结果告知产妇和无关人员，违反者要受到法律的严厉制裁。在这样的高压面前，做医生的必然人人自危，战战兢兢，生怕稍不留神而惹上祸端。作为产检做 B 超的医生更是如履薄冰，生怕触到高压线丢了饭碗，甚至触犯刑律而身陷牢狱。这样的事例并不少见，起到杀一儆百的作用。有的医生碍于亲情、友情、人情关系，好心告知 B 超检查结果，侥幸者还一时过了关。但法网恢恢，疏而不漏，一旦东窗事发，就会好心没好报，真的丢了饭碗，一家人跟着受罪。当然也有一些利欲熏心的不良医生，违反职业道德，私下收取高额贿赂，为产妇搞 B 超性别鉴定，在社会上造成恶劣影响和严重后果。

内地人受重男轻女传宗接代传统思想的影响，相当一部分人喜欢男孩，而内地严格执行的一胎计生政策，使一些人不惜铤而走险追生男孩，导致内地的新生一代男女性别比例严重失调，男子的比例大大超过女子。严重影响到内地的人口构成，剩男多过剩女，导致深层次的社会问题不断出现。因此法律加大了打击力度，一旦发现即严惩不贷。这样一来，更加大了医生的恐惧心理，尤其是负责产检B超的医生，背负着沉重的包袱，当然就会表现出："还有些就好像没什么事一样，当例行检查，但同样不会告诉你或者与妈妈交流。"这种态度，当然会引起患者对医生的不满，影响到医患之间的关系。这固然是内地计生政策造成的，但也和医生伦理道德的缺失有关。因此有必要结合内地的具体情况，加大伦理道德培养的力度，在不触动计生高压线的前提下，改进工作方法，加强服务意识，让产妇享受到春天般的温暖，让后代得到优生优育。这可以说是关系到国家永续发展的百年大计，不可忽视。另一方面国家也要与时俱进，结合内地目前的人口形势，调整计生政策，逐步放开二胎生育，从制度上着手，一方面解决内地人口红利严重缩水的突出问题，一方面为高度紧张的一线医生松绑。此外还要加大社会保障力度，解除纯女户的后顾之忧，从实质上改变重男轻女的传统观念，优化人口构成。在大环境上进行改良，从根本上改善日益紧张的医患关系。如能这样，举国欢喜，善莫大焉！

香港的医生很热情，"态度好，很亲切和蔼，产检很实际，不会说叫你多检或者乱开药什么的，都很耐心讲解，很细心分析，费用也很实惠。护士服务态度好，抽血的那位是男医生，手势都不错，抽血时不痛。所有护士都是很温柔很热情的"。这种表现可以看到是充分体现了医学伦理的自主原则（尊重原则），使患

159

者有宾至如归的感觉，享受到做人的尊严，而从内心感谢医生，从行动上配合医生，形成了良好的医患关系，从而有利于胎儿的生长发育，进而提高人口的素质。难怪有那么多的内地产妇要到香港产检生子，是大有原因的。这主要是香港的医学伦理有着西方文明传承下来的文化理念，代表着世界先进医学文明的具体表现，体现了以人为本的主流思想。在这样的环境里医生护士的综合素质得到充分体现，才干得到充分发挥，使医患双方均能获益，并造福于子孙后代。

香港的医生很开放，"DR 和姑娘都很好，会主动同我同爸爸打声招呼，然后就同 BB 讲'BABY，我地开始喇'……跟住待画面清晰后，就开始同我们讲'喇，呢度系 BB 嘅手仔啊''呢度系个头，眼睛……''哇，距好活泼，好似练瑜伽咁卜'等等，我问嘅问题医生都好详细答我。每一次，医生都会截图比我们留"。上述表现充分体现了知情原则，保证了患者的知情权。为什么能够做到这样呢？主要是在香港特别行政区没有执行内地的计生政策，医生不用为触碰计生高压线而担忧，故可以对产妇详细讲解照 B 超所见到的影像，自然受到产妇欢迎。政策决定行动，有什么样的政策就有什么样的行动，就是这个道理。当然也不是说香港的医疗政策就没有一点问题，只是我身为内地人没有亲身体会罢了。

内地与香港两地医生对待产检 B 超的不同表现告诉我们：一定要从当地的实际出发，研究其医学伦理和医疗政策形成的历史原因及现实存在，取长补短，缩小两地的差别，共同发展，为中华民族的伟大复兴发挥应有的作用。

（2013 年广州中医药大学伦理学作业）

电影《生死牛玉儒》观后感

　　我怀着激动的心情观看了电影《生死牛玉儒》。主人翁的高尚情操和先进事迹深深感动了我。一个身居高位的呼和浩特市委书记，所思、所想、所做的是什么？电影给了我们一个清晰的交代，震撼人心。

　　牛玉儒曾经是包头市的市长，在任的几年里，勤政为民，将包头市的面貌彻底改善，得到党和人民的高度赞扬，在人民中的口碑非常好。他被提拔到呼和浩特当市委书记，位高权重，但他毫无做官当老爷的思想，没有高高在上，脱离群众，而是更加心系群众，利为民所谋，心为民所想，事为民所干。电影通过一个个细节和镜头，述说了源自生活的真实感人故事，从中体现了一个优秀共产党员的高风亮节。

　　他是那样的平易近人，毫无官架子。凡是涉及群众的事情，他都要亲自过问，狠抓落实。大到招商引资，小到一个牧民阿妈患病的奶牛，他都会关心铭记，并且成功地解决了问题，显示了他高超的工作能力和领导水平。他胸怀大志，敢说敢干，又有科学的头脑。他在上任不久，经过深入的调查研究，结合呼和浩特市的实际，提出依靠伊利、蒙牛打造现代乳都的设想，并付诸行动。可见他并不是一个遇事拍脑袋决策，出问题拍屁股走人的官僚主义者，而是一个实干家。在重大问题上能做到理论联系实际，敢于负责，勇于担当。为了群众的利益，他可以付出一切，甚至生命。面对一个可为两万人就业的招商引资项目，他以情感人，以远大的前景动人，极力说服投资方。在这个关键时刻，他的身体出现了问题，体检结果是患了癌症，到了晚期。尽管他的家属和知情者瞒着他，而他也下意识地感到身体的不适。但他还是不顾一切地为招商引资做工作，最后还在手术后提前出院，赶回呼和浩特，亲自到现场办公。在酒杯杯口没有朝上，天意不顺，投资方想打退堂鼓的情况下，牛玉儒以自己的带病之躯亲力亲为，以真情实意，留住了投资者的心，从而也留住了这个事关两万人就业的重大项目。牛玉儒的赤子之心由此可见。试想一下，如果没有一颗全心全意为人民服务的心，能够在生死关头挺身而出，奋不顾身忘我地工作吗？

看一看那些贪官污吏，腐化变质分子，他们把党和人民群众的利益丢到脑后，忘记了自己的初衷，丢掉了为人民服务的信念，动摇了革命理想，整天纸醉金迷，心里想的就是如何捞钱，傍大款，找情妇。他们的行为使党和人民的利益受到极大的损害，民愤极大，民怨极深。两相对照，更衬托出牛玉儒书记形象的高大，人格的美好。

人固有一死，或重于泰山，或轻于鸿毛。有的人活着，他已经死了；有的人死了，他还活着。面对生死的考验，他从老首长的身上悟出了人生的意义。影片中那位刘邓大军的老革命，面对绝症，坦然处之。老首长认为把生死想清楚，就能活得更明白，主动签名在身后捐献自己的眼角膜，和捐赠尸体供解剖，无私地为人民利益做出了最后的贡献。这件事深深地感染了牛玉儒，使他的思想得到升华，榜样就在眼前，老革命尚能如此无私无畏，作为革命事业的继承人，面对死亡，也应当具有大无畏的革命精神。在得知自己也患上不治之症的情况下，牛玉儒豁出去了，要用自己最后的力量，为呼和浩特出最后一份力。但在无情的病魔面前，牛书记终于倒了下去。他真正做到了为人民鞠躬尽瘁，死而后已。我从他身上充分看到了"俯首甘为孺子牛"的精神，他以一个共产党人密切联系群众，以为人民谋福利的实际行动，树立了共产党员的光辉形象。老百姓心中都有一杆秤，他们心中怀念牛书记。盼望着牛书记回来和他们一起，把呼和浩特建设得更美好。但他们热爱着的牛书记还是永远离开了他们，离开了曾经洒下汗水，操尽心血为人民服务的工作岗位。人们默默地伫立在大街两旁，眼中流着泪水，心中呼喊着：牛书记，人民的好书记！灵车缓缓行驶过来，乘载着他们日夜想念的牛书记。

忠魂终于回来了，他将永远和呼和浩特人民在一起，他深情地看着曾经战斗过的土地，他激励着人民群众更加努力地建设美好的呼和浩特，同时也激励着全国的共产党员和广大的人民群众，团结一心把祖国建设得更加美好。牛玉儒书记安息吧！

（写于 2014 年 4 月）

163

纪 实 篇

改变诉求全赔偿

何某于 2001 年 7 月 14 日因车祸死亡，交警认定负同等责任。后双方达不成一致意见，调解终结。死者何某留下妻子李某和两个年幼的儿子，生活陷入困顿。在绝望之际，李某带着幼子来到南海市法律援助中心求助。我正在值班，热情给予接待，并对案情进行了实事求是的分析，说服申请人放弃不切实际的要求。李某见说得有道理，就申请中心派人代理其向法院起诉。经过审查，中心接受了她的请求，指派我承办此案。

我按照有关规定，根据同等责任的认定，计算出各项赔偿的数额，合计 85534.55 元，其中精神损害赔偿为 30000 元。并向法院提交了诉状。为解决李某母子三人的生活困难，我代拟了先予执行 50000 元的申请书，提交给法院。法院裁定先予执行 50000 元给予李某母子。执行庭根据我调查得到的情况，从扣押在交警大队的押金中执行了 50000 元。得款之后，李某紧锁的愁眉舒展了一些。开庭前，我从被告是部队单位的情况出发，与之进行了初步的调解。经过有理有节的争取，对方终于做出妥协，同意接受全部的赔偿数额，但要求将精神损害赔偿 30000 元分解到死亡赔偿金和被抚养人生活费里，诉讼费由原告负责。

从审判实践来看，负同等责任死亡是很少判赔 30000 元精神损害赔偿的。所以在维护当事人最大利益的前提下，改变一下赔偿的形式也是可以的。结果此案以调解结案。2002 年 2 月初，我协助被代理人取回全部的赔偿款项。李某非常感激，说自己无法用语言表达出来，只是连声称谢。

（发表于南海市法律援助信息 2002 年第 1 期）

168

执行中止复执行

2001 年 5 月，南海市法援中心受理了杜某诉麦某离婚一案，由我代理。法院采纳了我的代理意见，认定被告麦某与异性黄某关系来往密切，并与黄某合影留念，长期与原告分居，对原告实施暴力行为。判决准予原告与被告麦某离婚，被告麦某应给付医疗费 6030.30 元、误工费 6750 元、住房补助费 10000 元、精神损失抚慰金 20000 元予原告杜某。

判决生效后被告麦某拒不履行，于是法援中心又指派我帮助杜某向法院申请强制执行。我和执行法官先后去广州房管局调查杜某提供的房屋情况，但在电脑资料中无法查到。杜某又无法提供麦某的有关财产，而被执行人麦某又去向不明。于是法院做出了中止执行的裁定。

杜某得知后思想极度消沉。我本着对当事人认真负责的精神，耐心做杜某的思想工作，了解有关的情况。后来又根据杜某提供的线索，专程到广州鸿运花园调查取证。我在售楼部了解到是有一套以被告麦某的名字买下的楼房，但没有办理房产证。工作人员不愿出具书面证据。于是我又去鸿运花园管理处调查，该处的陈主任知道是法律援助中心来取证，非常支持，出具了业主是麦某的证明。

我以此证明为依据代理杜某向法院申请恢复执行，得到批准。我又协助法院去广州鸿运花园售楼部，取得麦某与房产公司签订的房地产预售契约。接着法院依法查封了该房屋。

　　过了几天，被执行人麦某来到法院接受问话。后来在法官和我的共同努力下，双方达成了执行和解协议，约定于 2002 年 4 月 12 日上午去法院交执行款。但被执行人麦某虽到了法院，却没按规定带执行款，经我反复做工作，仍不愿给付。于是法院在上午将近下班时依法将麦某进行了拘留。手铐一戴，麦某立刻慌了神，脸色苍白，全身发抖，语无伦次起来。下午，被执行人麦某托人带来 34000 元，交付给杜某。这宗历时近一年的案件，终于在我的手里圆满结案。杜某转悲为喜，开始了新的人生。

（发表于南海市法律援助信息 2002 年第 1 期）

终获欠薪醉月楼

2001 年 12 月 5 日，有三个人同时来到南海市法律援助中心值班室。他们反映西樵醉月楼老板林某拖欠工资、按金，并于2001 年 11 月 1 日宣布装修，员工放假，但醉月楼在 11 月 2 日被法院查封。向劳动部门申请仲裁，但以醉月楼营业执照过期为由不予受理。员工们推荐他们三个人作为代表，向法律援助中心求助。中心决定指派我为 16 名员工提供法律援助。开庭时，被告拒不承认拖欠工资，但又没有证据证明。我进行了充分的举证和合理的分析，代理意见完全被法庭采纳。法庭判决被告林某支付工资和返还按金给原告。

然而，就在开庭宣判后的第三天，我接到醉月楼员工代表的电话，说被告林某被人杀死。这个消息马上引起我的警觉，意识到今后的执行将存在很大的问题。于是，就在判决生效后，立即协助员工向法院申请强制执行。

果然不出所料，因被执行人林某死亡，其财产情况无法查实，而法院原先查封的醉月楼早已在起诉前处理完了。执行陷入僵局。员工们听到消息后感到非常失望，认为很可能赢了官司取不回钱。我并没有因此而放弃，一面继续调查被执行人的财产，一面和执行法官联系，寻找解决的办法。经过向被执行人的妻子黄某以及员工做工作，最后双方达成执行和解，同意执行判决数额的一半，由黄某给付。于 2002 年 5 月 24 日执行完毕。

拿到钱之后，员工们露出了笑脸。在法律援助中心的帮助下，从被执行人突然死亡的实际出发，采取特殊办法，最大限度地维护了当事人的合法权益。

（发表于南海市法律援助信息 2002 年第 1 期）

细心办理案中案

这是我办理的一个法律援助典型案例。本案的父子二人同时遭遇车祸，其一家所受的精神打击是巨大的，也面临着极大的经济困境。法律援助中心及时对他们进行援助，可以说是雪中送炭。此案例错综复杂，办案经过曲折，既有交通事故赔偿诉讼，又有非诉讼工伤赔偿调解，二者之间既有联系又有区别，可算是案中有案。赔偿费用既有独立的又有交叉重叠的，涉及到如何适用法律，以及通过什么途径处理等诸多问题。

那是 1998 年 2 月 20 日，发生了一件改变外来工龚建祥一家命运的事情。当天龚建祥与其子龚展生搭乘摩托车从官窑往大沥方向行驶，行至禅炭线 4K+300M 处时，被迎面驶来的一辆大货车撞倒，双双受了重伤。龚建祥被送到松岗医院抢救，后因伤势恶化于 1998 年 3 月 14 日转到南海市人民医院治疗，同年 10 月 24 日才出院进行门诊治疗。因肇事方拒绝再付手术费，导致龚建祥一直无钱去医院动手术取出钢板，于 2000 年 1 月 10 日被评为 10 级残废。而龚展生当即被送到南海市人民医院进行抢救，尚欠医院 17645 元，在 2000 年 1 月 10 日被评为 9 级残废。

交警大队做出责任认定，肇事方负事故的全部责任；龚建祥父子在事故中无责任。事故发生后，大货车的车主——某单位广州联络处交付了 5 万元押金和部分医药费按金，但在调解时，肇事方却两次没有参加，交警大队便于 2000 年 3 月 10 日作出了《调解终结书》。

这桩车祸给龚建祥一家带来了巨大的精神痛苦和经济损失。龚建祥十年前从湖南来到南海打工，是这个家庭的顶梁柱。龚展生刚刚到南海跟随父亲十多天，父子就双双遇上飞来的横祸。走投无路的龚建祥在妻子的搀扶下，拄着双拐来到南海市法律援助中心求救。我正在值班，详细了解他们的情况后，报主任批准给予法律援助。

我接办案件后，即将司机岳某及某单位广州联络处作为被告，向南海市人民法院提起诉讼，要求判令被告支付医药费、残疾补助费等14万多元。但到法院立案时，立案庭的法官说，这个被告已不知去向，还有几宗涉及该单位广州联络处的案件已因此暂缓受理。我耐心地向立案庭作了解释，说明这是一起法律援助案件，可以在立案后继续协助法院寻找被告。法院立案庭与民庭商量后，决定给予立案。与此同时，我还向法院提交了先予执行申请书，提供了可供执行的剩余押金情况。法院依法裁定先予执行20000元，于2000年7月24日交付给龚建祥父子，缓解了他们一家的燃眉之急。之后，我又多方调查取证，问清了该单位的地址和电话，以法律援助中心的名义去函，要求书面答复广州联络处的问题，但久等不见答复。我又到法院查阅交警处理该事项的案卷，从案卷材料中看到肇事司机和参与交通事故的人所持有的部分证件是该单位发的，于是向法院申请增加该单位为被告。

一个半月后，法援中心收到该单位的复函，称无肇事的司机和参与处理事故的车队长，还告知广州联络处于1998年12月撤销，遗留问题已处理完毕。我立即写了一份简要说明连同该复函交给主办法官。在有力的证据支持下，法院将该单位追加为被告。

174

2000年9月11日，法院开庭审理此案，三被告均未出庭应诉。在法庭上我提出了证据充分、法律依据充足的代理意见，法庭也基本上采纳了我的意见，当庭作出判决，判决该单位广州联络处赔偿给龚建祥父子共14万多元，而该单位对上述赔偿款项承担连带责任。

判决之后，我又开始为龚建祥父子的工伤赔偿而奔波。因为龚建祥父子是在上班路上发生交通事故的，依照法律规定可向所在单位要求工伤赔偿。但因事故发生时间已超过两年半，取证较为困难，我一边积极调查取证，一边找龚建祥原所在单位做思想工作。在我的努力争取下，双方终于签订了调解协议书，由原所在单位支付了62000元给龚建祥父子。

在进行工伤赔偿调解时，我还和南海市人民医院联系，说服医院在龚展生仍欠17645元住院医疗费的情况下，同意龚建祥先预付5000元按金，即为其做手术拆除钢板。我不辞劳苦，以认真负责的态度，最大限度地维护了受援人的合法权益，帮助一个困难家庭度过了最困难的时期，使他们重新看到了希望。如今，龚建祥父子的身体已基本康复，双双丢掉了拐杖，开始了新的生活。

（发表于南海市法律援助信息 2002 年第 2 期）

休庭后的调解

　　2001 年 11 月 23 日 0 时 45 分，岑某驾驶小客车从盐步方向行驶，行至南盐线里水光大模具店门前路段时，与对向行驶的由邓某驾驶的小货车发生迎面碰撞，造成两车损坏，五人受伤。其中岑某经送医院抢救无效死亡。交警认定岑某负事故的主要责任，邓某负事故的次要责任。由于双方对损害赔偿的数额分歧太大，交警调解不成而终结。

　　岑某死亡后留下妻子汤某以及两个正在上中学的孩子，生活陷入困境。在好心人的指点下，汤某向市法律援助中心求助，中心及时审查并接受了汤某的请求，指派我承办此案。

　　我认真进行调查取证，根据本案的具体情况写出诉状向法院起诉。在开庭时根据双方争议的焦点，精神赔偿的问题进行了激烈的辩论。我根据交警案卷中的证据，提出邓某在发生事故后逃逸，对岑某的死亡负有直接责任的观点。同时根据岑某负主要责任的认定，劝说汤某进行调解。在调解过程中双方依然分歧很大，对精神赔偿的数额争论不休。本案从下午 3 点开庭一直到 5 点半下班，依然达不成协议，主审法官只好宣布休庭暂停调解，给双方时间回去再考虑。

　　我本着对当事人极端负责的精神留下来继续做工作，分析可能的判决结果。一直到 6 点多，汤某经与亲属商量后决定接受调解。我当即去通知主审法官，恰好该法官还未离开办公室，立刻做了调解笔录，签字后已是6点半钟了。

　　调解结果是被告一次性赔偿原告道路交通事故损失25000元（不包括原告已支付的医疗抢救费12113.43元），这个结果实际上除了应赔偿部分外，还有6000多元的精神赔偿款在内，因此对于负主要责任的原告方来说还是有利的。

　　收到调解书之后，我又继续做对方的工作，终于在2002年7月11日协助原告方收到全部的赔偿款。汤某对我的认真负责精神非常满意，连声说谢。

　　（发表于佛山市南海区法律援助信息2004年第4期）

喜领工资过年

王克宁等73人受聘于南海区官窑镇红星学校搪瓷五金厂工作，双方没有签订劳动合同，但存在事实劳动关系。厂方拖欠工人的工资，并由于生产经营困难，无法进行正常运营，于2002年9月中旬作出停产决定，同年11月28日因其他经济纠纷被法院查封名下财产。鉴于以上特殊情况，南海劳动仲裁委员会受理后，依法组成特别仲裁庭，于2002年11月22日进行了公开开庭审理，于同年12月4日作出裁决：被诉方立即支付申诉方王克宁等73人从2001年1月至2002年10月工资共356282元。

王克宁等民工在签收仲裁书后，于2002年12月9日到南海信访局反映情况，要求帮助解决。信访局有关人员与南海法援中心联系，中心了解情况后立即答复可以让民工来中心咨询。我负责接待，经了解得知仲裁书刚签收，还没有发生法律效力，而该厂的承包经营人已逃逸。于是，我向民工作了耐心解释，告知他们如果在规定的时间内厂方不履行仲裁裁决，则可由法援中心代理向法院申请强制执行，并按规定发给了法律援助申请表和申请法律援助须知，要求民工委托3名代表准备有关的资料，办理有关的手续。

2002年12月19日，推选出来的民工代表来法援中心提供有关材料，但因已有部分民工离开工厂，不知去向，身份证复印件等材料不齐全。我和中心工作人员对有关情况认真做了笔录，同时要求继续补充相关材料。此时仲裁裁决还未生效，法援中心经分析所掌握的情况，决定提前介入，受理此案，指派我和另外一名工作人员李文滔先做充分的准备工作，以争取主动。

我们立刻着手工作，主动与南海劳动仲裁委员会办公室联系，先后两次去调查有关情况。该办公室主任以及主办此案的人员积极合作，热情接待了我们，提供了有关案件的情况和材料。

裁决生效后，我们经过核实，裁决仍未得到履行，便立刻开始准备申请强制执行的立案材料。经过紧张有序的工作之后，将准备好的73份立案材料提交法院立案庭。我们继续做好有关此案的调查工作，先后到红星学校搪瓷五金厂找民工代表以及原承包经营人和红星学校校长了解情况，然后写出一份详细的情况反映，提交给南海法院执行局。执行局的领导对此案非常重视，及时召开了有教育、劳动、信访等部门以及红星学校搪瓷五金厂和原承办经营人参加的会议，商讨执行的办法。

经过协调，原承包经营人同意先垫付该厂所欠的民工工资。在我们的协助下，所拖欠的民工工资已得到执行，合共356282元。目前民工的情绪稳定，部分人已带着执行到的工资回老家过年了。民工们都非常感谢我们和南海法援中心以及其他部门的扶危解困。

（发表于佛山市南海区法律援助信息2003年第2期）

受援人的口碑

　　受援人杨秀海于 2001 年 4 月 28 日进入南海区三和陶瓷厂工作。2001 年 10 月 7 日，杨秀海在下班回宿舍时见到厂内人员打架即上前劝阻，致使右眼受伤。法院判决致害人有期徒刑十一年，剥夺政治权利三年，赔偿杨秀海 94295.4 元。南海劳动和社会保障局认定杨秀海的受伤属因工受伤，杨秀海提起劳动争议仲裁，立案后因涉及附带民事赔偿而中止仲裁。三和陶瓷厂不服工伤认定，提起行政诉讼，法院一审认为是工伤，但以受伤是右眼而认定为左眼，判决撤销工伤认定，重新作出具体行政行为。劳保局再次做出工伤认定，三和公司申请复议。

　　2003 年 7 月 14 日，杨秀海来到南海法援中心，反映上述案件曾经分别以协议风险收费的方式请过两名律师，均因难度太大而协议解除了委托。中心认真细致地分析了案情，认为见义勇为的精神值得发扬，决定指派我承办此案。先是代理杨秀海向法院申请执行刑事附带民事诉讼判决，后因被执行人无财产而裁定中止执行。复议维持工伤认定后，三和陶瓷厂不服又提起行政诉讼，我代理杨秀海作为第三人出庭应诉。一审维持工伤认定后，原告不服提起上诉，我又代理杨秀海二审应诉。佛山中院以上诉超期退案结案。杨秀海于 2003 年 8 月 26 日评为工伤六级残疾，我经过与丹灶劳动分局协商，同意缓交仲裁费，并恢复了仲裁程序。我依照法律、法规的规定重新计算出工伤补偿的款项，在开庭时

180

提出有理有据的代理意见，得到仲裁庭的认可。

　　2004 年 3 月 25 日，仲裁裁决被诉方支付各项费用 62036.07元。被诉方没有向法院起诉。仲裁裁决生效后，我又代理杨秀海向法院申请执行。经过多方努力于 2004 年 7 月 29 日，收到全部执行款 62036.07 元。在法援中心的帮助下终于使这宗经历近三年的案子有了一个比较好的结果。杨秀海在办案质量监督卡上写道：本人对利律师说一声，我深深地表示感谢他对我的热情帮助……对此我对法律援助中心全体工作人员和承办人表示再次的感谢！

　　（发表于佛山市南海区法律援助信息 2004 年第 4 期）

军人之父伤残纠纷案

2007年10月16日早上6点10分，张新全在南海里水某厂的车间拉复合布时，右手不慎被复合布拖进烫金机受伤。之后被送往里水医院治疗，经诊断右手热压伤并右食、中、小指骨折。同年11月9日治疗终结，出院医嘱要求休息1个月并按时复诊。此段时间的医疗费用均已由厂方支付，而治疗期间及休息期间的工资亦由厂方发放大部分，但伙食补助并未支付。出院后双方协商赔偿事宜，老板只同意再给3万元，未能达成一致。同年11月12日，张新全向佛山市南海区劳动和社会保障局申请工伤认定，才发现该厂没有领取营业执照，并收到不予受理工伤认定申请决定书。其后，张新全咨询了广州的律师，准备向法院起诉，并委托佛山市第一人民医院法医临床司法鉴定所对其伤残程度作鉴定，结果为六级。

2008年除夕的前一天，张新全来到佛山市南海区法律援助处，说是自己不懂起诉，法院叫他来的。值班律师问明来意之后，即向法援处主任汇报。经一起详细了解情况，得知其老板现在只同意再给3万元，就终结权利义务。还得知其子张杰是军人，属于涉军案件，于是确定重点给予帮助。因第二天就要春节放假，在认真分析案情之后，发现还缺少关键证据，随即出具一次性告知书，指导其补充有关的证据和申请法律援助的材料。7天的春节长假很快过去。上班的第一天，张新全早早来到法援处，值班

182

的工作人员吕惠雯热情地接待了他，并很快办妥了申请法律援助手续，送主任审批。主任决定由本处律师利海、工作人员吕惠雯承办此案。张新全的儿子张杰获悉后，特地从几千里之外的部队打来电话说感谢法援处和首长，表示有当地政府的帮助，自己会安心在部队搞好战备训练，为奥运会的顺利举办尽一份力。

因《劳动合同法》自 2008 年 1 月 1 日起施行，其第七十七条规定：劳动者合法权益受到侵害的，有权要求有关部门依法处理，或者依法申请仲裁、提起诉讼。有学者认为是既可以仲裁，也可以直接向法院起诉。实际操作如何，尚不清楚。于是承办人携案卷到南海区法院询问。得到的答复是目前还没有接到有关的通知可以直接受理，必须先经过劳动仲裁，或持不予受理劳动仲裁通知书，才可以向法院起诉。

按照以往的经验，此类案件一般劳仲委是会不予受理的。但承办人还是立即着手起草有关的法律文书，整理案件材料，协助受援人申请劳动仲裁。此案如按照《工伤保险条例》的工伤标准计算，最多只可获得 8 万元左右的补偿。经过认真分析研究，决定根据《非法用工单位伤亡人员一次性赔偿办法》的标准计算，要求被诉人支付：1. 住院期间伙食补助费 1170 元；2. 劳动能力鉴定及往返车费 900 元；3.2007 年 10 月至 2008 年 1 月克扣工资1000 元；4. 一次性赔偿金 168150 元。合计 171220 元。同时承办人及时与里水镇劳动和社会保障所联系，说明此案属重点办理的涉军法律援助案件，请给予足够的重视。后来又与南海区劳动仲裁委员会办公室沟通，请求给予必要的协助。结果劳仲委经审查决定受理此案，并要求申诉人去规定的部门重新评残。评出的结果依旧是六级。

2008 年 3 月 31 日，仲裁庭开庭审理，厂方也聘请了律师代理。在庭上承办人提供了充分的证据，并申请两个证人出庭作证，大部分得到仲裁庭的认可。在庭上调解时，因双方差距太大未成，遂决定择日裁决。休庭后厂方对评残结果提出申请复查，故裁决迟迟未能作出。承办人凭着多年的办案经验，知道对方是在采用拖延战术。如果照此下去，可能再经过行政诉讼的一审、二审和民事诉讼的一审、二审、强制执行，穷尽所有的法律程序，将会是一个漫长的法律过程。而且对方又是一个没有登记注册的厂家，随时都会卷厂走人，到时得到的可能只是一张法律白条，存在很大的不确定性和风险。于是将这些情况向受援人进行详细分析，建议最好通过调解结案，得到其认可，但提出不少于 12 万元。后通过向厂方老板反复耐心做工作，动之以情，晓之以理。终于打通了老板认为自己太吃亏、太无辜的心结，开始同意一次性支付 10 万元。

2008 年 4 月 24 日，经过进一步耐心细致对双方进行调解，在充分协商的基础上，达成由厂方一次性支付 11.4 万元，双方权利义务终结，申诉方撤诉的和解协议。当天，在承办人的见证下，通过银行支付完毕。张新全用颤抖着的手握着银行卡，也许是太激动的缘故，放了几次才放进内衣口袋，然后用颤抖的手紧紧地捂着，生怕掉了出来。也许他活了 54 岁，还是第一次见到这么多属于自己的血汗钱，情景确实令人感动。他的军人儿子知道这个结果，也很激动，表示一定会更加安心在部队工作，以百倍的努力迎接即将到来的奥运会，为国争光。

（2008 年获广东省律师协会典型案例二等奖，2008 年 9 月发表在广东省司法厅门户网站）

留洋更觉祖国亲

艺术简介

张德亮，男，1978 年 12 月生，辽宁营口人。毕业于中央音乐学院附中、星海音乐学院、法国巴黎高等师范音乐学院、瑞士苏黎世音乐学院。现为南海区文化馆馆长、区音乐家协会副主席。

2009 年 5 月，张德亮在南海区面向广佛两地的文化馆馆长公选中胜出，成为南海首位公选出来的文化馆海归馆长。他究竟有什么能耐过关斩将所向披靡的呢？上任近三年干得怎么样？对今后的发展有什么新的思路？这大概是人们最为关心的问题。

张德亮从 11 岁开始学习音乐，师从沈阳音乐学院大管教育家贾英教授学习大管演奏，从此与大管结下了不解之缘，一步一步地登上了音乐的殿堂。在中央音乐附中六年和星海音乐学院四年的正规系统学习时，多次参加文化部、教育部、中央电视台、北京电视台组织的文艺演出活动。先后加入了中国少年交响乐团，在莫扎特歌剧《女人心》全国首演中，担任大管首席；在担任星海音乐学院交响乐团乐队队长期间，参加了庆祝澳门回归以及赴香港、澳门、美国等地的音乐演出和交流。

在法国巴黎高等师范音乐学院留学时，跟从世界著名大管演奏家、教育家——PascalGallo1s 先生学习，并获一等奖学金。后以专业第一名考入瑞士苏黎世音乐学院，再获一等奖学金。先后参加了美国现代派作曲家 D1ckTurner 先生作品音乐会；参加器乐舞台剧《音乐与人》演出；考入巴黎青年交响乐团，任大管首席；考入 Montans1er 大剧院任大管首席；分别担任大管教授和音乐夏令营助教。正是这些国内外的学习和音乐实践，使张德亮得到了全面的锻炼，具备了音乐人的优秀素质。

在留学的几年里，他更增加了对祖国的热爱之情。因为在国外留学和工作并非一般人想象的那样幸福浪漫，而是一个吃苦磨砺的过程。因为对于西方音乐的理解，中国留学生比不上当地人，开始打工找工作很难，最后只能去饭馆洗碗，当外卖工。正是工作的辛苦，更感到学习机会的可贵，从而发奋图强，为中国人争气。于是在业余时间参加演出，到地铁演奏赚小费。他感觉到在国外是处于最底层，难民都不如，只是贫穷学生一个，只有靠自己打拼。留学不叫生活，而是学会生存，考虑怎么挣钱养活自己和交学费。当时非常想家，对家里打电话都是报喜不报忧，怕家人担心。去中国大使馆感到很亲切，认为大使馆是中国领土，很想回到这个国家。学成后，他找到工作，用音乐特长养活自己。但做二等公民，寄人篱下的感受，导致他最终选择了回国发展。

在母校星海音乐学院，他当了一名大管专业教师，肩负起教书育人的担子，教出了一批学生。本来是可以安稳地工作下去，一步一步成长为大管教授。南海区文化馆面向广佛两地公选馆长，打破了他内心的平静，激起了干事创业的斗志。在强手如林的公选中，他如愿以偿，开始了为期三年的任期。是啊！当上馆长，只是万里长征走出了第一步。发挥海归音乐人的特长，并实现从单纯音乐人到音乐人馆长角色的转变，是摆在面前的首要任务。能不能在南海这片文化的沃土里锦上添花，让音乐响得更加动听？人们拭目以待。当然也有人怀疑，喝过洋墨水，会西洋音乐又怎么样？在中国的一些地方空降的海归，水土不服，几乎全军覆没，海归竞争不过土鳖的例子并不少见。

张德亮为了实现自己的理想，决心背水一战。先是将北京的户口迁来南海，这可是一个非同一般的选择。现实是人们千方百计想获得北京户口，都说在北京落户比在美国定居还难。由此可见其信心和决心，同时也表现了东北人的豪爽性格。

张德亮在留学时不但学到了音乐知识，还接触到世界各地的文化，看到欧洲当地政府从文化上善待市民，提供优质服务方式，因而具有较开阔的国际视野。刚上任时是学习和了解南海的情况，寻找突破口。接着从国际化入手，将国外的先进运营模式应用到南海，首先从自己最熟悉的音乐入手，打破艺术门类之间的界限，将音乐与舞蹈、音乐与美术、音乐与其他艺术融合起来，把不同文化带到一个新的高度，用流行话来说就是搞国际化艺术。接着为这种艺术提供新的展示平台，整合内外资源开办全国首个县级730剧场，常年免费对公众开放，使高雅艺术走进寻常百姓视野，成为公众文化。举办南海音乐季，邀请国内众多文艺团体和美国、英国、墨西哥、瑞士等10个国家派出的代表性艺术家、文化大使进行文化交流。共建有500个座位的南海艺术剧场，同样免费开放给市民。开展艺术进镇街活动，2011年一年就开办了200多场音乐会和其他文艺活动。实行送戏下乡，创新在大沥黄岐建都市周末剧场，表演古典音乐、器乐、声乐、芭蕾舞等丰富多彩的艺术形式。

近三年的馆长任期，在上级领导和文化团队的支持下，他交出了一份满意的答卷，实现了从音乐人到策划人的转变。海归已经在南海遨游，破浪前进，是音乐成就了他的梦想。他并没有放弃大管的看家本领，每到周末还要到星海音乐学院给学生上大管课。他又在思考今后的发展，准备搞音乐大讲堂，进一步整合国内外资源，顾及各种艺术门类。不单是音乐，还要进行多条腿走路，把好的作品、团队引入到南海，让市民不用出国就可以欣赏到各国音乐、民族风情。要把南海建设成文化的绿洲、艺术的天堂、音乐的圣殿。我们充满期待。

（发表于《佛山艺术》2012 年第 1 期）

适用侵权责任法与新交通安全法
办理特大交通事故组合案

2011 年 10 月 26 日 0 时 10 分许，宋某信驾驶湘 D00853 号牌重型普通货车在南海区西樵镇由樵丹路方向行驶，行至百西科技园水边村路口往左转弯过程中，与对向由未取得二轮摩托车驾驶证、饮酒后未戴安全头盔的曹某红驾驶载人超过核定载人数的粤 J6915S 号牌二轮摩托车（搭乘向某平、施某威、曹某菊）发生碰撞，造成两车损坏及曹某红、向某平、施某威、曹某菊受伤，其中曹某红、向某平、施某威受伤后经送医院抢救无效于当天死亡的特大道路交通事故。交警认定宋某信、曹某红分别承担此事故的同等责任。并认定货车的车辆注册登记人：衡阳市雁峰顺达运输公司；车辆实际支配人：冼某忠、冼某东；该车投保于中国太平洋财产保险股份有限公司广东分公司佛山中心支公司。摩托车的车辆注册登记人：先某强；车辆实际支配人：曹某红。

2011 年 11 月中旬，施某干来到佛山市南海区法律援助处申请法律援助，我发现此案三死一伤，属特别重大交通事故，符合免于经济审查条件。在初步了解案情和分析有关材料后，得知调解不成，只是收到交警给的 20000 元死亡处理费，我凭经验感到执行是非常关键的，就问肇事货车的现状。经与交警联系，得知目前还扣押在狮山停车场，如不申请法院诉前保全，过几天就要到期放车。经协商，交警同意推迟一些时间放车，但不能太久。

根据所掌握的情况，认为几位死者的亲属和伤者一起办理法律援助申请手续，有利于高效解决问题，于是出具一次性告知书，要求补充相关材料，并建议联系其他受害方一起来法律援助处。

11月21日，施某干和另外几个当事人及亲属都一起来到法律援助处，由我逐个查看材料和作询问笔录。其中的关键点之一是死者施某威、向某平一方要不要告死者曹某红的继承人。经客观分析利弊之后，他们都坚持要告。在接待曹某红一方时，了解到伤者曹某菊是曹某红的弟弟，还在住院治疗。他们听说另外两个死者亲属要告曹某红一方，不免有些生气，我只好从法律的角度给予解释，使他们消了一点气，配合我进一步了解案情。后来还告诉我说他们已经请了律师。根据得到的这一情况，遂告知其不能再提供法律援助。他们表示理解。另一个关键点是施某威没有和韩某会登记结婚，确认其子施某成的身份需要相关证据，必须在施某威尸体火化前尽快解决。

施某威、向某平亲属的法律援助申请很快获得批准，并指派我办理。经深入分析案情，确定了几个重点：一是诉前财产保全；二是先予执行；三是确定赔偿数额；四是确定被告人数；五是连带责任的承担；六是适用什么法律；七是提起刑事附带民事诉讼还是单独提起民事诉讼。

根据一般的法律规定，诉前财产保全和先予执行申请都要提供担保，否则将予以驳回。但此案的受援人没有可供担保的财产。在以往的实践中，个别特殊的法律援助案件经与法院协商，有过特批免于担保先予执行的先例，但财产保全则没有一例特批免于担保的。尽管在2008年7月，佛山市中院和佛山市司法局联合印发《关于加强和改进我市法律援助与司法救助衔接工作若干问题的规定》第六条、第七条规定可减轻或免除受援人的担保义务，然而在具体执行中，基层法院以风险太大为由没有落实。能否通过这件特别重大的案件实现新的突破呢？我决定一试，分别制作了两份先予执行申请书和两份诉前财产保全申请书。

关于赔偿数额，经查阅相关法律依据，发现由于侵权责任法和新交通安全法的实施，与过去有重大区别，主要是没有单独规定被抚养人生活费一项，而死亡赔偿金能否包括被抚养人生活费亦没有明文规定。经与多个律师及法院立案庭沟通交流后，确定将被抚养人生活费归入死亡赔偿金内。因此为维护原告施某威亲属一方的合法权益，向法院主张包括原告死亡赔偿金613986元（包括被抚养人生活费136030元）、丧葬费20387.5元、交通费3000元、住宿费1200元、伙食费1800元、误工费4500元、精神损害抚慰金70000元。合共714873.5元。原告向某平亲属一方则要求：判令被告连带给付原告死亡赔偿金727956元（包括被抚养人生活费250000元）、丧葬费20387.5元、交通费4000元、住宿费2500、伙食费2500、误工费5000、精神损害抚慰金80000元。合共842343.5元。

经权衡利弊，逐个鉴别，确定了七个被告。同时放弃起诉摩托车的车辆注册登记人：先某强。主要是了解到他没有偿付能力，不起诉可减少讼累。

至于连带责任，在侵权责任法与新交通安全法都有严格的限定，只能是狭义的连带，而不像过去的司法解释和法院内部审判指导意见那样实行广义的连带。也就是说有着颠覆性的改变，而且争议很大。加上新交通安全法在2011年5月才开始实施，审判实践刚开始，尚未见到类似案例，如何判决尚不明晰。为保险起见，确定请求判令所有被告承担全部连带责任。

在新旧法律切换适用的时刻，如何把握好尺度，给律师以很大的发挥空间，同时也是一个严峻的挑战，更能考验其应变能力和办案水平。因此一定要反复研究相关法律，多方征求意见，深入进行研讨，从维护受援人的最高利益出发，选定一个相对合适的方案，才能奠定胜诉的基础，也就是不打无准备之仗，因为最终的结果要体现在判决书上。

考虑到本案被告众多，而且涉及精神损害赔偿问题，权衡利弊之后，确定单独提起民事诉讼。

果然不出所料，在法庭立案也有波折。受理法官见没有财产担保，不同意受理先予执行和财产保全。经解释说有文件规定，法官才说先拿来看看再说。这也在情理之中。于是联系法律援助处将文件传真给立案庭。法官看到了相关规定，但又不敢做主，就请庭长来看，然后就同意了。并很快办理了诉前财产保全手续，将肇事车辆扣押。可谓功夫不负有心人，事在人为，贵在坚持，新的突破也就在坚持最后一下的努力之中。先予执行相对曲折，主要是法官认为施某威亲属已经领取了20000元的死亡处理费，再先予执行理由不充分。对于向某平亲属因未领取20000元死亡处理费，故认为可以考虑，但要提供向某平尚未火化的证明。后在提交证明后，裁决保险公司给付先予执行款20000元。

开庭也不是那么一帆风顺的，三个死者的案子一并审理，我同时担任两个死者六个亲属的代理人。而死者曹某红亲属既是原告又当被告，角色不断变换，与其代理律师既要合作，又要对阵，必须掌握好分寸。被告衡阳市雁峰顺达运输公司代理律师及被告冼某忠出庭，被告冼某东缺席。先开庭审理原告曹某红亲属一案，举证阶段，被告衡阳市雁峰顺达运输公司代理律师当庭提供了一份普通货物运输车辆管理经营合同，用以证明公司只是名义车主，根据合同约定，若发生交通事故，公司不承担责任。经庭审质证、辩证，原告曹某红亲属代理律师质证意见：对其真实性无异议，但从内容看，该证据是挂靠合同，冼某东每年均有向该司交纳管理费，根据合同约定，该司对肇事车辆有管理义务，且该合同仅是约束合同当事人，该司不能以该合同对抗原告。此时我反复研究了该合同，全面衡量了双方的质证意见，认为各有道理，焦点是肇事车辆的挂靠单位应否担责。但从所掌握的材料和法律来看，侵权责任法和新交通安全法均没有对此明确规定，且该合同的约定与行驶证的登记车主相矛盾，合同签定时间与行驶证注册登记日期相矛盾，真实性存在异议。鉴于案情复杂，主审法官决定休庭，择日第二次开庭。

利用休庭这段时间，我再次深入进行研究，同时多次与不同的律师针对此案进行分析探讨，还参加该案的刑事部分审判旁听，最后形成了新的观点，并拟写了补充代理词，进一步明确各被告的责任。同时还指出从各方面提供的证据综合分析，车辆注册登记人衡阳市雁峰顺达运输公司与实际支配人冼某忠和冼某东存在事实上的挂靠关系，请法院进一步核实。但即使是挂靠成立也应由挂靠人与被挂靠人单位承担连带责任，不能免责。而不是被告衡阳市雁峰顺达运输公司所说挂靠就可以免责。因为被告衡阳市雁峰顺达运输公司作为该车挂靠公司，收取一定的管理费，实际上是将营业执照借给车辆实际支配人使用，其应对车辆实际支配人的运营活动进行全面的监管，对驾驶员也应有必要的安全教育和技能培训，根据过错与责任相一致的原则，车辆挂靠单位应当

193

对车辆实际支配人的责任承担管理不善的过错责任。

所以不论存在上述何种情况，车辆注册登记人衡阳市雁峰顺达运输公司都必须承担相应的连带赔偿责任。这样才符合权责相应和公平公正原则。

法院认为，被告顺达运输公司作为肇事车辆的挂靠单位，应对被告冼某忠和冼某东应承担的赔偿责任负连带赔偿责任。法院判决：确认原告施某干、何某琴、施某成因本起交通事故造成的损伤在本案中尚应得赔偿款总额为 494583.54 元；确认原告杨某琴、张某秀、向某臻尚应得赔偿款总额为 543810.1 元。

我在过去接待了很多交通事故来电、来访，办了不少交通事故案。在侵权责任法与新交通安全法颁布实施后，如何适应新形势，正确适用法律，是每一个律师，尤其是执业多年的律师面临的新问题。只有在办案过程中才会更清楚地发现问题，从而解决问题。要知道梨子的滋味，就要亲口尝一尝。要善于发挥律师和法律专家群体的力量，虚心求教，敢于在否定之否定中不断探索，不断前进，才可以跟上形势的发展，立于不败之地。

（发表于《佛山法律援助》2012 年第 3 期）

书法创作基地的志愿者

——访南海区书协副主席罗国平

初见罗国平，只见他身穿一套白色唐装，儒雅谦和。

他的办公室宽敞明亮，办公桌很大，可以当画台。采访中我了解到他 1980 年考上大学，从大二开始练书法，当时是为今后当教师多一项专长做准备。在获得广东省首届大学生书法比赛三等奖之后，他真的喜欢上了书法，从此一发而不可收，在书法的道路上不断攀登。大学毕业后，他先是分配到位于英德的广东省机床厂子弟学校，后又转到厂工会搞了十年宣传工作。他的特长得到发挥，每年都组织搞一次征文、书法比赛，活跃职工文化生活。

邓小平南方谈话的春风，吹醒了罗国平干一番事业的雄心。1993 年，他毅然下海，开办了广告公司。他的信心当然来源于自己的书法功力和文化底蕴。公司运作走上正轨之后，他又走上拜师学艺的道路。2005 年他参加中国书协培训中心研修班，师从全国著名书法家王冰石、方传鑫、曾翔研修二王行草书法。经过导师悉心指导，加上自己的勤学苦练，书艺逐渐提高，开始在各级书法比赛中入展获奖。2000 年任南海区书协副主席，2007年加入省书协。

在区文联的关心和支持下，区书协领导班子一直考虑书法发展大计。思路决定出路，经过协商沟通，南海康有为书学院、区书协和广东吉熙安电缆附件有限公司决定合作，创建书法创作活

195

动基地。吉熙安公司可是名声在外，获得荣誉无数，是行业内唯一荣获中国名牌产品的企业，董事长、总经理陈朝晖是省人大代表。公司为基地提供了300平方米装修好的场地，包括创作展览室、办公室和培训室。每年提供一定的活动经费，从而为南海书法事业提供了一个创作和交流的平台。基地的日常管理由谁负责呢？人才是决定的因素，谁是合适的人选？当然招聘一个刚毕业的书法专业大学生并不难，但考虑各方面因素，最后委派罗国平无偿担任创作基地办公室主任，负责基地的日常工作。就这样，每天他安排好公司业务后，就到创作基地处理相关事务。他以满腔的热情和无私奉献的精神投入基地建设。他说钱是赚不完的，精神上的追求才是最重要的。

正谈在兴头上，公司的李杰雄副总经理加入了采访，他称赞罗副主席是志愿服务者、是南海文化义工，从而使我对罗国平的认识更多了一个角度。

辛勤的付出终于有了丰厚的回报。基地建成之后，区书协有了一个创作活动的好场所，有了一个温暖的家，书法家们经常到基地创作交流，提高书艺。在基地的参与下，每年都开展书法活动，如佛山梅州书法联展、南海梅县书法联展、李小如书画展、职工书法培训班、组织书法家现场义务挥春活动等。基地创建以来，每年都出资为书法名家出版书法作品集。创作基地建立几年来，在公司的大力支持下，逐渐完善和发展，在浓厚的书法氛围中，他自己的书艺也不断有所提高，多次参加全省和全国性的书法比赛，屡次入展、获奖。

经过不懈努力，基地一直成功地运作，实现了双赢。在书协全体会员的共同努力下，2010年12月，南海区书协被中国书协评为"中国书法进万家活动先进集体"。吉熙安公司也因基地的建立提高了知名度，企业文化建设上了一个层次。

采访结束后，我接着去参观书法培训室，那是一个可以容纳40人写字的地方，备有文房四宝，罗国平就是在这里教职工练书法的。然后又到基地的创作展示大厅，立即被那里的恢宏气势吸引。高大的展厅挂满了名家书法作品。厅内还有一张硕大的创作台，可供十多个人同时书写，展厅内的作品不少就是在这里写出来的。省、市、区的领导前来视察以及公司的客户来洽谈生意，都会进入展厅，接受书法熏陶，感受企业文化。每当这时，罗国平都会涌起一种幸福感，这也许就是他坚持下去的一种动力吧。

在党的十八大召开之际，基地将开展一系列书法活动，罗国平又要忙乎一阵子了。他依然热情饱满，信心十足，干劲倍增地继续履行志愿者的职责。

艺术简介

罗国平，字舒啸，广东梅县人，毕业于中山大学，现为广东省书法家协会会员，佛山市作家协会会员，佛山市书法家协会副秘书长，南海书法家协会副主席。书法作品获广东省首届大学生书法竞赛三等奖，首届"广东书法艺术康有为奖"入展，第二届"广东书法艺术康有为奖"优秀奖，第三届"广东书法艺术康有为奖"全国评展优秀奖，广东千人千作书法展入展，广东省第二届中青年书法展入展，广东省"笔歌墨舞颂中华"双拥书法大展入展，"永远跟党走"全国职工书法大赛入展，全国第二届册页书法展入展。文学作品曾在全国各地报刊杂志发表诗歌散文30余篇（首）。

（发表于《佛山艺术》2012年第2期）

法律援助传递的关爱

在南海法律援助机构工作了十五年，感情不可谓不深。法律援助是党和政府密切联系群众的窗口，充满了对困难群众的关爱之情。通过一个个典型案例的亲历，关爱已不是一个笼统的说教，而是化为有血有肉的亲情，沁入人们的心坎里，传递给我、你、他和所有生活在桂城、南海的人们。

2010年4月27日凌晨，被害人向某在南海区平洲某游艺城内玩游戏机，谭某锦、王某松、何某东、高某新、叶某等故意将向某（系向某平、程某娥之子）打伤，向某经南海第二人民医院抢救无效，于当日8时许死亡。

2010年5月初，因经济困难，向某平、程某娥夫妇经人介绍到南海区法律援助处求助。经初步了解案情之后，我出具了一次性告知书，指引其收集补充有关证据和材料。7月下旬，佛山市公安局南海分局向南海区人民检察院提交了起诉意见书。据此，南海区法援处正式受理当事人的申请。

我负责办理这件法援案，先后到区行政服务中心、区工商局和镇街工商分局调查取得企业机读档案登记材料、企业机读档案变更登记材料（一）（二）、个人独资企业变更登记申请书。同时指导受援人补充取得受害人向某在佛山市南海区工作两年以上的关键证据，因为死亡赔偿金按照城镇居民人均可支配收入或者农村居民人均收入标准，两者差别很大。在此基础上提出了合计

541244.72 元的诉讼请求。

　　我很快将起诉材料交给佛山市人民检察院。随之而来的是漫长的等待，所有联系主要靠上检务公开网和电话。当然，受援人的焦急是不可避免的，只好耐心解释，细致开导，加强沟通。因为此案涉案人数多，案情复杂，经过 2010 年 7 月 28 日由佛山市人民检察院受案，经历两次退查，两次重报，一直到 2010 年 12 月 24 日才向佛山市人民法院提起公诉。形成鲜明对比的是，因为刑事部分已定在 2011 年 1 月 13 日开庭审理，法院很快通知民事部分开庭时间定在 1 月 14 日，后又改为 1 月 20 日，并提供被告的代理律师的电话，建议先行与之联系调解。经过初步沟通，被告代理律师表达了争取按照农村居民人均纯收入标准，由被告方赔偿 20 万元的设想。但受援人认为太少，以致赌气地说，宁愿一分钱不要也不想调解了。经主审法官在电话中做工作也无济于事，调解陷入了僵局，一时也没有更好的办法，只好暂时搁置下来。只是时间紧迫，一旦刑事部分先行判决，后面的民事部分调解也就失去了基础，等于前功尽弃。经与主审法官联系，其同意再给一些时间，暂缓刑事判决，但不可以超过 21 日上午下班，因为法院当日下午是业务学习时间，不对外办公，而第二天又是双休日。在这有限的宽限时间里能不能调解成功，确实是一个严峻的考验，这对一个律师的综合素质要求是非常高的，成败在此一举。出路在哪里？我冥思苦想，夜不成寐。好在天无绝人之路，猛然间想到，是否可以在法援介绍人身上想办法？于是经多方联系找到了介绍人，将情况一分析，他非常乐意做受援人的工作。果然介绍人的介入，情况出现了一线转机，受援人的抵触情绪得到缓解，同意把先前的赔偿预期降一降。我再与被告代理律师联系沟通，他也表示可以再做一下被告方的工作，争取提高一些赔偿。同时及时将情况反映给主审法官，他也加紧与被告方做工作。

经过多方努力，反复协商，双方终于达成调解协议，由被告方共同赔偿原告方因被害人向某死亡的全部经济损失共计380000元，一次性结案，原告方不再追究被告方任何民事赔偿责任。款项已在双方签名盖章后，于2011年1月21日赔偿到原告方指定的银行账户，我代理原告方自行到佛山市中级人民法院撤诉，并提交原告方的谅解书，请求法院对被告人从轻和减轻处罚。

我感觉到，人生的最大痛苦，莫过于中年丧子。带着对受援人的深切同情，抱着法援工作者的强烈责任感，具有与时俱进的办案艺术和丰富的社会经验，是办好疑难复杂案件的重要因素。充分利用各方面的有利条件，形成合力，是达到办案目的的关键因素。关爱通过维护当事人合法权益得以实现。

让我再来说一个案子吧。孤寡老人冯某照、冯某溪分别借款108172元、67442元给冯某全经营同乐大厦。因经营不善，同乐大厦被法院查封，冯某全跑路，人间蒸发。两位老人的棺材本被套牢，一时间急得不知如何是好。2011年11月初，有好心人曾女士前来南海区法援处咨询，问能不能为老人讨回棺材本。

当时我正在法援处值班，详细了解了曾女士反映的案情，初步判断关键是法院会不会立案，因为过去法院对非法集资是不予立案的。这是能否给予法律援助的前提条件。而此时曾女士只是带来同乐大厦的存取记录，上面写有年月日、余额，以及盖有冯某全的私章。单凭这张存取记录，一时是难以区分属于非法集资还是民间借贷，因为这两者的界定确实存在纠结，争议很大。而民间借贷又是发展市场经济必不可少的融资手段，法律必须保护。为进一步界定情况，我出具一次性告知书，建议曾女士协助收集相关材料后，与两位老人一起来法援处，进一步了解情况研究分析。下班后，我反复查找有关非法集资和民间借贷的案件材料，以分清两者的区别，掌握新的动向。

过了一个星期，曾女士与两位老人一起，带着冯某全被法院查封的5份房产、土地登记信息卡，以及其他相关材料来到法援处。经详细询问情况，分析界定材料，认为此案以民间借贷起诉的理由相对充分，可以以此案为突破口，为法律援助办理此类案件树立一个范例。经研究，法援处批准给予两位老人法律援助，由我担任承办律师。

果不其然，立案庭的接案法官，首先就问是不是非法集资，若是则不能立案。经我解释，法官有所触动，但仍不能马上决定，就说先把材料放下，改日再通知。

第二天，接到法官通知，说可以来办理立案手续。由此而过了立案关。之后我即着手写代理词，同时密切关注最新的法律动态。

机遇往往垂青有准备的头脑，2012年2月21日，最高法院下发《关于当前形势下加强民事审判切实保障民生若干问题的通知》。要求各级法院要妥善审理民间借贷案件，维护合法有序的民间借贷关系，要依法准确认定民间借贷行为效力，要正确分析当事人诉讼请求的实质，判断当事人有关约定的效力，保护合法的民间借贷行为以及当事人的合法权益，促进实体经济发展。我立即将此通知补充进代理词。

由于被告冯某全跑路，法院传票直接送达被退回，改用公告送达。

2012年3月1日开庭时被告没有出庭，法官确定的焦点依然是：属于非法集资还是民间借贷。

经法庭质证，我发表代理意见，被合议庭最终采纳。

法院认为虽然被告没有以借条、欠款或借据的形式确认有向原告借款，但原告提供的卡片中记录有款项金额、确认时间，并有被告本人的印章，已基本反映了原告所主张的被告向其借款的事实，被告经本院合法传唤未到庭答辩并提出相反证据予以反驳，本院因此对原告的事实予以认定。原告是公民，其借款予被告的行为，属民间借贷关系，合法有效，依法应受法律保护。判决被告向冯某照、冯某溪分别偿还借款108172元、67442元。

我认为，对于有争议纠结的案件，更加要认真对待，要打破固有的思维定式，从细节入手，界定其共性和特殊性，寻找切入点。同时要密切关注法律界的焦点、难点、热点问题的新动向，抓住有利时机，为我所用，增加胜诉筹码。胜诉对当事人来说是最好的关爱。

从事法援工作这么多年，办理了几百件案子，经常面对着愁眉苦脸的当事人，要说不烦，那是假的。可是一旦看到案件胜诉，问题得到解决，那么内心又会产生一种满足感和成就感，一切烦恼都抛到九霄云外。其实法援不但把关爱传递给困难群众，同时也给从事法援工作的我以信心，让我坚持下去，保持年轻的心态，一直干到退休。

（2013发表于《佛山律师》第2期）

每10年迈上一个新台阶

——访南海区美协副主席黎明晖

久仰黎明晖的大名，我手头已有不少关于他的书籍资料，而且互联网上的相关资料也肯定不少。为了得到真实的感受，我决定先不去看那些资料，而是先去采访心目中的偶像。

记得在十几年前，我就对黎明晖有过深刻的印象，那是从一本书中得到的，其中他去广州美院进修硕士研究生课程的事迹，使我至今没有忘记，也是激励我获取硕士学位的一个榜样。现实中他是一个怎么样的人？

黎明晖在桂城新开了一家"明晖画苑"初次见面，他给人的印象是一个典型的艺术家，长发配上精干的身躯，目光坚定，透射出大家的风范。

"明晖画苑"在桂城东怡花园内，他说当时就想到在南海的政治经济文化中心设立自己的一个艺术平台，以后年纪大了在这里开班授徒，现在正在圆这个梦。由此可见他的目光远大而且独到。

他经历的是一段坎坷但不懈追求的艺术人生路。早在小学三年级，他就跟随美术老师学习绘画。在画毛主席像和搞农村宣传中显露出绘画天赋。他属于"文革"前的中学老三届，文化功底扎实，绘画基础好，但却失去继续上大学深造的机会。1968年他在"广阔天地炼红心"大潮中当了一名知青到农村务农，然而他的艺术梦并没有因此而中断，他当时就意识到知青如不学习，就会成为被社会遗弃的一代，于是继续跟从南海师范的陈鉴超老师和广州美院的徐坚白老师学绘画。经常骑单车风雨无阻去佛山、广州，虔诚求教。1971年他被招工到丹灶供销社做美工搞宣传，1979年调回到盐步影剧院做专职美工。在实践中绘画水平不断提高，工作也比较稳定，然而他却有着一颗不安于现状的心，随时在寻找突破自我的机会。

1985年通过全国成人高考，他进入了广州华南文艺大学国画系深造，他紧紧抓住宝贵的学习时间，以百倍的努力刻苦学习文化知识，系统地掌握了古今中外绘画的理论，素质全面提升。他又有了更高的追求，于1991年辞去原来的工作，交出单位的住房，另外租房创立了美术广告部，并初战告捷，取得良好的经济效益。不久建了房，有了安身之所。这时候，他那颗不安分的心又跳动起来，于1993年参加广州美术学院国画系硕士研究生进修班学习山水画，在更高的层面上接受名师的教导，系统临摹中国画经典名作，夯实传统基础，提升山水画创作水平。1995年在他的组织带领下，以敢为天下先的精神，通过各级党委政府的重视，宣传文化部门的指导，创办了南海画院，汇聚了几十个有志于绘画艺术的精英，潜心创作出一批精品。1997年到北京中国美术馆举办"南海画院作品展"，打响了南海文化的品牌，受到现为国家副主席李源潮等领导的接见和肯定。他在享受到荣誉的同时，更增加了紧迫感和危机感。他为了实现到北京中国美术馆举办个人画展的梦想，于1998年去中国最高美术学府中央美院进修，1999年又去北京画院进修。师从著名山水画家王文芳老师，经过两年的筹备策划，由现中国国家画院，中央美术学院，北京画院，广东省美协主办"粤海风情·黎明晖作品展"，在中国美术馆成功展出。2011年，他应邀到毛里求斯共和国举办"黎明晖中国画展"备受国外友人、华侨欢迎，获得成功。

黎明晖之所以有这样精彩的艺术人生，是与他明确的人生目的和具体的人生规划分不开的。他说自己在初中时已计划每十年步上一个台阶，希望在第一个十年内被认可；第二个十年成为省美协会员；第三个十年搞大型个人画展；第四个十年出国举办画展。现在，他的梦想都基本实现了，他又开始了新的十年规划。在未来十年中，他会在西樵文化苑——黎明晖艺术馆潜心创作。在西樵这个文人荟萃，钟灵毓秀的宝地，他的灵感频频涌现，准备在未来的十年中创作出几个系列的精品，永留于世。他悟出了许多独到的见解。他说画的真正水平，取决于艺术家的思想境界高度，画到最后是修养，画如其人。画是写出来的，书法是画出来的。人生无愧看口碑，不要追求富贵，大众口碑是对人生的最大肯定。

在我眼前，一个淡泊名利，不懈追求的画家形象真切地呈现了。我感觉到，黎明晖的最大特点就是：扎根南海，放眼世界；既有地方特色实力派的绘画功底，又有象牙之塔学院派的广阔视野，两者结合形成了他不凡的艺术风格。但愿他的艺术之路走得更加精彩。

艺术简介

黎明晖，男，1949年8月生于广东南海。现为南海画院院长，中央民建画院特聘画家，广东省美协会员，佛山市美协主席团成员，南海区美协副主席，南海区八、九、十、十一届政协常委，佛山市人大代表。自幼酷爱美术，毕业于广州华南文艺大学国画系；先后结业于广州美术学院国画系硕士研究生进修班，中央美术学院国画系进修班，北京画院王文芳山水画工作室，中国国家画院陈鹏工作室，北京荣宝斋画院程大利山水画工作室。

（发表于《佛山艺术》2013 年第 1 期）

烈火致残陷困境　法援伸手获赔偿

　　符某海受雇于陈某坚，在南海区大沥镇黄岐嘉悦名居 A1 座 904 号，为屋主杨某新的住宅搞装修扫油漆。2011 年 11 月 15 日 16 时 31 分，符某海在工作时因油漆着火，身体被烧伤致残。

　　我接受指派对案件进行全面分析后，发现佛山市南海区公安消防大队火灾认定书是重要证据，但其认定起火原因：油漆工符某海在扫油漆时不慎触及电箱电源线打火引燃油漆所致。并认为灾害成因为经天那水稀释后的油漆为易燃液体，一旦引燃后导致火灾迅速蔓延扩大，且起火后符某海慌忙倒地将油漆泼洒在身上以致身体烧伤。此认定对符某海不利，符某海不服，但又没有及时提出复核申请，在申请法律援助的时候已经过了十五日的复核期限。且我到消防大队查阅相关的案卷材料遭到拒绝，只有申请法院调查取证，进一步查清案件事实。

　　我指导受援人获取了出事房屋的房产登记信息卡，确定了房屋产权人是杨某新，并与消防大队联系，获得了陈某坚和杨某新的身份证复印件。还取得受援人所在单位的工作证明，用以证明其在佛山工作、居住的时间。伤残鉴定结果是一个八级、一个十级、一个七级，后续医疗费为四万六千元左右。在上述证据的基础上，提出了两被告陈某坚、杨某新连带赔偿总额为 513844.13 元的诉讼请求。同时申请对涉事房屋进行财产保全，得到法院批准。

　　我感觉到，本案重点是《侵权责任法》与《最高人民法院关于审理人身损害赔偿案件适用法律若干问题的解释》的适用问题，因为两者在责任承担上是有所不同的，给律师代理以很大的空间，而司法实践中又具有较大的争议，又给法官以较大的自由裁量权。我查找了有关的案例和专家学者意见，结合所掌握的案件材料，经过辨别分析，形成自己的代理意见。

第一次开庭，是在 2012 年 7 月 2 日。杨某新聘请了律师代理出庭应诉，陈某坚则自己出庭。焦点是责任由谁承担。当然，三个当事人及其代理人都从维护自身的利益发表意见，各执一词，法官也无法当庭判决，故建议双方调解。从当时法官的态度来看，似对原告不利。经做工作，因双方差距太大，当庭调解不成。我认为关键还是证据。由于当时法院尚未调取到消防大队的案卷材料，我强调一定要调取并当庭质证，法官只好同意休庭，择日再审。

第二次开庭，是在 2012 年 9 月 10 日。我此前已收到法院调取的消防大队案卷复印件，从中找到有利于原告的证据。经法庭质证、辩论，我发表了代理意见：认为符某海是在工作时受伤，且没有过错。本案中，雇员是符某海，雇主是陈某坚，屋主是杨某新。发包人杨某新知道陈某坚没有相应资质或者安全生产条件，却将工程发包，故应当与雇主陈某坚承担对符某海的连带赔偿责任。

法院于 2012 年 9 月 12 日做出一审判决，酌定由原告符某海自行承担 30% 的责任。被告陈某坚应承担 70% 的责任共335246.34 元。被告杨某新应对被告陈某坚所承担的债务在 40%范围内承担连带赔偿责任为 150860.85 元，扣除被告杨某新已支付的 146000 元，尚应在 4860.85 元范围内承担连带责任。

从判决结果来看，虽未实现原告全部诉讼请求，但也大部分得到支持，因而是相对合理的，受援人也比较满意，表示不上诉。只是两被告不服，先后提起上诉，共提交了10份新证据。陈某坚也请了律师，还提交了补充上诉状，志在二审翻案。

法援处继续指派我给符某海提供二审法律援助，面对来势很猛的上诉人及其代理律师，我全面分析了上诉状及一审判决书，确定了以不变应万变的原则，侧重于强调一审判决的正确性，要求维持原判，驳回上诉。

二审开庭，陈某坚的代理律师表现异常积极，不但申请两个证人出庭作证，还采用诱导式提问，利用符某海对法律的无知，一时的口误，抓住一点不放，力图反转不利的形势，但都被我及时向法官指出，有力化解。可以说二审庭审的激烈程度大大超过一审，上诉人是抱着背水一战的决心开庭的。三个当事人都极力争取自己的权益，三方代理律师都充分发挥了各自的专长，全力代理辩论。最后调解不成，休庭等待法院终审判决。

最终法院认为：本案二审期间争议的焦点一是陈某坚、杨某新是否应承担赔偿责任的问题，二是符某海的损失数额问题。经审理，陈某坚、杨某新的上诉理由均不成立，本院均不予支持。判决驳回上诉，维持原判。

我认为烈火熊熊，浓烟滚滚，迷雾重重，案情复杂，头绪繁多，要善于抓主要矛盾，化不利为有利，化被动为主动。对于适用的法律与司法解释有冲突时，更要保持清醒的头脑，尽量利用两者之间的联系，突出其共性，结合扎实全面的有力证据，形成环环相扣的证据链，使之有利于己方当事人。一审判决后，不可松懈，要根据实际情况，果断放弃未得利益，步步为营固守既得利益。庭审是关键，但功夫在庭外，只有做充分准备，才可在开庭时占据主动，取得胜诉。真正做到烈火更显法援亲。

（2013 年 11 月 6 日发表于佛山市司法局网站案例精选）

南海青年粤剧团红遍两广的岁月

——访南海区戏剧家协会主席陈少婷

陈少婷非常忙，约了几次才得以抽空接受采访。而她又非常谦虚，总是说那都是过去的事情，没什么好说的。然而那可是一段忘不掉的青春岁月，剧团红遍南粤的曲艺人生，经历时间的珍藏，依然光彩照人。

陈少婷从小就喜欢唱唱跳跳，对粤剧尤其喜爱。改革开放初期，亲戚从港澳带回收录机播放粤曲，由于有天分，她听几遍就懂唱了，连自己都感到惊讶，大人们听后跟着拍起掌来，非常喜爱她的唱腔。那时她只有12岁，开平县粤剧团招人，但她父亲不喜欢她做这行，怕耽误读书。她就自己偷偷去考，因父亲坚决反对而没有进剧团。于是继续读完高中，直到毕业。当时有两条路选择：一是考大学读书，二是做老师。但她都没有取，而是选择演戏这条路。由于没有人教，主要还是自己对着收录机，边学边练声，边走圆台。那时住在广州的舅舅对门有个黄大姐，她有个姐妹的女儿在广州粤剧团，于是陈少婷有机会跟着学粤曲，由舅舅每天带着在越秀山练歌。有一天，遇到一个在晨练的小妹妹，她看见陈少婷，就好奇地问："学什么？"回答说："练声。"小妹妹觉得很新鲜，就攀谈起来，慢慢就熟了，两人相处得像姐妹一样。那小妹妹有一个姐姐去三元宫拜祭，见广州越秀区群众艺术馆属下的粤剧团出招人告示招演员，就告诉了小妹妹。小妹

211

妹对陈少婷说："你不如去考一下。结果第二天去考，唱了一下，是拉二胡搭线去唱，很合拍。团长问："家在哪里？"回答："在开平。团长又问："有什么亲戚在广州？"回答说："有舅舅。团长马上说："你声音好，人也靓，明天就来上班吧！"就这样陈少婷当上了越秀区粤剧团的学徒，一边学，一边做，很快就能够上台演出了。

1979年，正是粤剧兴旺的年代，经常下乡演出。第一站是在清远县，陈少婷去到就要上场，串走梅香角色，从此走上了粤剧舞台。过了差不多一年，当时有个花旦，其父是南海青年粤剧团编导，要退休顶替接班。就问陈少婷要跟过来南海吗？当时她还不知有南海，因为信息不灵通，只是听说是在佛山。那花旦到了南海青年粤剧团不久，写信给陈少婷，说团里要人，可来考试。恰好那时越秀区粤剧团放假，就马上过来南海考试。不久就收到南海青年粤剧团的通知过来上班。开始还是跟师父做梅香，一年多后担任角色，主演的第一部戏是《秀才过年》当时很紧张，终于演完了，才松了一口气。那时的艺术团长叫熊炳南，主张培养起用新人。在他的悉心指导下，促使陈少婷很快当上主角。之后陆续演戏，一边演出，一边排戏，五年时间扮演了好多主角。有《封神榜》《花墙会》，还有《暴雨折寒梨》等。由于起用新人，演出大获成功，在广州一炮而红。上报、电台录音、采访等络绎不绝。《南方日报》《广东农民报》都有采访报道，拍过艺术照，登过剧照。还专门召开研讨会，请林小群等名老演员对陈少婷等青年演员点评，肯定了起用新人的做法。那时是陈少婷的演艺高峰时期，她所在的南海青年粤剧团很快红遍了南粤，经常被邀请到各县市演出。后来连广西所有听粤曲的地方都慕名前来邀请，演出场场爆满，影响扩大到两广。当时的粤剧大环境很好，全省各县、地区、市都有粤剧团，南海还有南海粤剧团，可说是百花争艳。南海青年粤剧团能够脱颖而出，除了团队的因素外，一个重要原因是有陈少婷这个当红名角，起到台柱作用，吸引了众多眼球。

陈少婷感受最深的，是在剧团五年中的一点一滴。受批评的印象尤其深刻，记得最深。正是有严师的严格要求，每天练功不停，才有她扎实的基本功，和高超的演艺才能。因为她读完高中16岁才入行，学戏时已年纪偏大。由于热爱，最终成名。她还得益于前辈的指点。洛津，是红线女主唱《昭君出塞》获奖的首席演奏者。陈少婷到他家学声乐入门，受其亲自指点，声乐素养很快提高。还有邓洁玲，是国家二级演员，跟着学唱和练习身段，获得真传，演出非常有神采。还有团里的演员，都是她求教的对象。正是这样的虚心好学精神，使得她克服重重困难，攀登上了粤剧的高峰。她还有一种敢于探索的精神，乐于排练新戏，当时在珠海演出场场爆棚，在香港的同乡会慕名特来拱北探访，给予亲切慰问。

由于受到外来轻音乐的冲击，大环境改变，属国营单位的南海青年粤剧团，急流勇退，在1985年初解散。处于艺术高峰期的陈少婷被安排到南海文化馆。当时有开平、珠海、佛山、肇庆等地的粤剧团体邀请她加盟，由于父亲不支持而没有去成。两个月后，南海宣传部把她要去，一直干到现在，从打字员开始，先后当上了文明办主任和部长助理。然而，那颗赤热的粤剧之心依然在跳动，剧团解散后，多年来，她还经常活跃在群众艺术舞台，并指导年青一代粤曲爱好者，被推荐为广东省曲艺家协会会员，佛山市曲艺家协会理事兼副秘书长，南海区戏剧家协会主席。她一直没有放弃粤剧，一直关注、关心传统粤剧的发展。至今彩霞依然美丽，青春常驻。

艺术简介

陈少婷，女，开平市人。1979年加入广州市越秀区粤剧团，1980年转入南海青年粤剧团，主演多部粤剧。现任广东省曲艺家协会会员，佛山市曲艺家协会理事兼副秘书长，南海区戏剧家协会主席。

（摘要发表于《佛山艺术》2013年第3期）

利用新司法解释成功和解
抚养费纠纷案

  2011 年春节过后不久，佛山市南海区法律援助处值班接待室来了一位带着个小男孩的妇女，我耐心地向她了解情况。她说自己叫杨某英，早些年来南海打工，认识了一位当地姓李的男人，双方发生了感情，怀上了孩子。不久男方以父母不同意娶外地女人为由中止了双方的关系。于是她就回到江西老家与那里的一个姓邓的男人结了婚，后来生下来一个女孩，取名邓某梅。由于双方感情不好，她又回到南海。这时姓李的男人已经和另外的女人结了婚，同样感情不好。于是她又与姓李的男人同居，生下了儿子李某斌。开头姓李的还在经济上接济，后来他发生了车祸，就没有再给钱了。自己经济困难，无力一个人抚养儿子，多次去找姓李的也没有用。去当地妇联也解决不了，只好求助法律援助。现在老家的丈夫邓某伟已向法院起诉离婚，要求女孩邓某梅跟他，但杨某英要求判给她，因为女孩是我跟李某贤生的……当地法院已定在 2011 年 4 月 27 日开庭。

  听了杨某英的一番诉说，我顿时感到案情相当复杂，而又缺乏相应的证据，既没有小孩的出生证，也没有户口，只有一本儿童预防接种证。经与当天参与值班的社会执业律师商量，也认为案子难办，主要是没有出生证和户口，法院不予立案，而且可能涉及非法同居与重婚纠合的法律问题，处理不好会使问题更加复杂化。听到这一分析，她一下子紧张起来，语无伦次地说："怎么办？怎么办？会不会把我抓起来？会不会把孩子送去福利院？"我见状，就安慰说："孩子是无辜的，首先要考虑维护孩子的生存权。后又指导她去小孩出生的医院补写出生证明，同时找知情人提供证人证言。她带着一线希望离开法律援助处。过了两天她打来电话说医院不同意补写出生证，但有两个知情人同意作证。怎么办？难道就此作罢？经过慎重思考，我决定将情况向南海区法院立案庭反映。得到只要有明确的被告，并有相关的证人证言就可以立案受理的答复。情况发生了柳暗花明的变化，我建议杨某英在老家的离婚案审结后再来申请法律援助。

2011 年 5 月中旬，杨某英带来老家法院的离婚民事调解书，上面写着双方当事人自愿达成邓某梅由杨某英抚养成人的协议。她还带来两位证人。我根据证人的陈述写出了证人证言，由证人签名确认。同时为邓某梅和李某斌办理了法律援助申请手续。法援处很快就批准由我负责承办。

我马上根据案情写出两份起诉状，分别请求被告李某贤一次性支付邓某梅 120000 元抚养费；一次性支付李某斌 180000 万元抚养费。同时申请原告与被告进行亲子鉴定。法院立案后，由于被告拒绝签收，在我的催促下，过了近一个月才终于送达被告手中。在亲子鉴定问题上，被告采用了拖延的手段，时而说同意，时而说不同意。而且一会说同意调解，一会又推翻调解方案。被告对两个原告的态度也完全不同，口头上表示只承认李某斌为亲子，而断然否认邓某梅。后来干脆一个都不承认。案子陷入了僵局。我再一次体验到清官难断家务事的古训，一下子也找不到破解僵局的办法，庭前调解只好停止。法庭终于定在 8 月 1 日开庭。

开庭前一个星期，我因病住院。为了不影响案件的审理，没有要求法庭改期，也没有要求法援处改派别的律师代理，而是向医院请半天假，自己出庭。当日，被告缺席，庭审照常进行，除了原告方书面举证，还有两名证人出庭作证。可惜的是其中一名证人因没有身份证，法官不予采纳。我在代理意见中强调，有相关证据可以证明邓某梅、李某斌是杨某英与李某贤所生，而被告拒绝亲子鉴定，应当推定存在亲子关系。法官当日没有当庭判决，休庭时也没有确定判决日期，而是要求原告同意给法庭一个月的调解宽限期。经我说服，原告的法定代理人杨某英也同意了。

调解又在继续进行中，原告方心急如焚，被告方依然是不紧不慢，对抚养费和抚养人的确定反反复复。日子一下子又过了12天，调解依然没有实质性的进展，而且因为被告拒绝亲子鉴定，从以前的判例结果来看，是存在争议的，有判败诉，有判胜诉，各有各的理。这也难怪，这些案子看似相同，实际情况却千差万别，复杂程度不一，又没有一个统一的标准，只好由法官自由心证了。看来本案的结果预后并不乐观。就在我心情纠结的时候，突然从报纸看到"《婚姻法》司法解释（三）今日起正式实施"的报道。上面提到的重点有：亲子鉴定，不配合要承担败诉后果。我不禁眼前一亮，敏锐地察觉到转机到了。

根据新的司法解释，当事人一方起诉请求确认亲子关系，并提供必要证据予以证明，另一方没有相反证据又拒绝做亲子鉴定的，人民法院可以推定请求确认亲子关系一方的主张成立。这就是说，在处理有关亲子关系纠纷时，如果一方提供的证据能够形成合理的证据链证明当事人之间可能存在或不存在亲子关系，另一方没有相反的证据又坚决不同意做亲子鉴定的，人民法院可以按照 2002 年 4 月 1 日开始实施的《最高人民法院关于民事诉讼证据的若干规定》第七十五条的规定，有证据证明一方当事人持有证据无正当理由拒不提供？如果对方当事人主张该证据的内容不利于证据持有人？可以推定该主张成立，依法做出处理。即可以推定请求否认亲子关系一方或请求确认亲子关系一方的主张成立，而不配合法院进行亲子鉴定的一方要承担败诉的法律后果。我立即与法庭联系，强调应按照新的司法解释审理本案，判决被告方败诉。法庭同意进一步研究，以作出公正判决。我同时将新司法解释的规定告知原告的法定代理人杨某英，请她再找一个有身份证件同意出庭作证的证人，以进一步补充完善证据链。

新的司法解释引起了整个社会的反响，媒体进行了广泛的报道，形成了有利于原告的氛围。在各方面的压力面前，被告开始动摇了，同意再次进行调解。但依然坚持只能以李某斌的名义给抚养费，同时要求邓某梅撤诉。我经全面衡量本案的情况，认为涉及有利于执行的问题，采取不战而屈人之兵的策略，通过调解结案是比较合适的，从全局出发，适当做些让步是必须的。退一步说，如果被告不履行，或情况发生变化，原告邓某梅还可以再次起诉。经与杨某英、法庭、被告反复协商，最后达成了调解协议。

2011 年 9 月 16 日，南海法院出具民事调解书确定．被告李某贤自愿承担原告李某斌的抚养费共计 15 万元，分期付清；如被告连续两期（即一年内）不能支付抚养费，则原告有权向法院申请执行剩余全部抚养费。同日，法院作出民事裁定书，准许原告邓某梅撤回起诉。

我认为本案属于抚养费纠纷，原告是两个私生子女，关系复杂，取证困难，亲子鉴定关系重大。要善于在僵局中寻找出路，及时抓住新司法解释出台的有利时机，乘势而上，实现诉讼利益的最大化。说明了一个称职的律师，既要有扎实的法律功底和相应的社会实践，还要随时掌握新的法律动向，才能够较好地完成案件代理。

（发表于《佛山律师》2013年第4期）

怎么打赢工伤认定超时的官司

　　原告卢某平是佛山市南海方某卫浴厂的员工，2011年9月3日，原告在工作中不慎被木块击伤右眼，经医院治疗并未完全康复，厂方即要求原告于2011年9月12日出院回工厂上班。医生要求原告每个月按时就诊检查服药，但厂方后来相隔几个月才带原告去医院看病，一年多只带原告到医院看过几次医生，每次花费约200元，由厂方支付。由于治疗不按时，致使原告的眼睛一直没有治好，仍需继续治疗，因此也一直没有申请工伤认定。直到2013年5月18日，因同在工厂工作的原告丈夫与厂内主管发生纠纷，导致原告夫妻双方要辞工，于是提出工伤补偿，当时厂方也写下字据，同意协商解决。后原告申请工伤认定，被已超过一年为由不予受理。原告自己去评残鉴定，为八级伤残。但经多次向厂方请求补偿20000元，厂方以工伤认定被驳回为由不同意，一直没有解决。

　　2013年6月20日下午，南海法援接待室来了一男一女两个青年，男的沉默寡言，女的滔滔不绝，形成鲜明对比。女的说男的是伤者卢某平的儿子，自己是男的的女朋友，并将上述案情讲述了一遍。接待的律所轮值律师一时无法断定是否符合申请法律援助条件，就指引其向正在法援处值班的我咨询。我经详细分析来访人的陈述，对案件有了一些感受，确定了接访的焦点：一是当事人受伤时有没有人在场，能否给予证明；二是有没有其他证据证明是工伤；三是工伤后有没有中断、中止的情节；四是被人保局不予受理工伤认定申请后，以什么案由向法院起诉。

经详细分析各项书面材料，进一步核对案情，其中一份书面证据引起我的高度关注，上面用签字笔写着：因卢某平工伤眼睛受到影响，目前需双方协商解决。方某，2013年5月18日。上面有用铅笔画的箭头指到下面，还有铅笔写着几行字。经询问得知来访者之前曾到镇某部门咨询，是接待人用铅笔写下的备忘文字，这不能不说是一个瑕疵，违背了书面证据的简洁明确原则。但透过这份略显凌乱的证据，我看到一线希望。经进一步核实，签字笔所写是方某本人，即涉事工厂的经营者，而时间又在近期，结合旁证，可作为工伤认定和时效中断的重要依据。经与律所轮值律师商讨，其认为如工伤认定超时，可以通过雇员人身损害赔偿的案由起诉。在全面分析权衡利弊之后，我出具一次性告知书，要求来访者补充相关材料，然后和当事人卢某平一起来法援处办理申请法援手续。

6月25日，卢某平来到法援处，我作为首问责任人继续接待，做了笔录核实案情，复印相关材料，填写法律援助申请书。案件当即得到法援处批准，指派我承办。我很快通过电脑自动打印出所有的法援办理材料，马上交受援人签收法律援助决定书，与受援人签订了法律援助协议，填写了授权委托书。同时告知其必须去南海区劳仲委申请劳动仲裁，出具一份不予受理通知书，法院才可以立案。此外还要继续提供三个证人证言以及佛山市流动人员办理居（暂）住证历史记录。接着我立刻着手准备起诉状，先是上网查询相关案例进行比较，发现此类案例争议很大，实践中各地法院判决不一，各有胜败，而胜诉比率较大的是打雇员人身

221

损害赔偿，于是倾向适用于本案。

由于我长期在法援处工作，办理和接触过大量工伤及人身损害方面的案例，在绞尽脑汁思索中脑海里闪现出好像有同样超过时效一年的工伤法援案件，于是继续搜索，终于找到在好几年前的同类法援案件，当时也是以雇员人身损害的案由起诉，开庭后改为工伤案由，经过一审、二审均胜诉。在悉心分析该案的基础上，我决定一步到位以工伤案由起诉。因为关键证据有被告承认工伤的亲笔字，可以紧紧抓住不放，并以其他证据加以证明，形成集束效应，打赢官司。

果然，在立案时，受理法官特意提问是以雇员人身损害赔偿还是以工伤劳动争议纠纷作为案由，并说两者判决的结果是不同的。在得到肯定为工伤案之后即给予立案受理。

在开庭之前，我不敢松懈，继续指导受援人先后取得佛山市流动人员办理居（暂）住证历史记录和三个证人证言，由我先后两次提交给罗村法庭。其中一次，因证人最好是无利害关系人，所以难度较大，经过较长时间也没有找到愿意出庭作证的证人，快要开庭了，我果断决定，采用有利害关系的证人证言，并赶在开庭前提交给法庭。其证明效力虽差一些，但总比没有好。

在 8 月 1 日开庭时，不出所料，被告律师首先指出原告关键证据的瑕疵，并提出原告工伤鉴定的合法性问题，罗列一系列的法律、法规和大量的论据，坚持因超过一年时限，请求法院驳回起诉。同时被告律师还向法庭提供有卢某平签名的工资签收明细簿，以此证明平均月工资只有 1900 元。

针对被告律师的质疑，我在代理词中从五个方面逐一给予回应，主要有：

一、卢某平属于工伤

卢某平在佛山市南海方某卫浴厂工作，于 2011 年 9 月 3 日上班时不慎发生工伤事故，被木块击伤右眼，被告也立下字据，承认是工伤，同意协商解决。但经多次向被告请求，至今仍没有解决。有证人证言及证人出庭作证，可以充分证明。后被佛山市南海区人力资源和社会保障局以时间已超过一年不予受理工伤认定，并以被申请人主体不适格为由不予受理仲裁申请。但都没有否认是工伤。

二、卢某平的起诉并未超过工伤认定的时效期间

国务院《工伤保险条例》第十七条和《广东省工伤保险条例》第十二条规定：用人单位未按规定提出工伤认定申请的，工伤职工或者其直系亲属、工会组织在事故伤害发生之日或者被诊断、鉴定为职业病之日起 1 年内，可以直接向用人单位所在地统筹地区劳动保障行政部门提出工伤认定申请。根据这一规定，有关工伤认定的时效为一年，适用中止和中断的规定。劳动者请求用人单位承担工伤待遇的，应从其治疗终结之日或伤残等级评定之日起算。

原告于 2011 年 9 月 3 日受伤，同日入院治疗。对于事故造成原告"右眼被木块击伤致视力急剧下降"等伤害，被告也支付了相关的住院费用。但是，事故最终对原告造成的伤害程度，在受伤时及住院期间，乃至出院后，到最终的劳动能力鉴定结果出来之前，还不能确定。只有等最终的医疗期终结，经最终劳动能力鉴定后才能最终确定赔偿金额。在医疗和康复期，原告是不可能申请劳动能力伤残鉴定的。

住院费及门诊药费被告已经主动承担，原告没必要向法院

起诉。原告出院后的康复期间带病坚持工作，被告每月支付其工资，并且双方继续保持劳动关系，平均支付每月工资2600元，双方对工伤的事实并无争议。根据《广东省工伤保险条例》第三十四条"……七至十级伤残职工，依法与用人单位解除或者终止劳动关系的，由工伤保险基金支付一次性医疗补助金，由用人单位支付一次性伤残就业补助金，终结工伤保险关系"的规定，在2013年5月18日之前无必要起诉，只有在原告因故辞职时即2013年5月18日后，才能产生用人单位支付伤残就业补助金和工伤医疗补助金的问题。

由于之前根本不能确定劳动能力的伤残等级，也就不能确定工伤赔偿的数额，诉讼请求难以明确，也不符合起诉的条件。2013年5月31日的伤残鉴定是为了主张权利而做的，由于劳动仲裁部门不受理卢某平的工伤认定申请，所以也无法进行劳动能力鉴定。只有起诉法院解决。

三、卢某平起诉要求工伤损害赔偿也没有超过诉讼时效

依据2006年10月起实施的《最高人民法院关于审理劳动争议案件适用法律若干问题的解释（二）》第十三条规定："当事人能够证明在申请仲裁期间内具有下列情形之一的，人民法院应当认定申请仲裁期间中断：（一）向对方当事人主张权利；（二）向有关部门请求权利救济；（三）对方当事人同意履行义务。"第十八条规定："本解释施行前本院颁布的有关司法解释与本解释规定不一致的，以本解释的规定为准。"原告受伤后，被告一直同意履行义务。在2013年5月18日，被告还立下字据，承认原告是工伤，愿意协商解决。故应当认定申请仲裁期间中断。

原告于2011年9月3日受伤住院治疗，被告方某厂为其支付了住院的相关费用。卢某平出院后带病工作，被告每月支付工资，由于被告方某厂主动履行部分工伤赔偿义务，并依法律规定为其安排力所能及的工作，所以双方并未发生劳动争议。直至2013年5月18日由于原告丈夫与主管发生纠纷，导致原告要辞职，才产生工伤纠纷。因此诉讼时效并未超过。

四、原告和被告的主体适格

原告卢某平在被告方某厂成立时已经是被告的员工，在发生事故时也是被告方某厂的员工，有证人证言及证人出庭作证，有佛山市流动人员办理居（暂）住证历史记录为证。而且被告也以书面字据并签名确认，所以原告与被告存在事实上的劳动关系，是不可否认的。至于没有签订劳动合同，责任完全在被告，原告保留追究被告责任的权利。请法官特别注意，南海区法院已有同类案例，在南海区法律援助处受理的原告程某刚工伤赔偿案中，判原告胜诉。因此希望法庭对卢某平案采取同样的判决，以彰显法律的公平。

五、关于补偿的数目

卢某平经评残鉴定为八级伤残。卢某平的本人工资平均为2600元。根据《广东省工伤保险条例》第二十六条、第三十四条的规定，一次性伤残补助金11个月 ×2600元 =28600元；一次性伤残就业补助金15个月 ×2600元 =39000元；一次性工伤医疗补助金4个月 ×2600元 =10400元；评残检查鉴定费1679元。合计为79679元。

因双方分歧较大，当庭调解不成，法庭宣布休庭。

到了8月中旬，法庭书记员打电话告知我，要求卢某平到法庭作工伤重新鉴定笔录，因为被告提出重新鉴定的申请。8月19

日，我与卢某平一起到法庭，作了不同意重新鉴定的笔录，理由是先前提供的工伤鉴定是由合法的鉴定机构作出的。但法庭依据职权，决定同意被告重新鉴定的申请，要求原告配合，否则要负相应责任。我只有告知原告服从。同时，我预感到案件已有转机，不然的话，法官是不会同意重新鉴定的。后来法院委托佛山市劳动能力鉴定委员会进行鉴定，结果是维持八级伤残，还增加了四个月停工留薪期，反而对原告更加有利。

我乘势而上，建议原告加紧与被告进行调解，获得一些进展，被告起先同意补偿 20000 元，满足原告起诉前的要求。经反复协商，据理力争，后来又逐步同意提高补偿到 40000 元，但还未达到原告起诉后最低预期的 50000 元赔偿数额。为打破僵局，我向原告全面分析了案情，尤其是从判决结案可能遇到的风险，及经过二审和申请执行所需时间和执行难等问题进行分析，说服其适当降低要求，尽量调解结案。我同时抓紧时机请求主办法官对被告进行调解。在沟通时法官提到被告提供的工资簿显示月平均只有 1900 元，应按照这个标准补偿。我即善意提出即使确是 1900 元，也应该依据《广东省工伤保险条例》规定的按照统筹地区职工平均工资的 60% 即 2258/ 月计算。法官是个聪明人，立刻醒悟过来，当即给予认可。我还提到重新鉴定增加的四个月停工留薪期工资，建议法官向被告做工作，适当提高调解补偿数额。法官表示同意。

法官根据我的建议履行职责与被告调解，最后被告同意一次性给付 45000 元。我经向原告做工作，得到同意。法庭约定在 10 月 17 日到庭签订调解协议。为防止被告临时变卦，我事先打印好《增加停工留薪期工资诉讼请求申请书》，做两手准备，一旦情况有变，当即提交给法庭，将官司继续打下去。好在签约顺

226

利，被告经营者方某亲自携款到庭，原告当庭收到 45000 元现金，在我的护送下到银行存入存折，圆满结案。比原告未申请法援时的 20000 元补偿要求，还多出 25000 元。

我认为对于有重大争议的案件，必须胆大心细，首先进行发散性思维，全面了解案情，不放过任何与案件有关的细节。同时要狠狠抓住关键环节，以此为突破口，全力突破对方的防线，取得战略上的优势，动摇对方的信心。在战术上要重视对手，设想多种可能性，有备而战，以战促调。充分利用南海法援成功案例，借鉴各地已有的相似案例，深入分析，取其有用之处。在达到预定目的之后，见好即收，调解结案，不可恋战。勿单纯追求判决上的胜诉风光，而要为受援人获取实实在在的利益。与其百鸟在林，不如一鸟在手，规避有可能遇到的各种诉讼风险。

（发表于《佛山法律援助》2014 年第 1 期）

为何刑事附带民事诉讼
转为普通民事诉讼

被害人周某顺与被告周某忠、方某苗、方某豪、方某伟四人是同事关系，共同在佛山市南海区新田金彩园家具厂工作，其中周某顺2007年7月进厂后一直在厂工作。2013年1月9日中午12时左右，被告周某忠因不服工作安排与厂长发生纠纷，方某苗、方某豪、方某伟三人前去帮周某忠。因被害人周某顺与厂长是亲戚，被四被告殴打致死。周某顺死亡后，四原告多次找到四被告及其家属协商赔偿事宜，但四被告及其家属均没有赔偿的诚意，无奈之下，四原告只有根据法律向法院起诉，请求法院判决被告赔偿原告损失。

2013年5月8日下午，南海区法律援助处接待室来了两个人，说是佛山市检察院叫他们来申请法律援助，因为案件复杂，自己又不懂法律，又没钱请律师。经我接待询问，了解到他们是死者周某顺的亲戚黄某江和周某兵，已经代原告向市检察院提交刑事附带民事起诉状。我看了一下起诉状，觉得诉讼请求齐全，只是标的计算是否准确需要核实，重点是要证明死者在南海居住工作一年以上，按城镇居民标准计算。考虑到当事人不在南海，且已经办理了委托黄某江和周某兵代理手续，我提出两个解决方案供选择：一是由死者这两个亲戚继续直接代理，由法律援助律师进行诉讼指导，程序相对简单一些。二是由法律援助律师代理，相

228

对复杂一些，因为要重新办理委托手续，还要提供申请法律援助相关材料。我出具了一次性告知书，并口头指引其到事发地西樵行政服务中心，申请获取死者周某顺的流动人员办理居（暂）住证历史记录，以便确认其享受城镇居民待遇。

第二天，我将复印下来的案件材料细致地看了一遍，按照以往的惯例，根据相应的标准将诉状中的诉讼请求标的逐项计算核实，没有发现错误。接着上网搜索相关的刑事附带民事诉讼案例，发现由于新修订的刑诉法在 2013 年 1 月 1 日施行，而该法及其司法解释在赔偿项目中没有规定死亡赔偿金和被抚养人生活费，因此在法律界引发了很大的争议。能否支持这两项费用，分为支持派和否定派，各有各的理，相持不下。主要是涉及《侵权责任法》，以及《最高人民法院关于审理人身损害赔偿案件适用法律若干问题的解释》的适用问题。而且由于新法刚实施，还没有相关的案例参照，所以争论都像是空对空，理论对理论，没有更多的实质性的参考价值，给人一种不看还好，越看越糊涂的感觉。但从中能够预感到，刑事附带民事诉讼将会面临重大的变革，诉讼风险加大。按照过去的思路办案能行吗？有没有一个更好的解决办法呢？我觉得这既是一个严峻的挑战，同时也是难得的机遇，应该通过这个案子理顺思路，提高驾驭疑难案件的能力。

5 月 27 日，黄某江和周某兵再次来到法援处，提供了当事人申请法律援助相关的材料。经审查核实，法援处决定受理，由我承办。因为关键证据周某顺的流动人员办理居（暂）住证历史记录，只盖着村流管站的章，欠缺西樵流管办的审批章。经与主管部门联系，回答要本人持身份证才可以盖章，如是死者则可由代理律师按照相关规定持有效证明办理。于是我办好相关手续后，自驾车到西樵流管办获取了适格的周某顺的流动人员办理居（暂）住证历史记录。

我紧接着到佛山市检察院阅卷，花了半天时间，希望能从厚厚的案卷中获取有用的材料。经过反复阅卷，摸清了案件的基本情况，做了相应的摘录和重点材料的复印。其中死者周某顺的尸检报告及其照片，给人强烈的刺激，因为我是第一次看到此类的照片，感到很恐怖，惨不忍睹。后来在庭审中证明，弄清死因非常重要，是重点中的重点，辩论也十分激烈，不可回避。检察院工作人员提供了网上查阅办案进度的账号和密码，告知了使用的办法。

我先后咨询了好几位佛山和南海的资深律师，探讨对这件案子的看法。在详细分析案情之后，分为两种意见：一种主张坚持刑事附带民事诉讼，认为法院不会改变原有的判决，这样可以减少诉讼程序，并且有利于调解，成功率较大。另一种主张撤诉，然后再单独提起民事诉讼，这样比较保险，同样可以进行调解。

事情发展到这样的地步，许多情况并没有明确，新法尚没有相应的判例，一切都在想象之中。在这个特定的情况下，我认为最好的办法还是尊重当事人的意见，先依照刑事附带民事诉讼打下去，根据情况的进一步变化再做调整。

经过相关的检察程序后，到达起诉程序阶段，已经是10月17日。不久，佛山中院刑庭书记员来电话告知开庭时间，并提出死亡赔偿金和被抚养人生活费可能不被支持的问题，希望考虑清楚是否撤诉。我心里想，果然不出所料。当将中院刑庭书记员的意见转告黄某江和周某兵及其当事人时，他们很不理解，怀疑是不是听错了。黄某江和周某兵还带来几个亲属来法援处询问，其中一个亲属还说已经向鹤山市法院和禅城区法院的法官核实过，都说没有那回事，死亡赔偿金和被抚养人生活费一样支持。也许中院的办案新精神还没有传达到基层法院。看到一时无法说服当事人一方，我决定暂缓一下，给他们一个转弯过渡期，慢慢做工作。同时写好撤诉申请书，作好撤诉的准备。

我再次咨询了几位佛山和南海的资深律师，进一步探讨对这件案子的看法。依然没有统一意见。不过，综合各种意见，我在内心确定分两步走：先开庭调解，力争给当事人获得切实的利益；调解不成再撤诉，另行单独提起民事诉讼。

开庭时间是 11 月 13 日，四被告及四位代理律师出庭。原告黄某萍及代理人周某兵和我出庭。黄某江作为证人在庭外候证。原告及被告的亲属旁听。庭前，主审法官单独向承办律师指出死亡赔偿金和被抚养人生活费问题，说省高院已经在上个星期内部通知刑庭不予支持。主审法官提议撤诉或调解。经协商原告方同意调解。被告方提出赔偿 3 万元，法官认为差不多了。原告方认为太少，死了一个人，就值这些？心里无法接受。于是法庭决定先对刑事部分进行审理。由于案情复杂，被告较多，刑事部分一直开庭到中午一点半才结束。在这个阶段，可以说四位被告的代理律师是比较认真主动的。相比之下公诉方只有一个主办公诉人和一个助理，质证和辩论处于劣势。而刑事附带民事诉讼的原告及其律师，只能坐在法庭旁观，干着急，没有发表意见的机会，只能私下与公诉人交换意见。休息期间，法官再次单独告知原告方死亡赔偿金和被抚养人生活费不予支持，这是上级决定了的，希望撤诉后另行单独提起民事诉讼。原告方听后，意见不统一，他们想不通，说怎么早不改晚不改，偏偏遇上自己的案子就改了。

一时做不了决定。于是法庭继续开庭对民事部分进行审理。

经过法庭调查，被告方及其代理律师对原告提供的证据基本认可，对原告的死亡赔偿金和被抚养人生活费诉讼请求没有提出异议，可见他们并没有意识到新修订的刑诉法的改变，还是按照惯例去认定。审判长再次询问双方是否调解，对方坚持3万元，原告方坚决不同意，表示宁愿不要这几万元，也要继续打下去。法官只好休庭。

此时，我已预感到撤诉是唯一选择，鉴于原告方当时情绪化的表现，故决定缓一下再说。经与原告方协商后，告知审判长准备撤诉，庭后再办手续。审判长问是只撤销死亡赔偿金和被抚养人生活费部分吗？承办律师回答是全部撤诉。审判长说不要拖太久，因为现在中院民庭还没有收到高院的内部通知，以后就很难说了。并说以后可以和主办法官联系撤诉事宜。

回到法援处，我立即着手准备普通民事起诉状，整理相关材料，抓紧时间，争取主动。

开庭后第三天，原告方依约来到法援处，我做了会见笔录，详细告知撤诉的后果和可能遇到的风险，因为并不保证单独提起民事诉讼就会得到全部支持，也不知会不会在什么时候省高院下通知给市中院民庭统一标准。而且即使胜诉了，因为被告被关押，执行也是个问题。原告方表示理解，说就是一分钱拿不到，有一个合理的判决，心里面也会好受一些。然后在撤诉申请书上签名按手印，送去佛山中院材料收转室。

我不断与主办法官联系，希望能够尽快下达撤诉裁定书，生怕夜长梦多，情况有变，而且担心刑事判决生效后，被告分别送去不同的监狱服刑，要分几次开庭，增加讼累。法官开始回答说很快就会办理，过了一段时间又说要和刑事判决书一起下达，再等一下。看来急也没用，只有耐心等。

12月5日，终于盼来撤诉裁决书和刑事判决书。原告方对判决书认定死者周某顺对本案的发生亦存有一定责任不服，我经过详细分析判决书，提供了相应的意见，建议原告方提请市检察院抗诉。同时办好手续去南海区法院立案提起普通民事诉讼。但由于临近年终，案件面临跨年度受理，立案庭法官建议先将案件材料放下，到下年度立案时限到了再来办理，并应承尽快安排开庭。事情都挤到了一堆，眼看着时间一天天过去，只有干瞪眼，耐着性子等待。在时限到来的12月23日，承办律师急忙赶到立案庭，终于拿到了立案通知书，案件由西樵法庭审理。此时，原告方告知我说市检察院已经通知不予抗诉。

又是一段时间的等待，还不见开庭通知。2014年春节前接到西樵法庭的电话，是问被告目前的关押情况。我立即告知被告本来在南海看守所，现不知有无移送到监狱？请法庭尽早安排开庭。

春节后的2月12日，西樵法庭来电话，问能否在两天后开庭，因为他们和看守所联系过，得知被告周某忠已经转到四会监狱，其他三个被告也将在下个星期转去其他监狱，到时再庭会更加麻烦。时间非常仓促，经联系原告方，才知道他们回家过年不在南海。得知情况后，原告本来准备赶回南海开庭，经与法官联系，回答说因为是春节期间，为安全考虑，看守所只允许代理律师进去开庭，其他人不能进去。原告方遂决定不来了，由我独自代理出庭。

2014年2月14日，我依时来到看守所，与法官一起进所开庭。

看守所内有南海法院设置的临时法庭，因为长期不用，桌椅上满是灰尘。从而可以看出原来这只是个摆设，过去都是将被告押到法院开庭，也许现在因为新刑诉法的施行，临时法庭得到重新启用。陪同的看守所人员赶忙叫人来清理，忙了一会才清理完。这时三个被告也押解过来，法官宣布开庭。由于已经在中院开过一次庭，被告对原告提供的证据也基本认可，焦点主要集中在责任的承担上。我认为死者周某顺没有责任，被告各自坚持自己负次要责任。法官表示要按照刑事判决书的认定来划分，请各方不要再争论，宣布休庭。

又过了近一个月，西樵法庭来电告知在 3 月 13 日去四会监狱开庭。那天一早就出发，由于路不熟，到十点半才到达四会监狱。经过严格的审查手续，才在十一点多进入监区。内设的法庭由不锈钢栅栏隔开犯人，比以前与犯人同在一间房开庭安全。庭审比较顺利，很快就结束了，法官宣布择日宣判。

4 月 2 日，我到西樵法庭收取判决书。判决书认定死者周某顺承担 20% 责任，被告周某忠承担 60% 责任，被告方某伟承担 10% 责任，被告方某苗、方某豪各承担 5% 的责任，四被告之间互负连带清偿责任。判决如下：一、周某忠支付赔偿款 422396.45 元、精神抚慰金 30000 元。二、方某伟支付赔偿款 70399.41 元、精神抚慰金 10000 元。三、方某苗支付赔偿款 35199.70 元、精神抚慰金 5000 元。四、方某豪支付赔偿款 35199.70 元、精神抚慰金 5000 元。合共 613195.26 元。五、周某忠、方某苗、方某豪、方某伟对上述第一、二、三、四项判决确定的款项互负连带清偿责任。对此结果，当事人表示很满意，因为比原先刑事附带民事诉讼的调解结果和可能的判决结果多出了十几倍的赔偿判决，表示不上诉。

按照过去的惯例，刑事附带民事诉讼和普通民事诉讼两种方式，各有利弊，但标的相差不大。可以根据案件的实际情况，以及承办律师的特长，采取相应的诉讼方式，为当事人谋求最大的利益。新修改的刑事诉讼法施行之后，面临新的变数，新的挑战。律师要心中有数，随机应变，既不可回避问题，也不可固守原来的思维模式。当然，目前两种诉讼方式，判决的结果可能会相差巨大，确是值得思考的问题。在目前的情况下，必然对调解结案产生重大的影响，执行难的问题将更加突出。今后的发展如何？判决结果会不会并轨？如何并？会不会继续大路朝天，各走一边？都具有很大的空间，值得密切关注。看来立法及其适用法律也进入了深水区，深层次矛盾突显。面对硬骨头，作为办案律师，必须要有预见性，主动介入问题的核心，从办案中学习办案，根据当时、当地、当事人的具体情况，发挥专业特长，采取相应的对策，努力让受援人满意。

（发表于《佛山法律援助》2014 年第 3 期）

先败后胜试用期解雇法援第一案

胡某翔于 2013 年 10 月入职佛山市骏领雷克萨斯汽车有限公司，任销售顾问，胜任本职工作，试用期满后由公司提供转正考核表，胡某翔亦据实填写。但公司却以不胜任工作为由，单方面解除劳动合同。胡某翔不服，先是要求公司继续履行合同，继续担任销售顾问，但遭到拒绝。于是胡某翔被停止工作，并停发 12 月的工资。胡某翔要求公司按规定给予赔偿，同样遭到拒绝。无奈之下，胡某翔经人介绍来到法律援助处寻求帮助。

经过我的接待，详细分析案件情况，感到问题比较复杂。因为试用期毕竟是比较特殊的用工阶段，问题就出在"试用"二字上，人们在传统观念上往往认为单位可以在试用期随便炒人，不然的话要试用期干什么？南海法援尚未办理过这类案件，佛山、广东乃至全国的法律援助也没有发现代理此类案例，其原因还没有具体深入研究。但凭经验分析其可能：一是试用期被解雇案件相对复杂，难找到确凿有力的证据；二是法律界对此类案件的争议较大，且涉及仲裁和诉讼的两套裁判系统，各有各的不同理解和标准；三是可能得到支持的标的相对较小，给予的关注不够。此案经过南海法援处讨论，并经过请示市法援处，决定从法律援助本身的作用和意义以及探索今后对此类案件的处理指导作用等考虑，受理该案，由我负责承办。

我到南海区行政服务中心取得被诉公司的企业机读档案登记

资料，根据法律规定拟写了仲裁申请书，要求被申请人支付：一、半个月工资的经济补偿金3000元。二、经济补偿金标准的二倍赔偿金6000元。三、2013年12月工资7500元。四、2013年10月、11月的工资差额8000元及加付赔偿金8000元。

被申请人在开庭前提交了一大叠证据材料，用以证明其解雇胡某翔的合理合法性。承办律师详细分析后拟写了代理词。仲裁庭于2014年2月17日开庭审理，被申请人委托的公司人事经理和前台主管出庭应诉，并提供了答辩意见。被申请人拒绝调解。庭审期间，承办律师逐项对被告的证据进行质证，指出证据的问题，并在辩论时发表了下列几方面代理意见：一、关于申请人试用期胜任本职工作。二、关于被申请人解除与申请人的劳动合同违法。三、关于试用期间工资。四、关于半个月的经济补偿金。五、关于二倍赔偿金。六、关于支付一个月拖欠工资。

庭审结束后，我根据新的情况加紧撰写了两点补充代理意见：一、关于被申请人单位相同岗位最低工资。二、关于支付一个月拖欠工资的依据。请仲裁庭给予支持。

然而，仲裁庭并没有采纳上述意见，在裁决书中驳回申请人全部仲裁请求。经详细分析裁决书，并根据申请人的意见，法援处决定继续提供援助，代理原告胡某翔向法院起诉，由我继续承办。

立案后，我发现受理案件通知书告知，案件承办庭：民事审判第一庭。这与过去由案件所在镇街的民事法庭审理有所区别，从中承办人联想到，也许这类案件相对复杂，要由法院民一庭水平相对较高的法官审理，同时为了避免属地审理可能遇到的问题，使审判更加公平、公正。承办人信心增强了一些，因为毕竟要反败为胜，并非易事，需要具备主客观各方面的条件，而法官水平则是极为重要的条件，尤其是面对争议很大的案子。

开庭前，我对诉讼焦点列出了询问提纲，在开庭时逐项向被告提问，从而给主审法官留下深刻印象，形成内心确定。被告聘请了律师，志在必得。在法庭辩论时，我指出：仲裁裁决以试用期间原告考核不合格为由，驳回原告的请求，是没有事实和法律依据的。首先，在质证时，原告对被告提供的所谓考核证据并不认可，因为其自相矛盾，不能自圆其说。但裁决却以此作为认定事实的证据，是违反证据规则的。其次，即使是根据这个无法律效力的证据，裁决书也是认定事实理解错误，矛盾百出。（一）裁决书认定的，被申请人在申请人的试用期对其进行培训考核，对其及其他新入职员工有针对性设置培训课程。实际上这种培训，并不是针对新入职员工的，而是针对全体员工的，普适性的，非强制性的。参加培训的学员，绝大多数是正式员工，有部分员工已经做了好几年，还有不少员工因工作等各种原因未参加培训或缺课，其中原告也是因工作未能全程参加培训。而且，培训时间是在 10 月。（二）裁决书认定，《雷克萨斯内训指导手册》也规定考核通过的标准为 75 分，这也是一种错误理解。因为据被告提供的内训企划书，此次内训的目的是：1. 了解丰田历史，将丰田理念作为工作指导方针，提高服务意识，强化专业技能。2. 深入学习 LEXUS 八大服务流程，掌握必备技能以提高 CS 满意度。而且学员签到表原先并没有成绩这一栏，只是被告后来在备注一栏里临时填上去，并不是专门针对新入职试用期员工的考核，而是日常性的学习培训。与考核通过的标准为 75 分的概念完全不同。事实上参加内训的员工中，有不少人并没有达到 75 分，分数比原告低，缺课比原告多的也大有人在，但这批人并没有因此被解除劳动合同，至今还在公司上班，就足以证明。而据《雷克萨斯内训指导手册》此项考核目的是特指：1、检查经销商展开内部培训效果，促使经销商切实有效地开展内部培训。2、考核通过者可获得相应的认定证书和参加雷克萨斯高级服务团（GP 或 BP）培训课程资格。3、提高服务人员的规范服务意识和基础技术水平。考核时间为两次，第一次考核在 7 月，第二次考核在 12 月份，并非在 10 月，而是在 10 月的学习培训之后。从报名参加考核的资格，考核地点，考核通知及报名方法，考核形式和内容，最后才到通过标准为 75 分、成绩通报及证书发放，完全由 TMC1 负责。也就是说被告并没有权利进行这项专门性的考核，因而裁决的认定完全错误。

开庭后两个月，法院作出判决书，认为本案中，被告作为用人单位，一方面没有举证证据证实原告入职时设置的录用条件是什么，另一方面亦没有举证证明原告如何不符合其设置的录用条件，故被告的主张没有证据证明，应承担举证不能的不利法律后果，被告应按照《中华人民共和国劳动合同法》第四十七条、第四十八条、第八十七条的规定，向原告支付经济赔偿金 2500 元。同时判决驳回原告胡某翔的其他诉讼请求。经过认真分析判决书，权衡利弊，原告决定不上诉。

收到判决书过去半个月，仍不见被告的上诉状，我以为判决生效，就打电话给书记员，才得知其刚收到被告快速邮寄的上诉状，是在判决生效前一天寄出的。不知这是不是被告使用的诉讼技巧。我只得告知原告，并约其在收到上诉状后办理二审法律援助手续，由我继续代理承办应诉。

我根据一审判决的情况，确定了代理重点，坚持认定法院第一项判决正确。并针对被告的上诉状，指出其错误和矛盾之处。在综合仲裁和一审代理的基础上重新写出代理词，抓住重点给予反驳。

法庭调查时间在 2014 年 9 月 2 日，上诉人聘请了一审的同一位律师代理出庭。经过对焦点问题的质证和辩论后，法官提出进行调解。被上诉方同意再做一些让步，但上诉方在法官反复做工作后仍不同意调解，只好宣布休庭。两个月后，我收到二审判决书。中院对本案的争议焦点所作的分析认定，基本上采纳了我的代理意见。判决如下：驳回上诉，维持原判。

由于试用期用工的特殊性，员工很容易受到侵害。一些企业往往利用这一点滥用自由裁量，随意解雇员工，使员工成为廉价劳动力，权益得不到保障。一些员工遇到这种情况，往往忍气吞声，有的部门也没有依法处理，更加助长了这种违法行为。法律援助承担着维护社会公平正义的责任，要通过切实的援助去实现。在仲裁被全部驳回的不利情况下，承办律师没有放弃，而是通过更加细致深入的分析，精到的办案技巧，沉着应战。终于在一审诉讼阶段反败为胜，有效地维护了受援人的利益。尤其是在被告不服一审判决，上诉到中院，全力翻案的情况下。做到不惧怕、不松懈，紧紧咬住对方的软肋，给予穷追猛打，置之于死地。本案的意义还在于：以此为突破口，给同类型的法援案件开辟了一条道路，树立了一个标杆。对企业规范试用期用工，也起到警醒的作用，有益于社会的发展。对于法院未支持的诉求，也起到抛砖引玉的作用，有待进一步探讨。今后可根据具体案情，通过律师代理、代书、提供法律指导等形式解决试用期用工的法律问题，切实地维护贫困群众的合法权益。

（发表于南海法援专刊 2015 年第 1 期）

诗 歌 篇

我真喜欢有风的日子

风儿轻轻吹在身上，
一个在爬山的年轻人，
大汗布满全身。
多么舒坦的清风，
带走了闷热的汗水。

我真喜欢有风的日子，
可以吹散我的乡愁。
一直到海的那端，
何处是故乡？
一个出生在海岛上的人。

我真喜欢有风的日子，
可以把载人的小船，
吹送到岛的岸上，
回到生我之海南，
重拾年轻的生命风帆。

我真喜欢有风的日子，
会给我带来无限希望，

又可以扬帆远航，

到达更遥远的海角，

去探寻世界的另一端。

（写于 2011 年 8 月 15 日）

生活总是那么美丽

　　投入生活，投入工作，投入创作，这才是我的兴趣所在。成考要考，但不一定去读，这是考验自己的一次测试，也是度过心理危机的抓手。已然度过危机，那就让心灵回归自由。在那样的心境下才可使灵感突现，豪气冲云天，文章老成，出口成文。还有四个多月，就可以无拘无束地过日子，那也是一种享受。或到鹤山休假，或到巴马养生。兴致来了，才饮长沙水，又食武昌鱼。那是怎样的生活？只有我才可以领略得到。文章在这三年之中不断出生，那是对五十七年生命的总结，还有对社会现实的思考。把几十本日记整理一下，必会发现许许多多生动的素材，有的略改一下，已经成文，投往各个期刊、杂志，一年也可以有不少的收获。三年下来，成为省作家协会一员，也就不在话下了。这是多么令人神往的生活！只要精神不倒，永远都会乐观地生活下去。过一种隐居的生活又何妨？一样的潇洒，一样的健壮。可以去滇西寻找中国远征军的足迹，可以去缅北凭吊抗日的战场。去北国冰封的河面钓鱼，也是一大乐事。海南岛的青山绿水，养育出我的身子；黎母山的翠竹，早已在内心深处；五指山，万泉河，都是耳熟能详的名字，那是生我养我之地。几乎走遍整个海南岛，那空气的清新，总会让人陶醉，在河里游泳，远比泳池里的水干净。大海的波涛，有我斩浪的身姿，在它的怀抱里，会产生英勇无畏之气，一任狂风吹袭。

口袋里有了银两，还可以坐邮轮环球旅行，那样的生活才真的叫作精彩，终生也不会遗留后悔。

还有多少时日？生活总是那么美丽。经历了这次洗礼，又对生活有了深的情义。这一辈子，要有三辈子的精彩，要活就活出生命的价值。快了！快了？再过四个多月，一纸提前退休，将开辟出又一个新的天地。三年的岁月，足可以有更多的花絮，去点缀生命的乐章，和广阔的天地。

快了？快了！又会是一次自主选择，把前进的路子理顺，将发展的思路分清，又一个人生，将在浴火中重生。人各有各的选择，更重要的是过程，可以把一切抛在脑后，去迎接新的一天。那些大作家，已在高校立足，我的那一部，何时才出现？也许就在这三年里。那也是一种人生的选择，那也是我不懈努力的源泉动力。快拿起我手中的笔，写下心中的快意，还有挫折和失意。生活总是那么美丽。

（写于 2011 年 8 月 10 日）

船的变迁

儿时的小艇
溯流而上
划过河村
穿越里水圩
继续前行
那里有麻奢码头

少年时的火轮
溯流而上
驶过河村
来到里水圩
不再前行
这里是下船的码头

青年时的火轮
溯流而上
驶过河村
停在里水圩
不再运行
这是最后一班客轮

中年时的游艇

顺流而下

驶向前方

承载着游客

不再停留

两岸有美景尽畅游

（写于 2012 年坐梦里水乡号游艇采风）

中秋月

中秋月，又一年，天上人间，共享圆月。秋天的空中，定会有透明的空气，月亮会在天上发出金色的光，柔柔地洒在每个人的身上。人间如梦幻一般，月儿依旧在天上。那优美的传说故事让人遐想，嫦娥奔月而去，吴刚捧酒相迎；玉兔捣杵，桂花飘香。那是广寒宫里的一幕。为了那一天的到来，都在辛勤劳作。花好月圆，明月何时照我还。举杯邀明月，对影成三人。多少咏月诗，不尽长相思。那是诗人之长情，那是墨客之咏吟。对酒当歌，人生几何？明月几时有？把酒问青天。写不尽的诗，抒不完的情，月亮代表我的心。一唱雄鸡天下白，明月年年有，人已去，情依旧。诗歌表达着诗人的月儿情，那是对人生的眷念。一晃千百年，只有诗依旧，人已不见踪，何处觅诗圣？高悬在天上的明月呀！你见证了千百年人间的哀和乐，只有在中秋之夜，才会更加思念亲人，那是月的情丝，勾出浓浓的思乡之情。生在海南，当为海南人。那里的水，清清。那里的山，绿绿。还是那座海岛，有我的梦想。万泉河水流向大海，南渡江奔流不息。月夜下，水声伴着人语，红军在这里点燃了篝火，与天上的明月相辉映。那里有前辈开拓的脚印，江零五工厂的身姿，曾屹立在那里，逝去的童年，只有在那里找回。那时的月饼，又小又硬，却是我最喜爱的东西。天天盼明月快快出来，八月十五，吃上一小块月饼，多么幸福，那就是我的童年。我走，月也走，月亮婆婆多么关心，走到哪里，跟到哪里？都是一家人，月亮代表我的心。床前明月光，疑是地上霜。

　　中秋之夜，游子倍思亲。海的那端，我之故乡，早已心飞而去，寻找童年的梦幻，再现儿时的天真。月亮在天上走，我在地上行，永远不分离。

（写于 2011 年 9 月 4 日）

读西洲曲

（一）

一首西洲曲，
几多文人颂；
多情在人间，
南朝情更浓。

（二）

诗意人生，不枉一生。如若无诗，活有何用？诗伴此生，幸福无比。幸甚至哉，歌以咏志。抓住一点，生发开去。层层深入，抽丝剥茧。由浅入深，从易到难。一曲西洲，叹赏尽致。让人联想，促人沉思。从古到今，由远至近。条分缕析，入木三分。多情女子，有情男儿。跃然纸上，活在眼前。栩栩如生，无限情愁。尽入心中，情中至情。一排飞鸿，不尽情愫。海天一色，孤鸦齐飞。梦幻情人，相逢西洲。人世沧桑，情郎何处？单衫杏女，身在哪里？悠悠千古，匆匆而过。痴郎怨女，情深似海。一曲西洲，伴我度日。难忘莲塘，莲心透红。海枯石烂，情意更浓。人若有情，岂在朝暮。

（写于 2009 年 5 月 24 日）

情思涌上眉梢

在我动笔的时候，情思涌上眉梢，只有让笔尖移动，才能够获得快感。这是一种状态，有如神助一般。笔下流泻出心中的歌，献给大地母亲，和知天命的我。

年纪已不小，白发上头梢，眼睛看不清，耳朵嗡嗡叫，不得不服老。年已五十六，天命早已过，花甲又快到。年年岁岁似相识，岁岁年年都不同，人已到中年。没有了当年的霸气，消退了激情燃烧。只有在回忆的时候，才有一点自豪。这是一匹老马，经历过万里长征，曾经有胜利的享受，也有过失败的落魄，早已无所谓了。人生已过万重山，江河涉过千万条，何愁小溪流，难挡脚步，一跨而过，直奔新的征程。曙光在前头，勇者完胜，怯者完败，都在这一年。

文学梦，并未断，在今朝，正其时；用我笔，写我心，激其气，励其志。在大变局之时，更是文人用武之日。笔中有神助，都在格局。经几十年风雨，读无数文章，那才是文章更老成，写出心中所思，一辈子也不后悔。日食三餐清淡，夜宿三尺床，人也不过这点需求。文章可以万古流传，精神食粮无价，趁此精力充沛，快写呀！莫迟疑。时间快如白马，人将老去，精力不济，体力不支。再不动笔，唯有后悔一辈子。是时候了，用我手中的笔，写出心中所思、所忆，没有谁能阻止。

（写于 2011 年 7 月 17 日）

254

牵挂着海的那一端

归宿在哪里？
海南岛的无穷魅力让人无法抗拒，
在那里会有新的灵感产生。
可以租一套房，
住上半年，
写写文章，
留给后人欣赏。

那里的空气多么新鲜，
阳光灿烂，
洗去多年的忧伤。
那是生我养我的地方，
时刻在梦中回想。
蓝蓝的天，
清清的水，
绿树满山岗，
野猪林中窜；
山鸡在鸣唱，
黄猄跳山梁。

在海南买一块地，
可以去那里建房，
守着父兄的坟墓，
还有过去的工厂。
无法割舍的衷肠，
牵挂着海的那一端。

快了，快了！
还有两年时光，
可以长做海南人，
在那里度过最后时光。
呼吸着甜甜的空气，
享受着圣洁的日光。

（写于 2013 年 2 月 16 日）

论 文 篇

论法律援助的可持续发展

——以佛山市南海区为视角

摘要： 本文以《中共中央关于构建社会主义和谐社会若干重大问题的决定》为统领，围绕法律援助的可持续发展，结合南海的实际，从法律援助，追本溯源；顺应潮流，蓬勃发展；抓住机遇，谋求发展；构建网络，纵横联动；建章立制，规范发展；高瞻远瞩，长效发展；根据特点，稳定发展；预算经费，保障发展；打破瓶颈，开拓发展；激发亮点，创新发展十个方面进行理论和实践上的探讨。从过去到现在到今后，深入地论述了法律援助可持续发展的路线图，及其在构建社会主义和谐社会建设中的重要作用。

关键词： 法援；和谐；持续发展

在佛山市南海区法律援助制度即将建立十四周年的时候，预示着法律援助必将迎来又一个发展的春天；必将在社会主义和谐社会的建立过程中，发挥越来越大的作用。因此有必要对法律援助的可持续发展进行理论与实践上的探讨。

一、法律援助，追本溯源

对于法律援助这个舶来名词，作为法律援助工作者来说是比较明确的，对于法学界人士来说是有所了解的，对于一般群众来说只是略知一二，有必要给予详细介绍。《广东省法律援助条例》第二条："本条例所称法律援助，是指县级以上人民

259

政府设立的法律援助机构组织法律援助人员，为经济困难或者人民法院指定辩护案件的当事人免费提供的法律服务。"这一条对法律援助进行了界定，使人们比较清楚地知道其基本概念。中国的权威部门对法律援助是怎样解释的呢？"法律援助，是由政府设立的法律援助机构组织法律援助人员和社会志愿人员，为某些经济困难的公民或特殊案件的当事人提供免费的法律帮助，以保障其合法权益得以实现的一项法律制度。"[1][P3]根据上述定义，可以概括出我国法律援助的六个基本特征：1. 法律援助属于政府的职责，它充分体现了国家和政府对公民应该尽到的义务和责任。2. 多样性的受援助对象，只要符合经济困难标准以及法律法规免于经济审查的特殊人群，都可以获得法律援助。3. 法律援助的形式具有多样性，《广东省法律援助条例》第十三条，法律援助主要采取下列方式："（一）代拟法律文书、提供法律意见；（二）刑事辩护或者刑事代理；（三）民事、行政诉讼代理；（四）仲裁和其他非诉讼法律事务代理。"案情简单、诉讼标的小的，法律援助机构可以指导当事人自己诉讼。4. 法律援助实施主体的多样性，有法律援助专职律师、法律援助工作者、基层法律服务工作者、公证员、社会执业律师，以及法律院系、社会团体中的法律援助志愿者。5. 制度化、法律化的国家保障行为，除了有国务院颁发的《法律援助条例》，省颁发的《广东省法律援助条例》，还有各级政府颁发的《办法》等规范性文件。6. 免费对受援对象提供法律援助，这是结合中国国情采取的办法。法律援助制度是怎么来的呢？"正如罗马法和拿破仑法典对于世界文化的发展所产生的巨大推动力和所作出的永载史册的贡献一样，法律援助制度，亦是西方法律文化的诸种发明创造中值得称道的推动社会文明进步的贡献之一。法律援助制度的萌芽，法制史学者认为应当追溯到五百年前大不列颠岛上的苏格兰王国。十五世纪末期，英国已经废除了农奴制，农民在法律上获得了人身自由，资本主义生产方式开始萌芽发展。当时苏格兰的统治者亨利七世在一个法案中规定：'正义……应当同样属于贫困的人以及那些根据他们自己的自由裁量权行事的人……同样地，应当根据正义原则任命律师，律师应同样地为穷人及……人服务。'由此揭开了西方法律援助历史的扉页。西班牙国王查理三世1771年颁布皇室法令，命令律师协会处理涉及关押在法院拘留所的穷人的案件时，建立轮换为穷人免费服务的制度；1855年西班牙的第一部民事诉讼法第179条进一步以法律形式对无偿法律援助作出了规定，到本世纪中叶。绝大多数经济发达国家陆续建立和完善了法律援助制度，作为完善法制的象征之一，越来越多的发展中国家也相继建立了符合本国国情的法律援助制度。"[2][P3]。可见法律援助是萌芽于英国，成型于西班牙，由西方逐步发展到世界各国，经历了一个漫长的发展过程，呈现由慢到快，由点到面的发展趋势。

二、顺应潮流，蓬勃发展

《中国法律援助制度诞生的前前后后》一书里写道："改革开放的深化和社会主义市场经济的发展，离不开和谐、稳定、文明的社会秩序。无论是从国家的全局着眼，还是从地方的局部考虑，都需要在经济机制转轨和利益调整的过程中，十分谨慎、十分妥善地处理深化改革所必然出现的各种矛盾，在确保社会稳定的前提下，促进各项改革开放措施的顺利出台和有效实施。"[3][P18]于是产生于外国的法律援助制度，因为具有其他制度和措施

261

所不可替代的功能，应运在十七年前被中国移植过来，并得到蓬勃发展。这是有其内在的合理性和科学性的。"法律援助制度于1994年初在中国出现"，"1994年初至1996年初，是中国法律援助制度萌芽和试点阶段"。"中国法律援助制度的初步建立，是1996年初至1999年上半年。""中国法律援助制度的实施步入法制化、制度化轨道，这一阶段的时间划分大致从1999年5月开始至今。"[4][P35、36、37]经过这二十多年的发展，从刚开始建立法律援助制度的广州模式、北京上海模式、郑州模式，到后来的百花齐放，再到现在的法律化、制度化，无不表现出法律援助的勃勃生机。到现在为止全国县级以上行政区域已全部建立法律援助制度，全国性的法律援助体系已经形成。

南海法律援助机构于1997年1月31日经编委批准设立，并在当年7月23日挂牌成立。从当初每年受理80件左右的法援案件，到现在每年受理600多件，增加了8倍，充分说明了法律援助的巨大市场需求。同时也说明了党的十六大政治报告提出的"积极开展法律援助"，是人民的迫切需要，是历史的必然选择。

南海区法律援助处自成立以来，在上级业务部门指导和局党组的领导下，紧紧围绕区委区政府"抓好法律援助工作"这一民心工程的要求，充分发挥职能作用，团结进取，扎实工作，大胆创新，积极为贫弱群体提供法律援助，取得了显著成绩。该处先后被评为"广东省法律援助工作先进集体""佛山市法律援助先进集体""南海区严打整治斗争先进单位""南海区青年文明号"，荣立集体三等功一次。2006年11月，司法部法律援助中心主任贾午光到南海调研时曾高度赞扬南海法援处："广东省的法律援助工作在全国名列前茅，佛山市的工作在广东省名列前茅，南海区的工作又在佛山市名列前茅，确实名不虚传。"2010年南海区法律援助处作为广东省唯一的县级法律援助机构，被司法部列为"法律援助联系点"，迈入了全国先进行列。

经过十四年的实践，法律援助越发显示出旺盛的生命力。相对于先后出现的某些"工程""举措"的举步维艰，甚至半途而废，更加说明了定位准确，顺应历史潮流，才可以得到持续的蓬勃发展。违反历史规律，不从实际出发，拍脑袋决策，终究是行不通的。例如略晚于法律援助制度而在2003年建立的公职律师制度，至今没有重大进展，陷入困境，就很能说明问题。当年的广东省委主要领导，可以说他是对法律援助非常重视的，考虑到法律援助机构人手不足的状况，指示在全省省、市、县三级设立公职律师所。当时的定位是承担部分法律援助案件，并承办政府的相关法律事务。那时笔者作为南海区法律援助工作的负责人，对它的预期还是很大的，寄托了很大的期望。公职律师当初也确实办理了一部分法律援助案件，解决了一些具体问题。但事情发展到后来，则完全变味，出现不以人们意志而转移的尴尬局面。首先，公职律师所的建立缺少法律的支撑，于法无据。至今也只是按照某位领导的指示，由地方有关部门下的文件作为依据，在实际运作中无法畅通操作。由于与现时社会脱节，难以建立相应的法律法规使之合法化。从严格意义上来说公职律师的存在是非法的。其次，公职律师所由于职能与法制局的职能重叠交叉，产生严重的互相扯皮互相牵制的情况，有时甚至到了水火不相容的地步。因为公职律师所要为政府解决法律上的问题，法制局也是政府的一个部门，承担政府的法律性文件，以及行政复议等法律事务。在制度上这两个部门的定位是不恰当的，所以工作起来力量相互抵消，无法形成合力。两个部门往往是与己有利的就去争，不利的就去推，从而陷入两败俱伤的旋涡当中无法自拔。这种状态的造成，均因为两者同时存在的不合理性所致。由于法制局先是由政府办公室直接领导，近水楼台先得月，其地位在不断提高，权力不断加大、膨胀，现在又升格为政府的法制办公室，进一步拉大了与公职律师所职权上的距离。而公职律师所名义上属于区直属事业单位，实际上充其量不过是司法局的一个直属事业单位，与局的内设机构差不多，在权责利方面都难以和法制办公室相提并论，而且在不断被边缘化，难以发挥其应有的作用。再次，公职律师既可以担任政府的行政诉讼案件代理人，又可以办理法律援助案件担任受援人的代理人。这样就会出现一方面代表政府出庭，可能同时又要代表当事人告政府，这样不断转换的角色，会使公职律师无所适从，同时会给当事人一个大大的疑虑，其可信度往往打上一个大大的问号，工作起来产生的阻力也就可想而知了。这也就是难怪有的人说出，你是为政府说话还是替当事人说话？也可以说这种既当裁判员，又当运动员的双重角色，属于双重交叉错位，是严重违反法律规定的。在公职律师所的运作模式上，佛山市内的公职律师所，有的是单独行使职责，有些则是与法律援助处合并办公，如佛山市顺德区就是如此。合并办公其弊端则显露的更加明显，有时一件案同时代理原告和被告，搞得两头不到岸，两面不讨好，极大地影响了政府的公信力。即使是单独行使职责的公职律师所，也同样陷入两难的境地。如南海公职律师所目前只有五个人，却常年要派3个专职律师到信访局值班，还抽调一个专职律师到区政府的拆迁办工作一年半，只剩下一个主任留守，成为名副其实的光杆主任。最近连主任也要抽调去搞

264

经联社转制。至于办理法律援助案件则是分身乏术，根本没有时间和精力顾及。导致了法律援助案件部分由法律援助处自行办理，部分指派给社会律师办理。当初省委主要领导的由公职律师所承担部分法律援助案件的良好愿望，到头来变成了空想。公职律师所已经异化为政府的流动工作站，不务正业，实际上是名存实亡，已经失去其存在的基础。可见制度上的设计错误，必定带来一系列的严重后果，起点上的失之毫厘差错造成终点上的谬以千里的严重偏离，这不得不引起人们的深思。经过将近八年的磕磕碰碰运作，公职律师制度已经陷入食之无味，弃之可惜的境地，何去何从，让人倍感头痛，更谈不上什么持续发展了。必须深化改革找出路。

这就足以说明，制度的设计是何等的重要。两相对比之下，也映衬出了法律援助制度的设计具有先天的优越性。因此虽不能说是放之四海而皆准的普遍真理，也可以说是放在中国也适用的良方，具有普适性。就如同马克思主义一样，可以用来指导中国的革命和建设，法律援助也可以拿来为中国的公平与正义服务。

三、抓住机遇，谋求发展

党的十七届代表大会把构建和谐社会摆在更加突出的地位，并提出加强和改进法律援助工作，给法律援助事业提供了前所未有的发展机遇。可以预计，在2012年党的十八大召开的时候，法律援助事业必将出现一个新的高潮。因此必须以积极的心态，主动的精神抢抓机遇，迎接高潮的到来。在机遇到来的时候，能够抓住的话，往往会收到事半功倍的效果。比如广州市法律援助处的发展就是一个成功的例子。"我国第一家政府法律援助机构是成立于1995年的广州市法律援助中心，即现在的广州市法律援助处。经过近十年的探索和运作，2003年9月1日，《法律援助条例》颁布实施，标志着我国法律援助制度进入一个新的发展阶段。"[5][P219]广州市就是由于有敢为人先的首创精神，率先在素有改革开放之风的羊城建立了法律援助机构，因而占据了先发优势，并且居高临下，一发而不可收。在十六年的时间里，先后推出多项改革措施，不断推动法律援助的跨越式发展。首先是通过规范化建设，使全市的法律援助工作上了一个新台阶。其次是开展理论研究，使其从经验的层面上升到理论的层面，并向全国推广。再次是率先实行点援制，由受援人直接在法律援助律师名录上点出自己相信的办理本案的律师，从而保证了案件的质量。由此可见善于抓住机遇是多么的重要。

英雄所见略同，在抢抓机遇方面，佛山市南海区法律援助机构毫不逊色，也是走在前面的。早在1997年，南海就先于佛山市属各市区建立了法律援助中心，敢于喝"头啖汤"，同样占据了先发优势。一直以来各项工作都处于领先地位，成为法律援助的排头兵。

十四年来，南海区法律援助处始终秉承"为民、便民、利民"的宗旨，立足岗位职能，全心全意服务，为维护社会稳定，构建和谐社会做出了应有的贡献。

1. 放宽受援标准，拓展援助范围。为了让更多的贫弱群体获得法律上的帮助，法律援助处结合本区的实际情况，先后6次放宽法律援助申请的经济困难条件，将经济困难标准线从2002年的家庭人均月收入320元，放宽到家庭人均收入低于最低工资标准，现在是家庭人均收入1100元，大幅度降低了法律援助的受理门槛，扩大了困难群众受援面。经过十四年的发展，南海区的

266

法律援助业务范围不断得到拓宽，案件类型从原来单纯的刑事辩护发展到现在的包括民事、行政诉讼、仲裁等类型，范围涵盖婚姻家庭、赡养、劳资纠纷、工伤事故赔偿、交通事故、医疗事故等所有领域。

2. 认真扎实办案，全力以赴维权。十四年来，南海区法律援助处共承办各类案件 5131 件，数量居全市各区之首。其中，指定辩护的刑事案件 1934 件，民事案件 3197 件；本处律师自办案 1204 件。接待来访、来电、来信 10 万多人次，有效维护了贫困群体的合法权益。如 2003 年 9 月受理的付某工伤赔偿案件中，付某在厂被电扇击中前额，当时被送往医院做一般性外伤处理。半年后，付某头痛加重，语无伦次，并出现脱衣脱裤等精神不正常行为。区法律援助处受理该案后，先后指派了三名律师代理一审、二审、再审一审、再审二审诉讼和申请执行，终于为付某争取到了 10 多万元的赔偿。

3. 加强跟踪监督，确保办案质量。为了确保案件质量，佛山市南海区法律援助处做到六个坚持：一是坚持法律援助处统一受理、统一审查、统一指派、统一监督检查的制度，确保了办案尺度的统一；二是坚持案件跟踪和庭审旁听制度，对民事案件，尤其是信访案件、群体性案件、疑难复杂等特殊案件，由案件初审人与案件承办律师加强沟通和联系，法律援助处每人每月参加庭审旁听两次以上；三是坚持法律援助咨询员制度，聘请资深律师为咨询员，开展案件研讨活动，提高工作人员的业务水平；四是坚持办结反馈和回访制度，向案件承办律师和当事人分别发放《办案质量监督卡》，结案后收回，接受法院或仲裁机构的意见，并对当事人民事案件的执行情况进行回访；五是坚持案件质量通报制度。在每年底进行一次案件质量总评，全面分析各类案件的办理情况，找出倾向性的问题，召开律师所、法律援助联络员会议，对案件质量进行点评通报，并在年审注册时列明律师的办案情况；六是建立档案规范化管理制度，严格按《广东省法律援助事项结案文件材料归档办法》的要求归档，不符合归档要求的，按未办结案处理。通过常抓不懈，2006 年南海区法援处顺利通过省特级档案单位的验收。

4. 积极调处纠纷，参与政府维稳。维护社会和谐稳定，是司法行政部门和法律援助机构的工作目标。法律援助处积极参与政府维稳工作，调处群体性纠纷，既减轻了政府的工作压力，又有效维护了当事人的合法权益。为了做好维稳工作，区法律援助处采取了一系列的措施：一是信息联动。规定遇到群体性的来访案件，立即报告领导和有关部门，做到信息互通、工作互动，及早预防和平息集体性上访事件。二是工作重心下移，发挥镇（街）法援工作站的作用，通过法律援助工作站与村（居）人民调解委员会保持紧密联系，遇到纠纷力争第一时间得到消息，将矛盾化解在萌芽阶段，防止事态恶化。三是规定群体性或敏感类案件交由法律援助处或镇（街）法律援助工作站工作人员承办，方便与政府各部门沟通和跟进案情，确保案件办理质量。如 2005 年及时办结了市领导批示的"交通事故死者家属张某莲等 30 多人戴孝上访"案件。又如 2006 年初，黄岐某家具公司拖欠数十名工人工资，引起工人的激愤。该处受理该案后，指派黄岐法援工作站与盐步法援工作站合办，通过各种渠道找到老板，同时组织工人调解，最终达成协议，有效避免了一起群体性事件的发生。四是尽量争取采用调解等非诉讼的方式解决纠纷，注意向群众宣传政策法规，指引群众走正当合法的维权途径，既有利于快速解决纠纷，又避免激化矛盾。如 2005 年 11 月"亚艺节"期间，南海藤厂原部分临时工因追讨发包计件加班费问题，工人与厂方发生纠纷，数百人集会，准备到省政府越级上访。区政府领导指示区法律援助处参与调处。区法律援助处介入该案后，向工人分析案情，耐心解释，积极调处，终于在"亚艺节"闭幕前，促成纠纷的圆满解决。

南海区法律援助处近年来更是屡屡出手抢抓机遇，抢占先机，扩大优势。"法律援助的管辖实行属地管辖为主、属人管辖为辅的原则，但是，在实践中往往遇到应由甲地管辖援助的案件，由于调查取证需要到乙地，这不仅带来耗资过大、费时过长的问题，而且由于甲地的法律援助人员不熟悉乙地的情况，一些地方逐步探索了两地之间互相委托关系的做法，不仅节省了人力、物力、财力，而且提高了调查取证效率。[6][P125]南海区法律援助处近年来积极开展异地法律援助工作，取得了显著效果。首先是抓住广佛同城化的大趋势。2009 年 11 月 13 日上午，佛山市南海区法律援助处与广州市荔湾区法律援助处签订了《广州市荔湾区与佛山市南海区法律援助工作合作方案》，这是贯彻落实《广州佛山司法行政工作合作框架协议》的重要举措，有效地推进了两区法律援助工作，对更好地服务两地需要法律援助的困难群众具有重要的现实意义。2010 年 2 月 5 日，广佛同城法律援助第一案邝国华诉用人单位工伤赔偿一案获得胜诉，两地法律援助合作在具体实践中迈出了实质性的第一步。其次是抓住跨省异地协作的契机。2009 年 12 月，任某涉嫌开设赌场罪，被提起公诉，因其家庭经济困难，河南省法律援助机构在审查完任某的母亲韩某英的相关资料后，受理了申请，并委托给广东省法律援助机构。因犯罪地在南海，省法律援助处又委托佛山市南海区法援处办理。后来由佛山市南海区法律援助处指派刘利平律师办理本案。经开庭审理，法院全部采纳了辩护人的意见，最终判决任某犯开设赌场罪，从轻判处有期徒刑七个月，并处罚金三千元。至此，这起案件画上了一个句号。这是佛山市南海区经办的跨省法律援助协作第一案。随着法律援助范围的扩大及全国各省及城际间信息交流与协作的增多，相信这种协作将会更多。因为工作出色，并屡屡抓住机遇，取得显著成绩，2010年9月7日，佛山市南海区法律援助处应邀首次参加了全国城际间法律援助工作协作会议，从而使工作格局提升到全国一级的层次上，获得新的突破。

在新的形势下，佛山市南海区首先要借助《中共佛山市委佛山市人民政府关于进一步加强我市法律援助工作的意见》正式下发，以及新修改的《广东省法律援助条例》颁布实施的有利时机，加紧向区委、区政府汇报，进一步明确法律援助是政府的责任，从而加大支持力度，使南海的法律援助工作继续走在前列。其次要争取将法律援助列入区、镇（街道）的政府工作报告或发展规划中，以突显法律援助的重要地位和作用。第三要申请由区政府召开高规格的全区法律援助工作会议，同时由区政府对在法律援助工作中作出突出贡献的组织和个人给予表彰、奖励。在社会上造成声势，推动法律援助事业发展。

四、构建网络，纵横联动

法律援助工作是一项需要全社会参与的工作，光靠一个部门的力量只能说是杯水车薪。为此，南海区法律援助处非常注重调

270

动社会力量，上下左右联动，全社会参与。通过多年努力，目前，南海区已初步建成了一个由区法律援助处为主体，区政府各职能部门、律师事务所、镇（街）法律援助工作站为联动，各种社团组织和分支机构相互配合，辐射全区的法律援助工作网络。

1. 充分调动社会律师力量。区法律援助处除了规定社会执业律师每年必须完成一定的法律援助业务量外，从 2002 年起，实行以社会执业律师为主体力量的值班和咨询制度，让广大律师都来参与法律援助。这一项工作也得到了区各律师所的大力支持，至今共有律师 1500 多人次参加值班咨询，收到良好的社会效果。同时，法律援助机构工作人员也随时跟进，及时处理接访中出现的问题，做到有机结合，优势互补，实现双赢。

2. 设立镇（街）法律援助工作站。为将法律援助工作延伸到基层和社区，区法律援助处建立了镇（街）法律援助工作站制度。自 2002 年起，先后在 8 个镇（街）设立了 18 个法律援助工作站，配套印发《关于办理法律援助事务的暂行规定》，进一步明确工作站的工作程序和任务，并将非诉及案情简单的民事诉讼案件的审批权下放，实现了工作重心的下移。为确保法律援助工作站规范办案，还加强对法律援助工作站人员业务培训，制定《法律援助工作站先进单位、个人评选标准》，对工作站的工作进行量化管理，两年一评比，对先进单位和个人予以表彰，极大地提高了法律援助工作站办理法律援助业务的积极性。自成立法律援助工作站以来，共办理法律援助案件 1218 件，占全区同期法律援助民事案件总数的 38%。目前，法律援助工作站已成为社会执业律师之外办理法律援助案件的又一支重要力量。

3. 创建法律援助工作信息员制度。法律援助信息员制度是指在区法律援助处的指导下，在各村委、居委聘任村（居）民为信息员，引导需要法律援助的群众到法律援助工作站咨询或办理申请，协助做好法律援助工作，积极为困难群众提供法律服务的一项制度。该项制度自 2002 年创设至今，已在 276 个村（居）聘任了法律援助信息员。由于法律援助信息员来自最基层，熟悉基层群众的情况，而且在当地的威信较高，为快速解决民间纠纷，降低法律援助成本提供了一条便捷的通道。

4.全面铺开分支机构建设。从 2001 年至今，区法律援助处先后与区武装部、工会、妇联、民政局、律师事务所等单位合作，先后成立了涉军法律援助服务部、困难职工法律援助协调委员会、妇女儿童权益部、老年人权益部、残疾人法律服务部、义工联法律援助志愿者分队、桂城科技园员工村法律援助咨询点等七个法律援助分支机构。这种把法律援助分别延伸到工会、妇联、民政局、团委、义工联等部门的做法，使法律援助工作落到了实处。这些法律援助分支机构积极发挥优势，开展法律咨询等多种形式的法律服务，共接待来访 846 人次，来电咨询 428 人次，来信 153 人次。如 2003 年 2 月，现役军人陈某情绪激动地来到涉军法律援助服务部，反映大年初三其父母与另一名妇女发生口角致其父母受伤。为了维护军人亲属的合法权益，使陈某能安心回部队工作，涉军法律援助服务部高度重视，第二天即派出两名工作人员前往调查并数次做双方当事人的思想工作，反复解释，协商解决的办法，终于稳定了陈某情绪，消除了误会。事后，陈某再三对涉军法律援助服务部工作人员认真负责的工作态度表示感谢。

5.关注弱势群体，保障外来工权益。南海区有外来工 100

多万。针对这一特点，区法律援助处将保障外来工的合法权益作为工作的重中之重。一是加强工作协调，为外来工维权提供有力的制度保障。针对部分外来工劳动报酬得不到保障、工资被随意拖欠克扣、自我保护能力与维权意识差，用人单位用工管理不规范、拒不签订劳动合同，劳动保护和安全生产隐患多等问题，加强了与公检法、劳动局、工会、妇联等有关部门的合作，采取切实有效措施，依法监督用工单位，规范用工制度，提高劳动合同签订率，从制度上最大限度地保护外来工的合法权益。二是抓好工作衔接，为外来工提供便捷的法律援助。在通过法律服务热线为外来工解答法律咨询的同时，对符合法律援助条件的，简化程序，快速办理。对涉及劳动合同、工伤赔偿纠纷，重大交通事故损害赔偿纠纷（指死亡或重伤）的案件，不再审查其经济状况。在审查外来员工的身份证明材料时，只要外来工能提供合法有效的身份证明，就可受理。三是深化法制宣传教育，增强外来工的法律素质。深入到外来工较多的企业和社区，通过解答法律咨询、发放法律宣传资料、举办法制讲座等有效形式，面向企业负责人和外来工大力宣传《法律援助条例》及《劳动法》《企业法》《合同法》等法律法规，不断增强外来工的法律素质和维权意识，从源头上避免或消除外来工侵权事件的发生。四是实现网络共享，扩大外来工维权网络的覆盖面。先后在桂城员工村、九江镇石江外工村、下北丽和园外工村等地设立了"法律援助工作站外工村咨询点"，在咨询点内悬挂申请法律援助流程图，让外来工熟悉相关的程序，挂牌公示咨询电话和时间，设立外来工法律援助咨询员，工作站派人定期前往值班解答外来工的法律咨询。

6. 帮教未成年犯罪嫌疑人的新探索。2008年8月,《珠江时报》报道了南海区法院少年法庭成立的消息,凭着长期法律援助律师执业形成的职业习惯,笔者意识到这正是探索帮教工作新形式的良好契机,于是决定以自己办理两件法院指定辩护的未成年人涉嫌犯罪案件作为切入点开展工作。

两件案子并不复杂,被编为(2008)南少刑初字第5号和第6号,可见是少年法庭成立后不久指定辩护的案件。其中一件是宁某华涉嫌抢劫案,在会见被告时,经过详细了解案情和耐心的帮教,使他有了悔改之意,并希望获得缓刑重新进入学校学习。会见结束后通过电话与其父母联系,他们也愿意给自己的儿子重新做人的机会,同意供其读书。另一件是钟某林涉嫌破坏电力设备案,在会见时,得知是因其父亲左手工伤致残无法干活,失去收入,而去偷剪电线的。经过教育,他也知错了,同时还再三要求律师联系他的父亲,帮他问父亲受伤的手怎么样了。可见其内心深处还是有向善、孝敬的一面。只是多次打电话和他的父亲联系,不是暂停使用,就是打不通,只好作罢。

去法院阅卷之前,笔者与主办这两宗案件的少年法庭陈小桃庭长联系,她非常热情,约定先到她的办公室和少年法庭的全体人员见面。少年法庭共有4个人,包括庭长、副庭长、法官、书记员各一名。大家对如何帮教未成年人进行了热烈的探讨,认为专门成立少年法庭,就是为了加强帮教方面的工作,最终实现挽救失足少年,维护社会稳定,造福社会的目的。

一个多小时的见面很快过去,笔者又赶着去阅卷。经详细的查阅,对案件的事实和证据有了进一步的了解。接着我开始动手写辩护词和提问要点,并做好开庭前的一切准备。

2008年9月8日下午正式开庭，先是审理宁某华的案子，他的父母按时来到法庭。少年审判庭设置的比较亲和，法槌轻敲，有别于一般刑事审判庭的威严。法官比较亲切，按照法律规定的程序审理。公诉人的语调也比较适中，重在讲明事实和依据的法律。笔者根据所掌握的情况，提出自己的观点，认真进行辩护。公诉人表示没有意见。被告宁某华当庭表示悔过自新，他的父母也在庭上表态，愿意协助律师和法庭帮教自己的孩子，去联系有关学校或企业接收孩子读书或工作，争取适用缓刑，早日回归社会，重新做人。法庭宣布休庭后，又由审判员、人民陪审员、辩护律师一起对宁某华有针对性地进行帮教，进一步提高帮教的效果。后来，合议庭和审判委员会接受了我的辩护意见，对宁某华减轻处罚，判处有期徒刑一年，缓刑二年。

审理钟某林的案子，过程基本与宁某华案一样。只是因为钟某林年纪更小，文化程度更低（只读过小学一年级）的缘故，他回答问题有些含糊不清，需要辩护律师帮助。公诉人对律师的辩护也没有意见。休庭帮教时，经过核对钟某林提供的电话号码，发现有一个是错的。经过请示审判长同意，笔者接通了钟某林的父亲钟某贵的电话，大致介绍了案情，同时也了解到他的手受伤后的情况，并告诉他可以申请法律援助，帮助追回因工受伤应得的补偿款。为了达到帮教的目的，我提出让他们父子两人通电话，得到法庭同意。在他们通话时，我和法官也在旁边听，从中了解到他们家的生活确实非常困难。钟某林被关进看守所后，穿的拖鞋和衣被都是别人穿过，在离开看守所时留下给他的，都很破旧了。他们通完电话，法官当即表示可以将自己的一些衣被送给钟某林，后由他的父亲钟某贵拿去看守所，解决了他当前的困难。

审判结果，法庭采纳笔者的辩护意见，减轻判决钟某林有期徒刑一年。

事情并没有完结，帮教还没有结束。回到法律援助处，笔者再次联系钟某贵，请他带齐有关申请法律援助的材料来法律援助处。第二天，钟某贵依约来到法律援助处，经审查证实其已经由南海劳保局认定为工伤，并由劳鉴委评为七级伤残，符合法律援助条件，决定提供仲裁法律援助，由笔者担任承办律师。经过立案、开庭，裁决厂方支付 58980 元给钟某贵。钟某贵非常感激，他当初想不到儿子会因为他的手受伤而去作案，更没有想到为他的儿子辩护的法律援助律师也为他本人争取到合法权益。钟某贵以自己的亲身经历教育儿子钟某林，远远胜过那些流于形式的空洞说教。经过一系列新的工作尝试，有效地帮教了被告钟某林，使之从内心感谢党和政府，争取重新做人。

话分两头，宁某华适用缓刑出看守所之后，开头一段时间规规矩矩。只是过了一段时间，他的父亲打电话来说，宁某华近来放松了对自己的要求，既不愿去打工，又不想去学习，有时晚上还很晚才回家，希望律师继续帮助教育一下。出于法律援助律师的本能和责任感，笔者马上约他们来法律援助处。经了解，宁某华因不想去他父亲联系好的工厂做工，自己联系了一家保险公司，交了 100 元培训费，要培训一周才能上岗。根据他父亲的反映，和与他本人的交谈，摸清了思想根源和问题的原因。经过一个半小时耐心的做工作，明确告知缓刑考验期应注意事项，及其违反规定导致的后果，软硬兼施，既敲响警钟，又指明出路。最后，宁某华表示要继续读书，其父亲也表示支持，说只要愿意读，哪怕借钱也要供他。笔者建议他可以先读初三，然后再读技校，学到一技之长，谋生会容易些。他们都表示同意。

宁某华带着希望，他父亲带着期盼离开了法律援助处，然而帮教远没有结束。如何对适用缓刑的未成年人进行帮教，成为当前的热门话题。少年法庭的陈小桃庭长亲自来到法律援助处，了解宁某华的情况。并请来南海区司法局调解科的正、副科长一起探讨，寻找帮教的新途径，初步达成了共识。

从 2011 年开始，在全区新建了佛山市南海区、广东省循理律师所和八个镇街共十个青少年法律援助工作站，有力促进了青少年法律援助工作的开展。

由上可见，网络像一张大网，整合了各方面的力量，给法律援助持续发展提供了源源不断的动力，实在是不可或缺的一环。

五、建章立制，规范发展

法律援助虽说是摸着石头过河，没有现成的规章制度套用，但也应当通过实践，不断制定和修改相关的规章制度，以保证规范发展。俗话说，无规矩不成方圆，正是说明了规矩的重要性。世界各国在此方面都有很好的尝试，建立了适合本国国情的法律法规，如"《加拿大安大略省法律援助法》安大略省修正制定法 1990，第 L.9 章"[7][P9]，"《英国 1988 年法律援助法》（34）"[8][P61]。中国"《法律援助条例》（2003 年 7 月 16 日国务院第 15 次常务会议通过，2003 年 7 月 21 日中华人民共和国国务院令第 385 号公布，自 2003 年 9 月 1 日起施行）"[9][P106]。但由于种种原因至今还没有一部中国的《法律援助法》。"一、实现'公民在法律面前一律平等'的宪法原则亟待法律援助法的保障"[10][P3]，所以在法律援助立法方面还要加速加力，方能确保法律援助事业的持续发展。南海在建章立制方面是做

277

过有益探索的，在法律援助机构建立之前，就以司法局的名义制定《南海市法律援助试行办法》，以及相应的规章制度。此后，每当新的法律援助改革措施出台，必先制定相关制度规范之，收到很好的效果。

以制度促管理，以管理促效率，是南海法律援助工作的主要特点。南海区法律援助处的规范化建设，开始得早，完善得快，早在2003年就编撰了《南海区法律援助处规范化建设资料汇编》，经过多年的探索，现已形成一套规范化的办公办案体系，多次得到上级业务部门的肯定。

1. 推行援务公开，打造窗口形象。法律援助工作是政府的形象窗口。为了打造良好的窗口形象，法律援助处采取了一系列措施：一是制作援务公开栏。将主要工作职责、援助对象、条件、范围、程序及接待来访规则、申请法律援助流程、法律援助的咨询和投诉电话、工作人员的姓名、职位等都予以上墙公示，让制度公开透明，自觉接受群众监督。二是2002年在全市较早实行指派社会律师参与法律援助值班制度。为规范律师值班，制订了《律师值班须知》，从按时值班、解答咨询等9个方面明确规定，要求来访、来电都有书面记录，并由接待律师签名，规范值班接访行为。三是实行《申请法律援助一次性告知书》制度，根据来访案件类别，分别制定格式化的一次性告知书，既使值班律师有章可循，又让群众清楚明白。四是2006年在全市首创12348咨询热线电话彩铃业务，通过彩铃向热线来电人公开本部门的服务范围和办公时间，使服务更加人性化。

2. 规范办案流程，提高办案效率。法律援助处先后制定了《法律援助实施办法》、《案件指派规程》、《立案审批制度》、《重

278

大、疑难案件讨论制度》等办案制度，规范案件接收、立案、指派、办理、案件讨论、归档的步骤和程序，形成流水作业的操作规程。同时，充分利用区司法局的办公网络系统，成功开发运用《法律援助案件管理系统》，建立了全市首个法律援助业务电子平台，实现法律援助咨询管理、案件管理、报表管理和法律援助管理的网络一体化办案方式。工作人员和科室领导只要通过计算机系统就可以出具各类业务公函和法律文书，并与镇（街道）法律援助工作站实时联网，提高了办公和办案效率。

在这里有一个如何与上级的规定接轨的问题。简单的办法是机械地全盘套用，但实践证明效果并不理想。比较可行的办法是，在不违反上级精神的前提下，结合本地的实际，实行原则性与灵活性两结合的方针，既有规定动作，又有自选动作，设计出具有南海特色的规章制度来。

法律援助制度是从外国引进来的，同样存在与国际接轨和本土化的问题。他山之石，可以攻玉，外国的经验确实值得借鉴，但如果不顾具体的国情民意，不加分析，拿来就用，也会导致水土不服，效果同样不好。这就需要我们既要具有广阔的国际视野，又要脚踏实地，深入调查研究，与时俱进地加以改造利用，制定出一套相对稳定而又具有一定程度动态发展的规章制度来。

党的十六届六中全会指出，社会公平正义是社会和谐的基本条件，制度是社会公平正义的根本保证，必须加紧建设对保障社会公平正义具有重大作用的制度，保障人民在政治、经济、文化、社会等方面的利益，引导公民依法行使权利、履行义务。十四年的实践证明，法律援助制度是实现社会公平正义的必要保证，是应该下大力气去建设好的一项制度。

六、高瞻远瞩，长效发展

人无远虑，必有近忧。高度决定深度，视野决定宽度。"邓小平反复强调：'基本路线要管一百年，动摇不得。'"邓小平生前想的是一百年中国的发展问题，说的是一百年不动摇，可谓高瞻远瞩。大名鼎鼎的吴仁宝想的是长期效应，而非短期行为，当了四十八年华西村书记，一心谋发展，才使华西村取得天下第一村的美誉。同样的道理，需要站在历史的高度上制定长期发展战略，方能适应形势的发展，使南海区法律援助工作跻身全国先进行列。

南海区法律援助处正是基于这样的认识，一年之计在于春，坚持做好每年的年度工作计划。在此基础上，经过充分的调查研究，于2004年制定了《南海区法律援助五年发展计划》，顺利完成后，又于2009年制定了《南海区法律援助第二个五年规划》。这第二个五年规划在第一个五年计划的基础上，更全面地勾勒出了今后五年长期发展的"路线图"，有力地促进了各项工作的发展，使南海区法律援助事业进入了快车道。至今，既定目标有的已经实现，有的提前实现，有的正在实现，多项指数居于省市的前列，有些已进入全国先进行列。这些成绩充分说明了思路决定出路的道理。但如果只是满足于现状，不思进取，那么很快就会被其他县区超过，南海法律援助排头兵的地位就会动摇，可说是前有标兵，后有追兵。因此有必要在南海区法律援助制度建立十四周年的时候，登高望远，进一步考虑今后法律援助发展的长期规划，全面落实区委、区政府"建设五星级南海"的基本方略。气可鼓不可泄，一旦衔接不上，断了气，要接上就难了。

在这里尤其要注重防止短期行为和浮躁心态，至少要做到雁过留声，人过留名。不要像一阵风一样，刮过就算了，什么也没有留下，更不要说持续发展了。这是有深刻教训的，必须记取，引以为戒。那种一任领导一种思路，换了领导人走茶凉，就是心态浮躁的具体表现。这样做的直接后果，会让人无所适从，工作缺乏连续性，破坏了经过长期努力建立起来的基础，不断另起炉灶，导致虚火上升，断断续续，无法持续发展。必须像邓小平同志要求的那样，形成一种制度，按制度办事，不因为领导的改变而任意改变原有的规划，也就是要实行法治天下，这对于法律援助工作来说尤其重要。要具有一种内在的东西，才能形成长效机制。笔者认为这就是法律援助文化，也就是法律援助的魂，是最为核心的东西。有了它，即使是领导改变了，依然会保持住其特性和核心竞争力。这就像百年名校和名企一样，创始人早已离世，领导也换了好几任，但依然生机勃勃，充满活力，不断引领潮流。

七、根据特点，稳定发展

法律援助具有专业性强的特点，如果忽视这个特点的存在，将无法做到持续发展。这个问题，在全国范围来说，也并不是被所有的人，尤其是决策者们所认识到。有的人只是依照一般行政管理的视角来看待法律援助，而无视其专业性的存在，有必要给予深入的分析，以正视听。

其一，县区一级的法律援助机构同时具备管理职能和实施职能，如果没有深厚的法律知识和丰富的经验，那是难以开展工作的。有鉴于此，南海区在三定方案中明确规定，区法律援助机构正副主任必须具有律师资格，制定了较高的准入条件，首先从领导的层面上把关，实践中又给法律援助处配备了具有本科以上学历（其中有两名硕士）并具有一定工作经验的人员。经过培养，现在每个人基本上都可以独当一面，综合作用得到较大的发挥。

其二，因为专业水平必须经过长期积累，才能逐步提高，所以必须保持人员的相对稳定，而不能像一般管理人员那样随意调动。中央在今年的换届指导意见中，就明确规定了任期的年限，目的无非是创造条件让人们定下心来搞发展。相对而言，专业性强的法律援助工作人员更需要稳定。可以说效率存在于相对稳定性之中，亦即俗话所说的"熟能生巧"那种认为不需要很长时间就可以完全掌握法律援助业务，实现超常规发展的想法，违反了客观规律，只能是一种幻想。现在的党政领导，并不是每个人都对此认识到位，许多人依然是延续以前行政管理的办法对待法律援助工作，没有抓住专业性很强这个特点。在近年的大部制改革试点中，没有对法律援助机构的专业人员区别对待，而是采用一刀切的办法，与一般行政干部一样，规定凡是达到男55岁女50岁的中层领导，必须退出现职。于是哪怕是具有律师执照，办案经验丰富，身体健康，能力强，也要在到达这道年龄生死线时退下来。造成的后果，是法律援助持续发展受到极大的阻碍。一些不是律师的所谓年轻干部，缺少办案经验和社会阅历，不具备解决实际问题的能力，只是一味地应付日常事务，维持现状都很难，哪还谈得上法律援助的持续发展。这种一方面揠苗助长，一方面年龄歧视的做法，是根本站不住脚，经不起历史考验，违反法律规定的，同时也是与国际通行做法相违背的。如美国规定大法官要担任过律师，并且要达到50岁才有资格。而且一旦担任大法官，就是终身的。从而维持了法律的权威和稳定性。这是中国的当政者必须补课的地方。然而目前的现状是，大部分的地方官员并没有这样的意识，这里既有法律文化水平问题，也有认识片面性问题，归根到底是综合素质问题。所以要改变中国的现状，同志们还要继续努力。

其三，因为社会律师职业的巨大诱惑，以及现实中存在的经济上的反差，导致法律援助专职人员的人心不稳定。单是佛山市就先后有近十多名法律援助专职律师下海去当社会律师，或另谋高就，而且一个个都功成名就，宏图大展。两相对比，更增加了不稳定的因素。更大的危险，还在于一些人或没有看到这一点，或采取视而不见的回避主义，形成认识上的误区。

解决的办法还是那句话，正视现实，用事业留人、感情留人、适当的待遇留人。南海在这个方面做了一些有益的尝试。近年来，经过竞争补岗给法援处配备了正副主任和一名副股级科员，初步地稳定了人心。而新出台的《广东省支付办理法律援助事项补贴暂行办法》，也做了有利于稳定人心的规定，关键在落实，就看各级领导是否步子迈得再大一些，思想再解放一些了。

根据南海区司法局的要求，法律援助处从 2009 年开始由过去的指派案件给社会律师办理为主，逐步过渡到由法律援助处、公职律师所、法律援助工作站人员自办为主。这对法律援助的持续发展有没有助益呢？经过近两年的实践和调研，谈谈自己的看法。

第一，社会律师办案为主之利弊

（一）总体专业水平相对较高。因为法律援助处按律师人数将案件平均指派给各律师所，再由律师所指派给各律师，因此有比较大的一部分案件是由有经验的律师承办的。而且实行所主任负责制，由主任对案件把关，或组织案件研讨，从而在一定程度上保证了案件质量。经过较长一段时间的运作，积累了比较丰富的经验。可以说在南海法律援助制度建立后的12年里，社会律师是办理法律援助案件的主力军，为法律援助事业做出了不可磨灭的贡献。但随着形势的发展，也逐渐暴露出了一些深层次的问题。

（二）一些律师办案热情下降。主要表现在：一些律师缺乏责任心，办案拖拉，不及时立案，对受援人态度差，马虎应付，开庭不认真代理，会见被告笔录简单，辩护不到点子上，不及时结案归档，遗失案卷等。除了律师自身素质的原因，以及管理上的原因外，最重要的原因，还是法律援助案件与其他收费案件相比，案件补助标准偏低。与过去相比，不少社会律师由热情参与，开始转入疲惫厌倦，认为这是政府请客，律师买单的赔本买卖。许多律师不愿办法律援助案，只是碍于法律的规定，为了年审过关才不得不办，质量难以保证。而目前受金融危机的影响，政府又难以拨付更多经费提高办案补助。

（三）案件跟踪难度加大。2008年起，法律援助处建立了法律援助案件质量跟踪机制，取得了明显的效果，并得到区领导的批示。但因为人员变动较大，新到人员比较缺少办案经验，难以全面进行实质性的跟踪，致使跟踪也只能停留在办案程序的环节上，并且限于民事案件。对于占办案总数接近一半的刑事案件，则没有人力进行跟踪，形成一个监控盲区。因为以指派案件给社会律师为主，外部跟踪的面大、范围广、环节多，涉及的办案人员多，情况复杂，需要较多的人力物力。

第二，自办案件为主之利弊

（一）效果明显。2009年由于经费紧张，我局新增两名专

284

职法律援助律师到岗，并下文要求基层法律工作者每人每年要承办 2 宗以上法援案件，以加大自办案件的力度。到当年 9 月为止法律援助处、公职律师所、各法律援助工作站的自办案件合计 200 多宗，占全部案件总数的 40% 以上，初步实现了从指派为主逐步过渡到自办案件为主的转变。从效果来看是比较好的。一是办案的质量提高了。主要是因为法律援助处及时制定《内部管理规定》对本处人员自办案件明确提出了要求，进行规范化管理，经常组织疑难复杂案件讨论，提高专业水平。二是效率提高了。招聘的两名专职律师，平均每人每月办理约 9 宗案件，年平均可办理 100 宗左右。专职律师的存在，也一定程度调动了法律援助处其他人员的办案积极性，形成良好的办案氛围。三是增加专职律师，加大自办案件力度，可以减轻跟踪案件的压力。因为以自办案件为主，可减少环节，有利于内部直接管理，发现问题也可以及时解决。四是减少了办案开支。因为 2 个专职律师是采用底薪加奖励的办法，对个人来说既调动了积极性，又保证了基本的收入水平，这种办法对刚出道的律师有较大的吸引力。对法律援助整体来说，则可以减少经费上的压力。这在目前金融危机的情况下不失为较好的办法，值得坚持下去并加以完善。

（二）存在问题。一是自办案件为主，加大了法律援助处主任的责任和工作量，对主任的素质要求更高。由过去的分散风险给各律师所主任，变成相对集中风险于法律援助处主任身上。少了一堵防火墙，问题直达法律援助处主任，疲于应对。二是法律援助处新人比较多，全处目前有 8 个人在岗，有 7 人具有律师资格或法律职业资格，其中有 4 人具有律师执业证，但除了主任有十二年的律师执业经历外，另外 3 个律师执业都在两年左右。所以总体来看存在人员办案经验比较少，基本功不够扎实，未全面达到规范性要求的问题。主要表现在，欠缺与当事人有效沟通的能力，在承办人与受援人之间对诉讼请求认识有差距时，不懂得如何妥善处理；对办案技巧不够熟悉，对实体法律不懂得实际运用于复杂疑难案件，不会驾驭复杂的庭审；在值班接待当事人时，不懂得根据各类人的具体情况有针对性地进行解答疑难问题，记录抓不到要点，未能及时有效地一次性告知。三是人手紧缺依然存在。区法援处自成立以来受理的案件逐年增加，近几年每年均达到 600 宗左右，比同一市的禅城区多出一倍以上。同时其他的法律援助事务也不断增加，既要负责处理本部的案件的受理，又要负责管理委托工作站受理的案件；既要加大自办案件力度，又要全面跟踪监督指派给社会律师承办的案件；既要负责法律援助咨询，又要负责12348法律专线，同时还要配合党和政府中心工作的开展；等等。问题越来越复杂，工作任务越来越繁重，法律援助处目前虽有 8 个在岗人员，仍无法满足发展的需要。人手紧缺的矛盾依然存在，必须进一步解决。四是近年法律援助工作站受理案件同比下降40% 以上，2010 年春节后受理的更少，呈逐步下降的趋势，有些工作站甚至零受理。其原因除了维稳中心工作任务较重的影响之外，办案补助减少一半也是重要原因之一。

第三，几点建议

（一）增加专职律师。要提高法援案件质量，提升法援工作水平，关键在人，为此，建议区司法局在原有基础上再招聘 2 名合同制专职律师，这样四名专职律师每年在法援处可承办约 400 宗法援案件。加上法律援助处其他人员，以及公职所、法援工作站办理约100多宗案件，可占到全部案件的80%以上。此建议如能实现，必将全面提升案件质量，使自身专业化程度达到更高的水平，真正实现自办案件为主。

（二）适当提高专职律师的待遇。从律师的专业化特点来看，其待遇必须高于一般工作人员，方能体现出自身的价值。如果只是享受一般招聘人员的待遇，即使暂时招了进来，也不会长期安心，一有机会就会跳槽另谋高就。法律援助处也就会沦为名副其实的法律培训处，只能经常处于经验积累的初级阶段，难以从根本上提高整体的专业化水平。因此必须采取相应措施，按照在法律援助处服务年限的增长和办案能力的提高，逐步提高其待遇水平，以留住专业人才。

（三）给予其他办案人员适当补贴。办理法律援助案件，除了费心费神费时间，还要付出办案成本，如交通、通讯等费用。办得越多其付出越多，因此难以调动其他人员的办案积极性，而不办案则无法提高专业水平，自办案件为主也就难以真正实现。所以给予适当办案补贴是非常必要，也是可行的，因为广东省的补贴暂行办法已有此规定。在现阶段，吃大锅饭是难以持久调动积极性的，必须通过经济杠杆进行调整。只有这样才能使法律援助处成为吸引人才，留住人才的地方，而不是让人望而生畏，不愿久留的地方。

（四）保持人员相对稳定。因法律援助具有专业性强的特点，必须经过长期积累，才可以成为合格的法律援助工作者，所以除了提拔升职或不称职调动的以外，一般最好连续在法律援助处干满5年以上才可进行轮岗，确保整体业务水平的持续提高。笔者办理过一些重大疑难案件，从实际操作的角度体会到法律援助专业性很强的突出特点，只有狠狠抓住这一特点，才可以谈得上持续发展。

八、预算经费，保障发展

"我国法律援助经费的来源，主要是由各级政府财政拨款、社会捐助和法律服务行业奉献三部分构成。"[12][P127]一些地方的法律援助发展不平衡，或者发展缺乏后劲，主要是受制于专项经费的不足。目前的情况大体是，经济条件好的地方，或者领导重视的地方，经费就比较有保障，反之就较差。从上到下也想了不少办法，有搞捐赠的，有搞基金的，"北京市法律援助基金会基金管理办法""上海市杨浦区法律援助基金管理委员会章程"[13][P161、163]。但大都是雷声大、雨点小，没有从根本上解决问题。广东省履行政府职责，对符合条件的贫困县直接从省财政下拨法律援助专项经费，一定程度解决了这个问题。南海区政府对法律援助的认识也比较到位，拨付的法律援助专项经费逐年增加，2006年达到75万元，基本上可以按照省的规定全额给予办案补贴，有力地保障了法律援助工作的需要。

南海区法律援助处经费使用监管情况，通常是法律援助经费由法律援助处作出年度预算，经区人大的批准，由区财政局拨给区司法局，由局办公室专人管理，各项开支要经局长批准才可使用。从2006年开始按省制定的补贴标准发放法援办案补贴。法律援助处列有台账，每宗案件先由法律援助处主任审批，然后由专人列表交局办公室，并由局长签名同意后再发给承办人。严格审批制度，在粤司〔2005〕265号文件规定的范围内，若属重大疑难复杂案件，办案时间较长，以及花费人力较大的案件，可报主任审核后，报局分管领导审批，增加办案补贴。在实际操作中，主要抓住以下两个方面：

一方面是节流，法律援助专项经费实行专款专用，只能用于下列开支：法律援助案件办理人员的旅差费、资料费、办案补贴；本处运作需要的费用，包括开展咨询、宣传等活动需要的费用。为确保法律援助经费专款专用，区法律援助处还建立了办案补助的审核发放明细台账手续，并将记录归档备查，使法律援助经费的使用制度化、公开化、规范化。

另一方面是开源，加大经费投入，确保正常运转。法律援助处通过积极争取，区政府对法律援助工作经费投入逐年递增，专项经费从 1997 年的 20 多万元一度提高到 90 万元。后来由于金融危机的影响，区政府机关开支缩减，法律援助经费的预算也压缩为 60 万元。因为确实不够开支，又追加了一部分。从而使法援经费的合理使用得到有效的保障，并促进了法律援助工作的健康发展。

当前从中央到不少地方都开始将法律援助工作重心转移到镇（街道）工作站，而这一层面的专项经费不足的矛盾显得更加突出，必须引起高度的重视。南海区的桂城、西樵率先将法律援助专项经费列入镇（街道）财政预算，取得突破性进展，代表着今后的发展方向。其他的工作站也先后在 2007 年给予落实预算。存在的问题是，并非所有的镇（街道）领导都有这种共识。有的镇（街道）法律援助预算经费偏少，满足不了需求，有的和其他专项经费捆绑在一起预算，界限不清，存在顾此失彼的现象。如何解决，还需要做许多工作。

九、打破瓶颈，开拓发展

广东省各县区法律援助机构的人员编制大体在 3—4 人，表面上看似乎非常公平，实际上是非常欠缺公平的。一些县区每年只有几十宗的法律援助案件，另一些县区则有几百宗上千宗。但人员编制却一刀切，没有区别对待，使得一些经济发达县区，以及一些人口多，法律援助需求大的县区，在法律援助专业编制人手少的压力下喘不过气来，形成了发展的瓶颈。比如南海法律援助机构在成立之初即有 3 个人员编制，当时每年受理 80 宗左右的法律援助案件，而到现在每年有 600 宗左右，依然是 3 个正式编制。人手严重紧缺，只有从其他科室调剂 1 个编制到法援处，虽然暂时缓解了一下，但仍然没有得到彻底解决。

笔者认为根本解决的办法，一是由省出台新的法律援助人员编制方案，总的原则是按照县区的经济总量以及常住人口、暂住人口、流动人口的比例配备，实现实质上的公平，从而彻底打破那个制约发展的瓶颈。二是实行精干高效的原则，向精英化方向发展，这样可以减少内耗，增加能量，产生人才共生效应，实现新的开拓发展。

南海区法律援助事业发展到今天已有 14 个年头，近几年每年办理的法律援助案件都在 600 宗左右，数量居全省县区前列。金融海啸的突然袭击，不可避免地直接或间接影响到法律援助工作，如何采取应对措施，进一步提高法律援助水平，切实维护受援人的合法权益，成为当务之急。必须进一步解放思想，对症下药，找到解决问题的药方。笔者经过深入调查研究，理出了一些思路：

第一，南海区法律援助工作现状

总体来说情况比较好，完成的各项工作指标居于全省县区前列。主要是近几年来规范化建设给予了有力的保证。今年又重新修订《规范化建设资料汇编》，使法律援助处各项制度规范化进一步完善，提高了工作效率。在《南海区法律援助第一个五年计划》胜利完成的基础上，经过充分调查研究听取意见，制定颁布《南海区法律援助第二个五年规划》，实现可持续发展。按省规定从2006年开始大幅提高办案补助标准，一定程度提高办案补助标准，在一定程度上提高了律师的积极性，受援人对援助律师的办案效果是满意和比较满意的。法律援助处近几年每年都会收到锦旗8—11面，2010年一年达到20面，每一面锦旗都有一个动人的故事，表达了受援人对法律援助的深深谢意。每年都有几个典型案例被各级报刊报道，收到很好的社会效果。民事案件的胜诉率在95%以上；刑事案件辩护意见被全部采纳和部分采纳的占90%以上，亦有经过律师辩护被判无罪的案例。下放非诉讼和案情简单的民事案件给镇街法律援助工作站审批，到现在已有五年多，初步实现了便民、利民的目的。探索公益法律服务新途径，制定《关于将律师所无偿参与社会公益法律服务工作纳入律师所履行法律援助义务范畴的试行方案》，建立职工法律援助特约律师库，共有33名律师自愿报名加入律师库。分支机构南海区法律援助处职工法律援助部负责其日常工作，并开始受理案件。法律援助处新的接待室投入使用，面积较旧接待室增大一半多。内设残疾人专用厕所，新购置了电脑、复印机、打印机等办公设备，硬件设施达到一流水平。2009年上半年共接待来电、来访2911人次，同比增加24%。紧密配合党委和政府中心工作，发挥密切联系群众的窗口作用，协助解决群体性案件和敏感性案件，有效地维护社会稳定。落实区领导对法援案件质量跟踪调研报告的批示，加强案件质量跟踪管理，着重进行庭审旁听，现场了解办案情况，及时解决疑难问题。自 2009 年开始加大自办案件的力度，当年区法律援助处、公职律师所、各法律援助工作站自办案件合计 200 多宗，占总数的 40% 以上，开始从指派为主逐步过渡到自办案件为主。

第二，存在的主要问题和对策

（一）部分律师热情不高。具体表现在上面已经提到，这里固然有缺乏责任心和能力不强的原因，但主要原因还是和收费案件相比，法律援助案件补助标准还是偏低，尤其是办理民事案件更加明显。按照省制定的标准，在南海区内办理一审民事案件每件补助 1500 元，实际上大部分案件只够工本费，少数简易案件略有节余，重大疑难案件还不够工本费，而且因程序复杂，关系众多，花费的时间和精力都很大。刑事案件每件 1000 元，因为大部分都是未成年人被告，相对来说案情比较简单，程序也比较简单，只有少数案件比较复杂。因此大部分律师都喜欢办刑事案，而不喜欢办民事案，有些甚至视民事案为畏途，避而远之，质量亦大打折扣。从 2006 年起至 2008 年，南海区每年的法律援助经费分别是 75 万元、80 万元、90 万元，呈逐步提高的趋势。但因为案件每年都有 600 宗左右，还不包括群体性案件，所以除去尚未结案的一批案件的补贴缺口之外，勉强维持法律援助的日常开支。2009 年，由于受金融海啸的影响，法律援助经费不但没有增加，反而还比上年大幅减少三分之一，只有 60 万元，缺口进一步扩大到 40 万元以上。难以支付日益增加的法律援助需求，连日常的律师办案补助都不够，重大疑难案件增加补助更难，难以调动律师的办案积极性。针对法援案件补助偏低问题，区人大代表梁虹特地向区人大提出具体建议，区法律援助处专门进行了答复。可见法律援助经费确实是亟待解决的突出问题。因此第一步应先追加办案经费，将缺口补上；第二步再提高民事案件的补助标准，将在南海区内办理的一审民事案件提高到2000元一件，以后再逐步提高，通过经济杠杆调动律师办案积极性。

（二）人手紧缺日益突出。之前已经列举，可以说工作任务越来越繁重，要求越来越高，面对的风险越来越大。而法律援助处目前只有3个正式编制，远远无法满足发展的需要，人手紧缺的矛盾越来越突出，已经到了非解决不可的地步。为此，区有关部门应根据南海的实际情况，增加法律援助处人员正式编制或政府雇员编制。在编制下达之前，应该考虑采取过渡的办法，招聘律师在法律援助处专职办理法援案件，同时协助办理其他法律援助事务，由法律援助处支付办案补贴，招聘律师不得自行办理其他案件和擅自收费，此外，还要协助法律援助处办理部分法律咨询等法律援助事务。

（三）办案通道存在梗阻。首先表现在同一天开庭的几件法院指定刑事辩护案件，只顾法官开庭方便，不考虑律师的工作的特殊需要，只统一规定在一个时间（一般是上午9时）要求律师出庭，而没有错开分几个开庭时间。致使有些律师即使排在最后开庭，也要同一时间到庭，不然的话又会因迟到而受到制裁，只好在庭外等候，白白地浪费了宝贵的时间。律师对此很有意见。因此要与法院的领导沟通，找到申辩双方的平衡点，合理地安排开庭时间。其次是执行难的问题并未彻底解决。尤其是委托外地法院执行的案件，有不少是执行不到，或只执行到一小部分的。民事诉讼法规定，受托人民法院收到委托函后，必须在十五日内开始执行，不得拒绝。执行完毕后，必须将执行结果及时函复委托人民法院；在三十日内如果还未执行完毕，也应当将执行情况函告委托人民法院。这些未执行完的案件中，不少已经超过1年以上，但法院至今没有出具中止执行的裁定给受援人或承办律师，只是在法院内部实行中止，并将执行案卷放进档案室。当承办律师向执行局追问执行情况，则回答要书面申请才会再派给法官执行。这是导致执行案迟迟不能了结归档的一个主要原因。结果是一方面维护不了受援人的合法权益，另一方面对法律援助档案的管理造成不利的影响。也已经到了非解决不可的时候了。除了与法院领导沟通之外，还可以利用新修订的民诉法关于执行案件6个月仍未执行的，可以申请上级法院执行的规定，促使执行法官加大执行力度，以达到法律援助的预期效果。对确实无法执行的，应出具中止执行的裁定，以便法律援助处及时结案归档，规范管理。

（四）调查取证不够畅通。本来早在几年前，佛山市已经转发了中央9部委关于法援案件调查取证的文件，规定承办人可以凭相关函件免费或减费获得证据材料。但在操作过程中，由于有关部门的人员变动较大，交接时未交代清楚，以致律师按规定在一些部门调查取证有时会受到拒绝，要求和其他案件一样缴费。另一方面，有些新来的律师不知道有减免费取证的规定，也和办其他案件一样交了费，导致办案的成本加大。说明法律援助处确实必须实行动态管理，经常与有关部门联系沟通落实各项政策。遇到行不通的地方就要及时梳理，使之畅通起来。同时在指派案件时，要明确告知承办律师有哪些优惠规定，以便用足有关政策。因此有必要不定期在适当时候邀请有关部门一起座谈，商讨共同打造法律援助绿色通道。

（五）案件跟踪还未到位。过去是因为法律援助处人手少，顾此失彼，造成相当长一段时间只是在受理、指派、结案时对案件把关，而缺少对办案过程的跟踪，更无法开展实质性的全面跟踪。现在虽然建立了案件跟踪机制，但因为人员新，缺少办案经验，依然难以全面进行实质性的跟踪，只是在办案程序的环节上进行。解决的办法：一是加强对新同事的培训，通过以老带新、合作办案等手段，提高素质。二是循序渐进，逐步由程序跟踪为主过渡到实质跟踪为主。三是要保证法律援助处工作人员的相对稳定，使之积累相应的经验，以担当起实质审查的重任。四是要有足够的工作人员，才能正常应对数量众多的案件。

（六）基层尚有潜力可挖。一主要是各法律援助工作站发展不平衡，有些比较规范，办案质量好、数量多；有的疏于管理，办案质量达不到规定的要求，数量亦较少。从目前的情况来看，下放非诉讼和案情简单的民事诉讼案件给法律援助工作站，只是初步落实了局党组关于重心下移和转移的战略决策，更重要的是要形成机制，把案件质量管理提到议事日程上来，给予足够的重视，才能从根本上解决问题。因此建议各司法所要在年度工作计划和总结中列入办案质量的内容，并落实所长、联络员、承办人责任制。二是法律援助工作站人员流动大，新人多，能办案的人不多。而且仅有的几个法律援助律师，又于前一段时间全部提拔调离工作站，这虽是好事，但在客观上却在一定程度上制约了案件质量的提高。怎样做到既出人才，又不使质量大滑坡呢？在两者之间达到平衡，确实值得深入思考。首先可考虑同等条件下在内部优先提拔具有律师执业资格的人员。

其次经常性的培训显得非常重要，尤其是肩负部分法律援助工作的技术合同工，在目前更是重点培训对象。要让他们成为法律援助骨干，还可以通过与律师合作办案的形式，提高办案水平。三是各法律援助工作站办案补助太少，有些承办人因补助太低或其他原因甚至不愿领取，缺少办案的积极性，通过经济手段激励办案的目的还未能完全达到，有必要进一步解放思想，加大补助比例，调动办案积极性。

（七）心理需求未能满足。前些年，佛山市的部分区政府表彰奖励了法律援助先进单位和先进个人，有效地激励了从事法律援助的热情。但因种种原因南海区政府至今没有进行表彰奖励，应引起重视。目前，由于新的律师收费标准限制风险收费的范围，劳动报酬、抚恤金等许多普通案件都不能风险收费，而《劳动合同法》及《劳动争议调解仲裁法》的实施，引发了此类案件受理数量呈几倍增加，加上法律援助案件的经济困难标准随最低工资标准的调整而提高，现在南海为1100元/月家庭人均。在诸多因素的综合作用下，可以预计法律援助案件的数量将会持续保持在较高的水平，案件质量的稳步提高将面临极大的挑战。因此除了各种积极的应对措施之外，还要特事特办，根据国务院的《法律援助条例》第九条的规定："对在法律援助工作中作出突出贡献的组织和个人，有关的人民政府、司法行政部门应当给予表彰、奖励。"这在办案的经济补助相对不高的情况下，尤其显得重要。它可以给律师和法律援助工作者一种荣誉感，获得精神上的满足。因此区政府对法律援助先进单位和先进个人进行表彰奖励是非常必要的。同时还要通过各种形式宣传典型案例和先进经验，让律师觉得办好每一件法律援助案，不但是自己应尽的义务，还可以带来信誉的光环，增加可信度和美誉度，获得良好的口碑，让当事人觉得法律援助案都办得这么好，更何况是收费案？从而吸引来其他的案源，变无形为有形，从另一方面增加经济效益。许多律师已看到这种效应，在他们的办公室里摆放着醒目的法律援助获奖证书，作为金字招牌，成为一道亮丽的风景线。

十、激活亮点，创新发展

十四年法援路，几多新亮点；发展需后劲，关键在激活。把亮点激活出来，可以产生良好的社会效果。目前存在的问题是，扩大法律援助宣传与法律援助人手不足的突出矛盾，使有些人陷入想干而不敢干的境地。其中最为担心的是，受理案件和法律咨询猛增，接待不过来，容易出问题。这涉及的是个系统工程，必须由政府统筹解决。但作为法律援助机构本身，也不能无所作为，而应主动出击，这是因为众所周知的"有为才有位"只有激活亮点，让群众满意，才能使领导重视，形成名牌效应，进入良性循环。越是缩手缩脚，问题就拖得越久，等是等不来的。只有不断创新，才可以开辟出一条生路。

南海区法律援助处采取向群众宣传和向领导宣传两手抓的办法，在八年前，开创了在报刊、电视台刊登、播放法律援助公益广告的新形式，取得了良好的公众形象。前几年，又通过创办南海司法简报法律援助专刊，加大向区委、区政府和相关部门宣传的力度。南海区法律援助处加大力度转变机关作风，注重调查研究，不论是上级规定的专题调研，还是本处自拟的内容，都做到实地调查了解，避免空洞的理论说教。十四年来，每年都进行1—2项专题调研，撰写了多篇内容翔实、有参考价值的调研报告或信息，受到上级的肯定和重视。如撰写的《处理欠薪案的体会》

在《中国法律援助》上刊登，《关于法律援助进员工村的调研报告》被《广东省法律援助信息》采用。《佛山市南海区舆情分析报告》得到广东省司法厅厅长陈伟雄的亲笔批示。调研报告《发挥基层信息员在法律援助中的作用》，得到区委副书记兼政法委书记赵崇剑的批示，引起各级领导的重视，着手制定落实批示的方案。此外还有由佛山市南海区法律援助处撰写的《加强改革和机制创新深入推进法援工作站建设》[14][P13]，佛山市南海区里水法律援助工作站陈志锵撰写的《我们也是一道维稳防线》[15][P61]，佛山市南海区法律援助处陈美庄撰写的《构建适合我国国情的刑事法律援助制度的思考》[16][P32]。多年来，通过开展法律援助杯乒乓球赛、法律援助光碟进外工村、表彰先进单位和先进个人、评选十大典型案例、法律援助辩论赛等一系列形式新颖的宣传活动，形成一个新的宣传高潮。

南海区法律援助处积极举办和参加各项活动，频频荣获各级奖励。其中举办的"法律援助在身边"辩论赛经过参赛队伍二十多天的精彩角逐，圆满结束。这次比赛以社会法律热点和法律援助领域中存在的理论争议为辩题，既生动又实际，自比赛举办以来，各队在赛前精心准备，赛时针锋相对，赛后与观众互动，充分展示了南海区法律职业工作者良好的精神风貌，锻炼了他们的思维能力、应变能力、语言组织和表达能力。大赛邀请了华南师范大学南海校区的法学教授担任评委，经过初赛、决赛，律师所一队等4支队伍获得团体前四名，宁慧芹律师等8人获最佳辩手。

2008年，在省律协开展的律师业务典型案例评选活动中，南海区的六宗法援案例受到表彰奖励，分别获得如下奖项：二等奖 3 名，三等奖 2 名，优秀奖 1 名。这些奖项的获得，为南海争得了荣誉。这是由于法援处狠抓办案质量，充分调动律师办案积极性的结果，也是广大律师勤奋工作，积极配合的结果。也只有狠抓质量，才能够激发人们办案的责任心，荣誉的获得反过来又提高了人们办案的兴趣，两者相辅相成，相互促进。

2009 年起，在历时一年，由中华全国律师协会、司法部律师公证指导司、《中国律师》杂志社、《法制日报》社、中国律师网、人民网联合举办的"纪念中国律师制度恢复重建 30 年征文"活动中，坚信律师所成尉冰律师、南海区法律援助处利海律师的征文脱颖而出，荣获优秀奖，为南海争得了荣誉。这两篇征文获奖，是南海区法律援助处在局党组的领导下，花大力气抓法律援助文化建设的结果。

在 2009 年，南海区法律援助处举办了全国县区级首个"法律援助征文"比赛。这是为纪念南海区法律援助制度建立 12 周年和南海区法律援助第一个五年计划胜利完成，扩大法律援助的影响力，从 2 月 20 日开始，在全区司法行政系统内举办法律援助征文比赛活动。活动得到系统内各单位和法律援助分支机构的积极响应，收到的征文作品表达出作者在参与法律援助事务过程中得到的人生感悟和思想收获，也有对法律援助事业的发展提出建议，体现了南海区法律工作者对法律援助的自豪感和荣誉感。

本次活动邀请了《佛山日报》和《珠江时报》的资深记者担任评委，本着公平、公正、公开的原则对稿件进行评奖。经评委们认真阅读、讨论、比较，分别评选出一等奖 2 名、二等奖 5 名、三等奖 8 名、优秀奖 15 名。

众多活动的成功举办和奖励的获得，是由于南海区法律援助处认真贯彻局党组政治思想和业务工作两手抓的指导方针，充分调动每个人的积极性，形成了人人动手，个个笔手的文化氛围，全面提高综合素质的结果。正是这样一系列被激活的亮点，照亮了南海区法律援助的正面形象，为法律援助的持续发展注入了强力推进剂。

十四年前，南海人民选择了法律援助制度。十四年后，南海的法律援助必将在党的十七大精神指引下，实现可持续发展，使人民的权益得到切实尊重和保障。

注释：

1. 宫晓冰主编：《中国法律援助制度培训教程》，中国检察出版社 2002 年版，第 3 页。

2. 张耕主编：《中国法律援助制度诞生的前前后后》，中国方正出版社 1998 年版，第 3 页。

3. 张耕主编：《中国法律援助制度诞生的前前后后》，中国方正出版社 1988 年版，第 18 页。

4. 宫晓冰主编：《中国法律援助制度培训教程》，中国检察出版社 2002 年版，第 35、36、37 页。

5. 贾午光主编：《党的十六大以来法律援助理论研究文集》，中国民主法制出版社 2009 年版，第 129 页。

6. 司法部政治部编：《司法行政系统工作人员基本素质教育培训教材》，法律出版社 2000 年版，第 125 页。

7. 司法部法律援助中心编译：《各国法律援助法规选编》，中国方正出版社 1999 年版，第 9 页。

8. 司法部法律援助中心编译：《各国法律援助法规选编》，中国方正出版社 1999 年版，第 61 页。

9. 李建主编：《法律援助条例通释》，中国法制出版社 2003 年版，第 106 页。

10. 宫晓冰主编：《中国法律援助立法研究》，中国方正出版社 2001 年版，第 3 页。

11. 郑必坚、龚育之、杨春贵、李君如主编：《邓小平理论基本问题简编本》，中共中央党校出版社，第 57 页

12. 司法部政治部编：《司法行政系统工作人员基本素质教育培训教材》，法律出版社 2000 年版，第 127 页。

13. 肖扬主编：《探索有中国特色的法律援助制度》，法律出版社第 161 页、163 页。

14. 郑自文主编：《中国法律援助》2009 年第 11 期，第 13 页。

15. 郑自文主编：《中国法律援助》2010 年第 5 期，第 61 页。

16. 罗召元主编：《广东法律援助》2009 年第 9—10 期，第 32 页。

（2011 年中国政法大学博士生课程高级研修班论文节选）

后　记

　　不知不觉快退休了，看一看自己写出的文章和发表过的作品，心生出版一本文选的念头。

　　那是我三十多年精思勤写的结晶，融入了我大量的心血。第一次在公开发行刊物上发表作品是在 1994 年，那时我已经 39 岁，相比那些神童是很晚的了。但有了第一次，就接着有第二 次、第三次……

　　1996 年，我参加了佛山市首届青年作家培训班。经过班主任何百源老师以及安文江、张永农、冯沛祖等老师的指点，我的作品开始不断发表，形成了自己创作的一个高峰期。后来因为工作忙，写作发表的篇数少了，但一直没有中断。尽管总的篇数不多，但都是有感而发，文章合为时而著。

　　在编写这本书时，考虑到案例的专业性较强，相对枯燥，就改写为故事，力求生动有趣。论文也一样尽量采用平实易懂 的语言，力争全书形成一个统一的风格。

　　经过两个多月的编排、整理，收入了自己写作的主要文章，但有一些早期获奖文章遗失，暂时无法找到，也是一个遗憾。另有一些尚未发表的诗文，这次也收入其中，与读者初次见面，属于新面孔。

在这本书面世的时候，也许就是我的退休之时。谨以此书作为自己六十大寿的献礼吧！

利　海

2015 年 3 月 7 日